EL JUEGO DEL AHORCADO
HALEY
LIS

Editado por Harlequin Ibérica.
Una división de HarperCollins Ibérica, S.A.
Núñez de Balboa, 56
28001 Madrid

© 2017 María Dolores Martínez Salido
© 2018 Harlequin Ibérica, una división de HarperCollins Ibérica, S.A.
El juego del ahorcado, n.º 155 - 18.5.18

Todos los derechos están reservados incluidos los de reproducción, total o parcial. Esta edición ha sido publicada con autorización de Harlequin Books S.A.
Esta es una obra de ficción. Nombres, caracteres, lugares, y situaciones son producto de la imaginación del autor o son utilizados ficticiamente, y cualquier parecido con personas, vivas o muertas, establecimientos de negocios (comerciales), hechos o situaciones son pura coincidencia.
® Harlequin, HQN y logotipo Harlequin son marcas registradas por Harlequin Enterprises Limited.
® y ™ son marcas registradas por Harlequin Enterprises Limited y sus filiales, utilizadas con licencia. Las marcas que lleven ® están registradas en la Oficina Española de Patentes y Marcas y en otros países.
Imágenes de cubierta utilizadas con permiso de Dreamstime.com y Fotolia.

I.S.B.N.: 978-84-9170-882-7
Depósito legal: M-5530-2018

Este libro es para todos mis lectores y lectoras, mi razón de seguir adelante y mis mejores consejeros.

Y sobre todo a ti, Papá. Te dije que te debía un libro de los que te gustan.

La noche en que se transformó en un monstruo no imaginaba que todo acabaría de ese modo. Podría haber terminado de una docena de formas distintas, pero lo hizo de la peor posible.

Inmóvil junto al cuerpo, notó el escozor de las lágrimas que se agolpaban en sus ojos, pujando por salir a flote. Las náuseas le contrajeron el estómago y, durante un instante, creyó que el suelo se balanceaba bajo sus pies. Sospechando que las energías le abandonarían de un momento a otro, flexionó las rodillas, como un equilibrista en una cuerda floja, y se dejó caer. Permaneció unos minutos sin decir nada, con los párpados cerrados. Las lágrimas se deslizaron libremente por sus mejillas.

¿Qué demonios he hecho?, se dijo. La luz de la luna creciente iluminaba tímidamente el exquisito cuerpo de mujer que yacía sobre la cama. Aunque daba la impresión de estar dormida, las salpicaduras de sangre que teñían las sábanas indicaban algo muy distinto.

Un pánico paralizante le recorrió la espina dorsal.

¿Qué estoy haciendo?, volvió a preguntarse, echando una mirada al teléfono que descansaba sobre la mesita de noche. Contuvo el aliento, se llevó las manos a la cabeza y trató de ordenar sus pensamientos. Tenía la mente embotada, apenas recordaba cómo había llegado a esa casa, pero allí estaba. Temblando. Temblaba tanto que hasta los huesos parecían tiritarle bajo la piel.

La imagen del pecho de ella, subiendo y bajando bruscamente, tratando de capturar una dolorosa bocanada de aire, captó su atención. Fue entonces cuando un ligero atisbo de lucidez, de dolorosa e inexorable comprensión, hincó brutalmente los dientes en la materia gris de su cerebro.

Entonces, cuando comprendió el vacío que sobreviviría a esa hora, un grito de frustración pujó por emerger de su garganta. Sin embargo, cerró los labios fuertemente y se quedó un rato más en silencio, junto a ella, observando el modo atroz en que la vida combatía por abandonar aquel exhausto receptáculo de piel y huesos. Cuando las lágrimas pugnaron de nuevo por salir a flote, se las secó con el dorso de la mano, sobreponiéndose a la angustia y a la ansiedad que le sacudían el pecho.

Respiró hondo.

Había llegado el momento, se dijo. Lo supo en el instante en que los ojos de la muchacha, negros como la pez, se clavaron en los suyos, conscientes de que agotaban sus últimos minutos de vida. Pero incluso en esa cruel circunstancia continuó un rato más de rodillas junto a la cama, notando como un enorme hueco ocupaba poco a poco su interior. Cuando aquel vacío llenó por completo su cuerpo, echó los hombros hacia atrás y soltó un grito desgarrador.

En aquel momento, como si una fuerza invisible poseyera sus manos, se inclinó sobre ella y envolvió su hermoso cuello con los dedos, estrujándolo después con fuerza. Casi se sorprendió de que la carne, bañada en sudor, se hundiera tan fácilmente bajo el peso de sus pulgares. El pulso se le aceleró al notar el temblor ahogado de una patética súplica.

Sabía que ella seguiría resistiéndose hasta el final, que de darle la oportunidad brotarían de aquella garganta palabras llenas de fuego y de dolor.

Durante un instante, imaginó que era un ángel con el poder de conceder la vida eterna. Pero entendiendo que corría el riesgo de perder la cabeza, expulsó esa idea de su mente, empujó con más fuerza, aumentando la presión de los dedos alrededor del cuello, y contempló cómo el rostro de la muchacha mudaba de color.

Los segundos se hicieron minutos; los minutos horas; y las horas una eternidad hasta que, finalmente, los brazos de la mujer se desplomaron inertes sobre el colchón, como los de un títere al que, de pronto, hubiesen cortado los hilos.

Solo entonces dejó de apretar, apartó lentamente los dedos y, con un profundo sentimiento de culpa por la magnitud de lo que acababa de hacer, retrocedió dando tumbos hasta los pies de la cama. Desde allí lo vio todo más claro.

Sus piernas, paralizadas, comenzaron a temblar.

Aunque la joven ya no volvería a mover los labios para hablar, su voz resonó en su mente con la fuerza y claridad de un trueno. ¿Podían sus ojos, sin el brillo acuoso de la vida, exigirle que se acercara?, se preguntó. Aquella idea acabó arrancándole la poca cordura que le quedaba. Obedientemente, se puso de rodillas junto a ella y posó la mirada en la alianza de oro que ceñía su dedo anular. Como si aquel objeto poseyera el poder de la absolución divina, aque-

lla que únicamente su mente y alma conocían, cogió su mano, aún caliente, y se lo quitó.

Luchó por no entrar en pánico al notar que el pulso se le aceleraba. La adoración a la diosa, pensó, alargando el brazo para pasar los nudillos por el nacimiento de sus cabellos. Los acarició devotamente.

Estaba en otro mundo, se repitió una docena de veces mientras apretaba el anillo y la sangre en el interior de su puño. El sonido distante del ventilador que agitaba el aire, dulce y con olor a muerte, zumbaba en sus oídos.

Aunque tenía un miedo atroz, al cabo de un minuto, después de que la alianza se deslizara dentro de su bolsillo, sintió una profunda paz. En ese momento, cuando la quietud le inundó por completo el pecho, supo que todo había terminado; supo que no tendría que soportar más la imagen de aquellos ojos suplicantes, que no volvería a oír sus desgarradores lamentos. Comprendió que había bajado la última ladera, cruzado el límite y descendido a los infiernos.

Ya no temería a la vida o a la muerte, al bien o al mal, a la verdad o a la mentira...

Únicamente temería a su propia locura.

Capítulo 1

*Ames, condado de Story (Iowa),
sábado, día 2 de enero a las 23:30,
en algún lugar cerca de la interestatal 35.*

En una ciudad donde nunca pasaba nada interesante, estar junto a un bombón de la talla de Sophie Dixon, en el asiento trasero de la ranchera de su padre, era, como poco, todo un acontecimiento en la monótona vida de Jeremiah. El muchacho, que se sentía orgulloso de ser el hijo mediano de los Thomas, quienes regentaban una pequeña tienda de ultramarinos situada en Gilchrist Street, no acababa de creerse que la chica más popular del instituto, la misma que en cuarto curso lo había enviado directamente al cuerno, tuviera en esos momentos una mano metida en sus pantalones.

En una situación como aquella, era difícil hacer o pensar en algo que no fuese en abrir cuanto antes los corchetes de su sujetador. Jeremiah estaba tan concentrado en tratar de averiguar cómo demonios se desabrochaba aquel artilugio, desconocido para él en muchos aspectos, que no fue consciente de la densa humareda que inundaba el interior del vehículo hasta que comenzó a experimentar un rabioso escozor de ojos.

Jeremiah tosió, pestañeó un par de veces, pero continuó sin ver nada salvo el brillo de sus propias lágrimas, lo que motivó que sus dedos inexpertos pellizcaran por error la perfectísima piel de la chica.

—¡Tranquilízate! —Sophie, con la respiración entrecortada, trató de quitarse de encima las torpes manos del chico—. ¡Estás haciéndome daño!

Los dos yacían, semidesnudos, en la parte trasera de la vieja ranchera, aparcados en un oculto recodo de la carretera. Corrían los primeros días del mes de enero y una ligera capa de escarcha había comenzado a acumularse sobre el parabrisas, formando espirales y dibujos extraños. Sophie observó aquella delgada lámina de hielo mientras se preguntaba cómo narices había acabado metiéndose en ese lío. Quizá debiera habérselo pensado dos veces antes de subirse al coche con él. Ahora se daba cuenta de que había sido un acto vacío y sin sentido, que además no le serviría de nada.

«A estas alturas todo el mundo se habrá enterado», pensó la joven. Inspiró hondo y se humedeció los labios resecos. En realidad, el hijo de los Thomas no le gustaba –ni siquiera un poco–, pero después de haber visto al picha brava de su exnovio, el *quarterback* del equipo, coquetear con otra chica durante la clase de ciencias, no se le ocurrió nada mejor que subirse al auto de Jeremiah e invitarle a que la llevase a cualquier sitio lejos del campus.

Bien, había metido la pata. Eso era un hecho. Por otra parte, era lógico pifiarla si se tenía en cuenta que aquel muchacho siempre le había parecido un chico del todo inofensivo; el típico ratón de biblioteca que de estar en sus cabales pediría a gritos un urgente cambio de *look*.

Por eso le sorprendía tanto que, después de haber estado bebiendo y fumando –muy a su pesar– un poco de yerba, Jeremiah acabara poniéndose un poco pesado.

«Bueno, un poco bastante pesado», recapacitó Sophie, ahogando un suspiro de cansancio.

—¡He dicho que te estés quieto!

Dando al fin muestras de haberla oído, Jeremiah detuvo las manos y la miró durante tres largos segundos.

—¿Se puede saber qué te ocurre ahora?

—Quiero irme a casa —confesó la joven.

Él se quedó sin habla hasta que la vio desviar la mirada a un lado.

—¡Venga ya!

Jeremiah tenía la impresión de que estaba hablando en serio; su lenguaje corporal y la expresión de su rostro así parecían indicarlo. A pesar de eso, no todos los días un chico como él tenía la oportunidad de pavonearse ante sus amigos de haber metido mano a la jefa de animadoras en el asiento trasero de un coche. Además, había oído hablar de ella; en el instituto los chicos comentaban que le gustaba hacerse la difícil, pero que en realidad no era más que una zorra. De hecho, la mayor parte del equipo de rugbi juraba habérsela tirado en algún momento durante la liga universitaria. Claro que, teniendo en cuenta la clase de chicos, con más músculos que cerebro, que jugaban en el equipo, también podría no ser cierto.

Jeremiah aspiró profundamente, cerró los ojos y notó el cosquilleo de una gota de sudor que se deslizaba libremente por su cuello. Los nervios, aferrados con afiladas garras a su estómago, le invitaron a transpirar profusamente cuando, decidido a arriesgarse, se acercó a ella e intentó desabrocharle de nuevo el sostén.

—¡He dicho que basta! —volvió a exigir Sophie Dixon, sin poder reprimir el mal humor que había estado conteniendo toda la tarde—. ¡Joder, tío! ¿Es que ni siquiera sabes quitarme el sujetador sin arrancarme al mismo tiempo la piel a tiras?

Un mechón de pelo le cayó sobre los ojos mientras se volvía hacia el cristal de la ventanilla, dándole a él la espalda, para colocarse los pechos dentro de su sujetador de color púrpura. Sophie era una chica preciosa, tenía un rostro sorprendentemente perfecto, un cutis blanco y un cuerpo curvilíneo. Verse allí, con ella, le concedía a Jeremiah la sensación de estar en lo más alto de la escala evolutiva. Se sentía el macho alfa, el simio regente, el dueño del instituto…

Alentado por aquellos pensamientos, el joven alargó una mano hacia ella. Sin embargo, cuando Sophie notó la caricia alzó la mirada al cielo, como si el simple roce de los dedos de Jeremiah en su espalda le produjera escalofríos.

—Tal vez deberías desvestirte tú misma —propuso el muchacho.

—¿Qué? —Ella parpadeó varias veces antes de sacudir la cabeza a los lados—. Oye, no sé si te lo han dicho alguna vez, pero estas cosas hay que currárselas. ¿Crees que es suficiente con llevarme a la otra punta de Ames y decirme que me quite las bragas? ¡Pues te equivocas! Eres un idiota si crees que una chica va a quitarse la ropa y abrirse de piernas solo porque tú se lo pidas.

—¿Eso significa que prefieres que te las quite yo? —Volvió a mirarla, completamente desconcertado. Había estado pocas veces a solas con una chica en su vida, y cuanto más hablaba aquella, menos la entendía. Ni siquiera comprendía por qué razón una pregunta inofensiva como la suya parecía cabrearle tanto.

Con el temor de que si no hacía algo pronto, Sophie lo tomaría por un idiota, Jeremiah situó una mano encima de sus torneados muslos y, temeroso, observó su reacción.

—¡Ni de coña! —La chica bajó la mano de golpe y le dio un bofetón en los dedos.

Jeremiah aulló de dolor.

—¿Se puede saber qué te pasa? ¿Te has vuelto loca?

—Pasa que no debería haberme subido a esta vieja chatarra contigo. —Se encogió de hombros y tiró bruscamente del bajo de la falda, negándole a él lo que andaba buscando—. En serio, ¿es que tu padre no gana lo suficiente para comprarse un coche nuevo?

—Perdona, pero no fui yo quien insistió en venir aquí esta noche. En ese momento parecía importarte bien poco que esta chatarra, como tú la llamas, no

fuese el puto Porsche Cayenne de Bobby Kaminski.
—Bufó entre dientes—. Sabía que tarde o temprano sucedería algo así. Ya te dije que no era una buena idea, pero tú nunca haces caso a nadie. Estás demasiado pillada por el *quarterback* del equipo para oír algo que no sea tus propios lloriqueos. En serio, eres patética.

La joven apretó los dientes, notando el rubor que se extendía rápidamente por sus mejillas. Una rabia enorme le atravesó el pecho. Casi podía oír las risas y abucheos de sus compañeras de clase. Durante un segundo se preguntó cómo reaccionarían si llegaban a enterarse de lo ocurrido. Aunque era una estudiante brillante y una chica admirada por todos, dudaba mucho que pasaran por alto aquello.

La inquietud se reflejó en su rostro, agarró la blusa que minutos antes había dejado tirada sobre el asiento trasero y se la puso. Tras abrochar la hilera de botones, miró a Jeremiah con nerviosismo, tratando de decidir si era mejor pedirle que la llevase a casa o apañárselas por su cuenta.

Se sentía como una idiota. Estaba enamorada de Bobby Kaminski, era cierto, quería casarse con él y tener un montón de hijos, una bonita casa con jardín, un perro grande y un gato persa. Ese era el plan. Y, ahora... Ahora solo podía sentir el dolor punzante del arrepentimiento.

De repente, cayó en la cuenta del error que había estado a punto de cometer al darse el lote con un chico como Jeremiah Thomas. Tal vez no fuera la chica más difícil del instituto, ni siquiera la más lista, como todo el mundo decía, pero desde luego no se tenía a sí misma por una golfa, y no iba a dejar que ningún cerebrito lo hiciera.

—¡Eres un pedazo de gilipollas! —le dijo antes de salir del coche y cerrar la puerta de golpe.

Jeremiah se abrochó rápidamente la cremallera de los vaqueros, agarró su anorak y salió disparado tras ella.

—¡Mierda! —La noche era excepcionalmente fresca y el relente no tardó ni dos segundos en penetrar sus zapatos y empaparle los calcetines.

Enfadado, sacudió los pies en el aire, lanzando pequeñas perlas de barro en todas direcciones. «Debería haberme quedado en el coche», pensó, moviendo la cabeza enérgicamente a los lados. Después de pasar tres horas a solas con Sophie, las únicas dos cosas que había conseguido eran embarrarse hasta los ojos y una paja penosa.

«Eres un grandísimo idiota, Jeremiah Thomas», masculló para sí mismo. Quizá lo mejor que podía hacer, a esas alturas, era dejarla allí e irse a casa. Caminar un par de horas, posiblemente, acabaría por bajarle los humos a esa chica.

—Maldita sea. —Una gélida brisa con olor a bosque sobrevoló su cabeza, recordándole que estaban en pleno invierno. Molesto, se subió la cremallera del anorak hasta el cuello.

Su atuendo representaba el clásico estilo universitario, a pesar de no haber terminado aún la secundaría: zapatillas de deporte muy usadas, una sudadera de los Lakers, heredada de su hermano mayor, y unos tejanos tan desgastados que dejaban pasar el frío sin dificultad.

Se restregó los brazos para entrar en calor y arrugó el morro al oír el ulular de un búho de orejas cortas en la lejanía. En ese momento, con más frío que ganas de seguir discutiendo, se dio cuenta de lo tarde que se les había hecho.

—Joder...—Vaciló un instante antes de retroceder sobre sus pasos e ir en busca de la linterna para emergencias que su padre siempre llevaba consigo, dentro del portaequipajes. Tras dar con ella, la golpeó repetidamente hasta lograr arrancarle algo más útil que un vago destello.

A Jeremiah le faltó poco para soltar un grito cuando oyó un sonido a su espalda. Se dio la vuelta y dirigió el haz de luz hacia los troncos de los árboles que se extendían más allá de la carretera. El vello de todo el cuerpo se le erizó. Aunque había estado allí docenas de veces, el lugar era infinitamente más espeluznante de noche.

—¿Quién anda ahí? —gritó el muchacho, aparentando no estar muerto de miedo.

Jeremiah vaciló un segundo al oír el murmullo del viento entre las ramas. Imaginando que se trataba de algún animal, se puso en marcha, avanzando por el margen de la calzada, sin dejar de mirar el bosque por el rabillo del ojo. Cuando la luz de su linterna enfocó la nuca de Sophie, esta se dio la vuelta y situó la palma de la mano delante de sus bonitos ojos castaños, a modo de pantalla.

—¿Quieres apartar eso de mi cara?

Él bajó ligeramente las manos y apuntó con la linterna al suelo.

—Oye, no hace falta que representes todo este teatro para hacerte la interesante conmigo. ¿Por qué no dejas de hacerte la estrecha y me dices qué quieres que haga exactamente?

—¿Cómo? —exclamó Sophie, arrojándole una mirada asesina antes de decir—: ¡Estupendo! Debería haber hecho caso a mis amigas cuando me aconsejaron que no me acercara a ti. Joder, tienen razón cuando dicen que eres un friki y un pirado.

—No me llames pirado —refunfuñó él.

—Pirado —repitió ella con suficiencia.

La temperatura había descendido un par de grados y comenzaba a notarse al respirar. Jeremiah miró alrededor y forzó una sonrisa torcida. Físicamente eran completamente opuestos; él tenía un rostro más bien corriente y ella una piel suave e inmaculada como la porcelana china. Pero eso, en ningún caso, le daba el derecho a ofenderlo. Si estaba decidida a hacerlo, iba a demostrarle que él también sabía cómo menospreciarla.

—Bien —dijo, caminando hacia ella—, al menos de mí nadie piensa que soy una calienta braguetas, medio tonta y engreída, sin una neurona aprovechable en la cabeza.

—¿Quieres que crea que eso es lo que dicen de mí? —preguntó irritada.

—Puedes creer lo que te dé la gana, Sophie Dixon —continuó el muchacho—, al fin y al cabo, la gente como tú se cree el ombligo del universo.

Más enfadada de lo que recordaba haber estado nunca, Sophie abrió la boca para responder, luego la cerró, se dio la vuelta y echó a andar de nuevo.

—No seas tonta —resopló el chico—. ¿Dónde crees que vas a ir a estas horas de la noche?

—A casa, por supuesto.

—Es demasiado tarde para que vayas por ahí tú sola.

—Cogeré el autobús.

—¿Qué autobús? Por aquí no pasa ninguno, ¿recuerdas? Es precisamente por eso por lo que elegiste este sitio, porque nadie podía vernos.

Ella giró la cabeza y contempló un instante el bosque, oscuro como la boca del diablo.

—¿No irás a adentrarte ahí?

—¿Y por qué no? Cogeré un atajo hasta la carretera y después haré autoestop. No debe ser difícil lograr que un vehículo se detenga. —Decidida a llegar a casa por sus propios medios, comenzó a caminar hacia el denso arbolado.

—Venga, vamos, ¡regresemos al coche! —rogó él a espaldas de la joven—. No seas cabezota. Es muy tarde, Sophie. Además, no puedes estar pensando de verdad en subirte al auto de un desconocido. ¿Acaso tienes idea de las cosas horribles que pueden ocurrirle a un autoestopista?

—¿Y qué demonios crees que va a sucederme? —Bufó ruidosamente—. Por si lo has olvidado, estamos en Ames. ¡En este maldito sitio nunca ocurre nada! Es más, con suerte puede que me suba al coche de un tipo que al menos sepa quitarme la ropa interior sin despellejarme viva al mismo tiempo. —Se giró un instante—. Mira, eso sería toda una novedad: un hombre con lo que hay que tener para satisfacer a una chica.

—¡Dime que no estás hablando en serio! —le dijo él, clavando a continuación la vista en el suelo, tratando de sortear las ramas y troncos secos que se descomponían sobre la tierra húmeda.

—¡Pues claro que lo digo en serio! —repuso Sophie—. Te aseguro que no veo el momento de cumplir los dieciocho y largarme lejos de aquí. Posiblemente vaya a Nevada o a Los Ángeles, o a cualquier otra ciudad donde haya universitarios que no estén desesperados por ligarse a una tía en la parte trasera de la ranchera de su padre —masculló ella sin recibir una sola respuesta de labios de Jeremiah—. ¿Me estás oyendo?

En el mismo instante en que se volvió para mirarlo, Sophie se dio cuenta de que el chico se había detenido a unos pocos metros de distancia.

La joven frunció el ceño y dejó caer los hombros con impaciencia, esperando a que él respondiera a su pregunta. Al ver que no lo hacía, cambió de postura y comenzó a morderse el labio inferior. Sin embargo, continuó sin ocurrir nada. Nada salvo que el muchacho se había quedado pálido como una pared recién encalada.

Sin detectar la causa que propiciaba el extraño comportamiento de su compañero de clase, Sophie Dixon recorrió con irritación el corto espacio que los separaba, se detuvo delante de él y se lo quedó mirando con una ceja alzada. Fue en ese instante, con el rostro de Jeremiah frente al suyo, que algo parecido a un pellizco le comprimió la boca del estómago.

Asustada, miró a su alrededor, percatándose de la siniestra bruma que flotaba por encima de sus cabezas. De repente le entraron ganas de regresar al coche. No obstante, no hizo nada aparte de apoyar el peso de su cuerpo en una sola pierna, situando al mismo tiempo una mano en la cadera contraria, tratando de que él no notase que estaba tiritando de frío.

—¿Se puede saber qué te pasa ahora? —preguntó—. Esto no tiene ninguna gracia, ¿me oyes? Si lo que quieres es asustarme, tendrás que ingeniártelas mejor.

El muchacho, sin decir una palabra, clavó sus agrandados ojos en ella. Luego levantó la linterna que empuñaba en la mano izquierda, y enfocó hacia un oscuro recoveco del bosque.

«Maldito pirado». Sophie dudó un instante antes de seguir con la mirada el haz de luz. Durante un momento temió que Jeremiah le estuviese tomando el pelo, estaba claro que ese chico se creía muy listo y la tenía a ella por una tonta. Sin embargo, no tardó mucho en vislumbrar, suspendidos a metro y medio del suelo, unos pálidos pies descalzos.

Un segundo más tarde, la preciosa jefa de animadoras corría como una demente, campo a través, gritando con todas las fuerzas de su ser e intuyendo que, después de todo, debería haber hecho caso a Jeremiah Thomas cuando este le pidió que regresaran al coche.

Capítulo 2

*Washington DC,
domingo, día 3 de enero,
en el ático 26 de la avenida Florida.*

Cuando Kaila Henderson recibió la llamada del jefe de policía de Ames, una tranquila localidad en el condado de Story, se encontraba en la cocina de su casa de la avenida Florida, en Washington, desayunando café con leche y tostadas untadas con mermelada amarga de naranjas.

Decir que aquella fue una llamada inesperada sería quedarse corto. Especialmente después de que la brigada, de la que ella formaba parte, desarticulara una compleja red de narcotraficantes que había estado distribuyendo durante meses cocaína y otras sustancias igual de ilegales por toda la zona oeste de Brooklyn.

Reunir las pruebas necesarias para enviarlos a prisión durante una buena temporada les había llevado más tiempo de lo esperado. Al contrario de lo que su nombre parecía indicar, el clan de los Barítonos era una organización en la que imperaba la ley del silencio, por lo que dar con su cabecilla les había supuesto un esfuerzo enorme y, por consiguiente, horas extras de vigilancia que aún acusaba su cuerpo.

Durante todo ese tiempo nadie en la brigada se permitió el lujo de relajarse. Por razones puramente lógicas, sabían que los miembros del clan estarían en alerta y armados hasta los dientes con el fin de contener cualquier intervención policial. De modo que era de esperar que, cuando finalmente el dispositivo de asalto irrumpiese en el lugar, llovieran balas por todas partes.

Aunque, lejos de mostrarse preocupados, estaban preparados para que algo así sucediera, tras diez minutos de fuego cruzado se produjo el accidente que envió a dos compañeros directamente al hospital, malheridos y con pronóstico reservado. Un hecho que pareció carecer de importancia para la prensa, que días más tarde elevó a la división y a los representantes de esta a poco menos que a héroes.

Kaila entrecerró un poco los ojos y miró pensativa los restos del desayuno. Sabía que, tras eso, el hipotético asesinato de una mujer, en una pequeña ciudad perdida en mitad de Iowa, era algo sospechosamente corriente para no suponer que Moe Siset, el director adjunto del FBI, tuviera algo que ver en el asunto.

—Menudo gilipollas —masculló con una fugaz mezcla de enojo y resentimiento. Moe Siset la odiaba desde que le tomase la delantera en el caso del asesino en serie de Milwaukee. Pero la cuestión era que algo no cuadraba del todo bien en el perfil del asesino que, meses antes, habían confeccionado los especialistas del equipo de Siset. El criminal no parecía actuar como un cincuentón con complejo de inferioridad; le había llevado unos diez minutos deducirlo. Solo necesitó examinar por segunda vez el escenario del crimen para darse cuenta de que en realidad se trataba de una persona joven de complexión pequeña, con un narcisismo exagerado y que, ateniéndose a las pruebas, no se trataba de ningún varón.

Desde entonces, Siset había hecho lo imposible para echarla de la brigada criminal y, ahora, con ese caso, parecía haber hallado la excusa perfecta para alejarla definitivamente del que ya consideraba, extrañamente, su departamento.

Kaila cerró los parpados un instante y empujó furiosa el plato.

Siset era un tipo listo, nadie iba a poder acusarlo de ser un sexista o de albergar alguna razón oculta que le impulsara a actuar de ese modo. Se había asegurado de que todos los cabos estuviesen atados, y bien atados. El FBI afirmaría que estaba asignada a una importante misión, y a nadie se le ocurriría la tontería de preguntar su destino. Uno no discutía con los Federales sobre esas cosas.

Kaila se levantó y, absorta en sus pensamientos, se quitó la camiseta, el pantalón del pijama y las braguitas de algodón. Después de meterlo todo en la lavadora, agarró una toalla de la montaña de ropa limpia, que yacía desde hacía tres días sobre la secadora, y envolvió con ella su cuerpo desnudo de camino al cuarto de baño.

Una de las cosas buenas que tenía su trabajo era que dejaba poco tiempo para las relaciones. Con lo cual, nunca tenía que preocuparse de ser vista mientras caminaba en cueros por la casa, o de si consumía o no alimentos saludables. Ciertamente, era ya un hecho que hacía tiempo que la comida precocinada suplía en su dieta a las verduras y carnes rojas. Lo hacía desde que el año anterior acabara la relación que mantenía con el agente especial Bob Hughes.

En realidad, pensó, no se podría decir que Bob fuese un mal tipo, lo que ocurría es que no era su tipo. Habían mantenido una relación clara, distante, reservada y carente de la menor espontaneidad, en la que ambos sabían a qué atenerse en cada momento. Le gustaban su honradez y sentido del honor, pero nada de eso habría bastado para encender la chispa entre ellos durante mucho tiempo.

Kaila sonrió para sus adentros. En eso consistían sus noviazgos, en salir a tomar un par de copas con algún compañero, preferiblemente de otro departamento, y acabar echando un polvo de vez en cuando, si ambos estaban de acuerdo y se daba la ocasión. Llegados a ese punto, sabía que lo más inteligente que podía hacer era alejarse cuanto antes. Algo que le era bastante fácil; al fin y al cabo, nunca había ropa o cepillos de dientes que recoger.

Ya en el cuarto de baño, dejó la toalla sobre la tapa del retrete y se metió en la bañera. Como de costumbre, al dar media vuelta a los grifos las cañerías temblaron como en un terremoto antes de que el aire, empujado por el líquido, empezara a silbar en ellas. Kaila aguardó un instante hasta que los conductos enmudecieron y un caño de agua caliente comenzó a salir a borbotones. En cuanto eso ocurrió, una columna de vapor se elevó hasta el techo y empañó al instante los helados azulejos del cuarto de baño.

Liberada por fin la tensión de sus hombros, inclinó la cabeza hacia delante y dejó que sus cabellos se empaparan por completo. Mientras se enjabonaba la cabeza, se quedó observando cómo el agua y la espuma del gel de baño se precipitaban por el desagüe, desapareciendo rápidamente de la vista. Por un momento, deseó poder hacer lo mismo y largarse lejos. Después de todo, no existía nada que se lo impidiese; hacía seis años que su padre había fallecido en acto de servicio, y apenas había vuelto a hablar con su madre desde el funeral.

Kaila se mordisqueó el labio inferior, empapado por el agua, mientras una marabunta de recuerdos se abría paso en el interior de su mente. Ahora, al cabo de todo ese tiempo, se daba cuenta de que nada había cambiado entre ellas. Había cometido el intolerable error de seguir los pasos de su padre y, actuara como actuase, Marie, su madre, no iba a perdonárselo jamás.

Kaila resopló al sentir un nudo en la garganta, se puso un poco de jabón en los dedos, ladeó la cabeza y se masajeó lentamente la nuca. Marie nunca había sido una mujer fácil, sino más bien al contrario, era una persona fría y controladora, e incapaz de comprender por qué Kaila había dejado su trabajo en el grupo de Ciencias del Comportamiento, o las razones que le habían empujado a abandonar su tranquilo puesto como forense en San Francisco y alistarse en el FBI.

Alzó el rostro al techo y se apartó los cabellos empapados de la cara, tratando de organizar sus ideas. A decir verdad, ahora se daba cuenta de que ella tampoco era capaz de explicarlo.

«Menuda idiota estás hecha», forzó una sonrisa, «cambiar un trabajo seguro y bien pagado por la probabilidad nada remota de que te peguen un tiro en la cabeza». Kaila disminuyó la velocidad de sus dedos y comenzó a masajearse la nuca con lentitud, absorta en una extraña idea.

Pensándolo bien, tal vez había llegado el momento de dar a su vida un giro de ciento ochenta grados, pensó Kaila, imaginando que un cambio de aires podría ser la respuesta a todas las dudas que últimamente rondaban su cabeza. Necesitaba darse un tiempo para averiguar si realmente estaba haciendo lo que quería con su vida. Desde niña, su única aspiración había sido seguir los pasos de su padre, ser agente especial del FBI había acabado por convertirse en su objetivo durante años, y tras su muerte no había cejado en su empeño hasta conseguirlo.

Sin embargo, ahora no estaba tan segura como antes de que aquello fuese lo que realmente deseaba. Últimamente tenía la horrible sensación de que la crueldad y la muerte la rodeaban por todas partes. Cualquiera podía ser un violador, maltratador o asesino en serie, no existía tabla alguna o baremo en el que apoyarse para determinar quién estaba o no exento de convertirse en un monstruo. Los perfiles que había visto hasta el momento hablaban por sí mismos: una amorosa madre, un compasivo clérigo, y hasta un joven con aspiraciones a convertirse algún día en juez del Tribunal Supremo.

Así de mal estaban las cosas.

Siempre había sido una mujer enérgica y con carácter, pero últimamente comenzaba a sentirse cansada. El miedo y la desconfianza habían comenzado a hacer mella en su psique, abriendo en ella una brecha tan grande que comenzaba a preocuparse de si sería capaz de cerrarla algún día.

Cinco años atrás, durante las veintidós semanas reglamentarias de entrenamiento en Quántico, había vislumbrado algo de lo que tendría que digerir en el futuro. Aunque nada de lo aprendido era comparable, ni tan atroz, como la realidad de alcanzar a comprender la complejidad de un comportamiento homicida.

Y ella, para eso, tenía un talento especial.

Kaila acabó de aclararse los cabellos y cerró los grifos. Las tuberías volvieron a protestar, las últimas gotas de agua se despeñaron desde la alcachofa de la ducha y cayeron sobre su piel, ligeramente aceitunada, impregnada por el vapor y el agua caliente. Sacó una mano por entre las cortinas de baño y tanteó con los dedos la superficie fría del retrete hasta dar con la toalla. Después de secarse, salió de la bañera, se desenredó la melena frente al espejo, la recogió en una coleta alta y se aplicó dos gotas de perfume en la base del cuello.

Con los años, había aprendido a minimizar el tiempo que necesitaba para arreglarse. Aunque, a decir verdad, ayudaba mucho el hecho de que en su trabajo no existiesen muchas oportunidades de emperifollarse. Entre otras cosas, porque sería algo raro que desentonaría enormemente con el uniforme azul oscuro y el chaleco antibalas del departamento.

«Otra razón más para aceptar el asunto de Ames», reflexionó Kaila. Dudaba de que allí tuviese que continuar usando el uniforme de asalto de la brigada, o que se viera obligada a salir de la cama en mitad de la noche para sumarse al equipo capitaneado por Moe Siset, por orden y mandato de algún burócrata que, sobre seguro, continuaría después roncando en la comodidad de su alcoba.

Kaila pasó la toalla sobre el cristal del armarillo del baño y se observó un instante en el espejo. Hacía mucho tiempo que no se preocupaba de ella misma o de su aspecto, iba poco o nada a la peluquería, y sus uñas no veían una manicura desde tiempos prehistóricos, así que bien podía decirse que era un milagro que sus cabellos castaños conservaran aún su brillo, o que apenas luciera arruguitas de expresión alrededor de los felinos ojos de color miel, heredados de su madre.

Quizá todavía no era tarde y había llegado el momento de dejar de echar puertas abajo junto a los compañeros de brigada. Batidas que la mayoría de veces no conducían al verdadero problema.

A Kaila le molestó profundamente pensar aquello último. Levantó la cara al techo e inspiró hondo, como queriendo convencerse de que todo lo que había hecho hasta ese momento servía para algo.

Hacía meses que tenía la cabeza hecha un lío. No sabía si quería o no permanecer en la brigada, e incluso había llegado a pensar que tal vez fuese la presencia de Moe Siset en ella lo que le hacía desear dejarlo todo y empezar de cero.

Desde que ese hombre fuera nombrado director adjunto del FBI, dos años atrás, había impedido y limitado su talento natural para confeccionar perfiles y hallar indicios donde nadie los veía. Aquel hombre, con una papada igual de abultada que su ego, siempre parecía estar en el mismo lugar que ella cuando alguien del departamento forense requería su presencia en el escenario de un crimen. Kaila no creía que esa circunstancia fuese fruto de la casualidad; sabía que Siset había estado vigilándola de cerca.

Exhaló un suspiro.

Llevaba un tiempo preguntándose por qué un hombre como él, con una carrera prometedora, se empeñaba en poner todo tipo de trabas a su trabajo. Ella solo era un elemento más del equipo; a su lado una don nadie. ¿Cómo era posible que la creyera una amenaza? Ni siquiera recordaba el momento exacto en que había germinado entre ellos tal animadversión, pero de lo que estaba segura era de que aquellas dudas y preguntas habían terminado convirtiéndose en un gusano que estaba corroyéndole poco a poco las entrañas.

Cuando el teléfono comenzó a sonar en el salón, Kaila dio media vuelta y se encaminó directamente hacia el dormitorio, ignorando la llamada. Buscó la bolsa de viaje que guardaba en el armario y la arrojó sobre la cama antes de comenzar a llenarla de ropa. Quizá estaba precipitándose, pero se conocía a sí misma lo bastante bien como para saber que si no lo hacía en ese momento, en ese preciso instante, no se atrevería a hacerlo nunca.

Normalmente fingía ser una solitaria, una mujer autosuficiente sin miedo a nada. Pero lo cierto era que temía alejarse durante demasiado tiempo de lo que denominaba «su zona de confort». Y esa zona incluía la brigada criminal, un piso antediluviano con cañerías que daban pena y una madre autoritaria con la que apenas hablaba.

Durante un segundo, sus dedos sostuvieron el uniforme color azul marino de la brigada, pero descartó el impulso de llevárselo y lo empujó a un lado para agarrar un par de pantalones. Sin embargo, un momento después, al clavar la mirada en el chaleco antibalas que colgaba de uno de los brazos del perchero, decidió meterlo en la maleta, junto al resto del equipaje.

Con el tiempo había aprendido a confiar en su intuición. Aunque, posiblemente, el llevarse el chaleco consigo fuese más producto de la rutina que de otra cosa.

A las cinco en punto, vestida con unos viejos tejanos de color celeste, una cazadora de piel marrón y los zapatos más cómodos que tenía, se acercó a la agencia de viajes que regentaba su amigo Rob, y solicitó un billete de ida al aeropuerto municipal de Ames. Aunque en un principio él la miró perplejo, el joven no tardó ni un minuto en dejar el trozo de pollo crujiente, a medio devorar, dentro del recipiente de cartón que descansaba sobre su escritorio, y obedecer.

—Ames... —repitió Rob mientras deslizaba una servilleta de papel por sus labios y se limpiaba la grasa de las comisuras.

—Así es.

—¿Y qué se te ha perdido allí?

—Trabajo.

—¿De qué tipo de misión se trata esta vez? —le preguntó el joven, de cabellos rabiosamente ondulados, al tiempo que trataba de ordenar los papeles que yacían esparcidos sobre la superficie de su mesa.

—De asesinato. —Kaila recapacitó un momento—. Puede que de suicidio.

—Pensaba que a los de la brigada criminal no les gustaba perder el tiempo en asuntos que conciernen únicamente a la policía.

—Ya, pero al parecer necesitan del criterio de alguien con experiencia. En fin, un agente con un punto de vista diferente, ya sabes —continuó—. Por lo visto, cuando se pusieron en contacto con mi unidad, Siset insistió en que fuese yo quien se desplazara hasta Ames para ayudarles en lo que hiciera falta, durante el tiempo que dure la investigación.

—O sea, que al fin lo ha conseguido.

—¿Echarme de FBI? —resopló Kaila—. Ya quisiera... Aunque sí ha logrado alejarme de la brigada durante algún tiempo.

—Ese Siset es un gilipollas al dejarte ir así, sin una buena razón.

—No creo que el asesinato pueda considerarse un mal motivo.

—Tú misma has dicho que puede que no lo sea.

—Y así es —admitió Kaila—. Pero no sé si realmente deseo objetar nada al respecto.

Rob frunció el ceño.

—Hace ya tiempo que me planteo un cambio de aires —explicó ella.

—No me habías dicho nada.

—Porque pensé que no tendría la oportunidad de hacerlo. Además, no tengo claro si realmente deseo alejarme tanto de la brigada. Pero, bueno, supongo que esto, a menor escala, continúa siendo más de lo mismo. Puede que incluso me siente bien vivir una temporada en una ciudad pequeña.

Rob terminó de ordenar los papeles e introdujo un folio en blanco en la impresora. Tras imprimir el billete, lo metió en un sobre y se lo entregó a ella.

—Pues espero que esto sea la respuesta a todas tus preguntas, Kaila, porque, sinceramente, esto sí que es un cambio de aires.

Capítulo 3

*Ames,
lunes, día 4 de enero.*

Kaila llegó al aeropuerto municipal de Ames a eso de las nueve menos cuarto de la mañana. El sonido de las hélices y la calefacción la habían adormecido, y al abrir los ojos vio cómo la azafata, junto a la cabina del comandante, iba despidiendo a los viajeros con un prometedor «hasta pronto». Aún soñolienta, se levantó y echó a andar hacia la muchacha, quien al verla se apresuró a devolverle el maletín que Kaila le había entregado antes de que despegara el aparato. Apenas puso un pie fuera del avión, un viento gélido traspasó la fina americana de lana que llevaba puesta y la despabiló por completo.

Kaila encogió los hombros y avanzó rápidamente hacia la terminal, recogió su equipaje de la cinta transportadora y se dirigió a la agencia de alquiler de coches que estaba en la primera planta, tal y como le había dicho Rob que hiciera, para recoger el Toyota

Camry del 2012 que este había reservado el día anterior.

Después de meter las maletas en el portaequipajes, condujo el coche hasta una cafetería cercana, donde se sentó, echó un vistazo a la carta y pidió a la camarera una taza de café caliente y unas cuantas pastas caseras rellenas de chocolate.

El lugar estaba caliente y olía a pan recién tostado y al beicon que chisporroteaba sobre la plancha. Aunque el mal tiempo invitaba a tomar algo caliente, dentro del local solo había un par de mesas ocupadas por dos hombres de mediana edad y estatura, que no le habían quitado el ojo de encima desde que traspasara la puerta.

Kaila los observó, simulando el mismo interés que ella parecía despertar en ellos, hasta que ambos desistieron de mirarla y volvieron a clavar la vista en sus respectivos almuerzos. Entonces echó un vistazo a través de las ventanas y pudo distinguir únicamente los capós de tres coches, excluyendo el suyo, aparcados junto a la acera. Ese pequeño detalle le bastó para darse cuenta de que la vida en Ames era muy distinta a la vida en la región del Noroeste. Por lo visto, a partir de ahora iba a tener que acostumbrarse a la tranquilidad que se respiraba en las calles y a la curiosidad que suscitaría en los habitantes del lugar.

Pero incluso esa particularidad parecía no importarle demasiado. Con un posible caso de homicidio que investigar y un jefe que estaba dispuesto a hacer cualquier cosa para retrasar su reincorporación al cuerpo, tendría poco tiempo para pensar en algo más.

Mientras examinaba el interior de la cafetería, que exhibía unas paredes pintadas de un chillón tono verde, el teléfono, tras la barra, comenzó a sonar desmayadamente. Kaila observó a la camarera reaccionar de mala gana, descolgar el auricular y responder con un escueto «¿Sí?». Luego continuó almorzando sin dar demasiada importancia a las esporádicas miraditas que le echaba la mujer desde el otro lado del mostrador, y que exponían claramente que la conversación versaba sobre ella.

Kaila no pudo menos que sonreír. Aunque le disgustaba ser el centro de atención, sabía que en cierta medida le beneficiaría. Muy pronto los habitantes de Ames comenzarían a hacerle preguntas y, obviamente, ella haría lo mismo. Era cuestión de tener un poco de paciencia y esperar.

Kaila suspiró para sus adentros mientras clavaba la mirada en su plato. Había tardado un buen rato en darse cuenta de que casi había acabado el almuerzo. Lo cierto era que un cambio de vida implicaba también un cambio de costumbres, pensó, devorando de un bocado la última galleta. A partir de ese momento, trataría de cuidar un poco su alimentación, dejaría de engullir tanto azúcar y posiblemente haría algo más de ejercicio. Tenía en la cabeza una lista mental de buenos propósitos –una muy larga– que pretendía cumplir, y ahora que tenía la oportunidad de llevarlos a cabo no iba a desperdiciarla.

—¿Señorita Henderson?

Algo le rozó la manga y Kaila, sorprendida, apartó un momento la mirada de su taza de café para clavarla en el hombre, de origen hispano, que estaba de pie junto a su mesa. Tenía unos labios ligeramente llenos, un par de tonos más oscuros que la tez de su rostro, era atlético, aunque no demasiado, y poseía un espeso cabello oscuro cuyos rizos se esforzaba en sujetar tras las orejas.

Kaila se lo quedó mirando, perpleja.

—¿Sí?

—Soy el agente Ramos —se presentó, extendiendo al instante una mano hacia ella.

Kaila dejó la taza sobre el platillo y lo observó con cierta desconfianza mientras estrechaba la mano que él le tendía.

—¿Cómo ha sabido quién…?

—Tyler Parsons —contestó al momento, sin apartar los ojos de ella.

Kaila negó con la cabeza.

—El encargado de la agencia donde alquiló esta mañana el coche —aclaró Ramos—. Me dijo que la encontraría aquí.

—Ya veo —respondió, asombrada de lo rápido que había circulado la noticia de su llegada.

—Oh, no debería sorprenderse. —Sonrió Ramos—. Ames es una ciudad relativamente pequeña, en donde todos se conocen. Por eso no es de extrañar que, después de lo sucedido, media localidad esté conmocionada y la otra mitad aterrorizada. En este lugar es habitual que cualquier cosa que se salga de lo común, algo a lo que no estén acostumbrados, corra de boca en boca como un reguero de pólvora.

—¿Se refiere a lo de la chica que encontraron cerca de la interestatal treinta y cinco? —Kaila le hizo un gesto para que ocupase el asiento que permanecía vacío frente a ella.

—En efecto. —Asintió con la cabeza—. Es una verdadera lástima lo que le ocurrió a la joven Catherine. Por aquí todo el mundo respeta a los Andrews, son descendientes de una de las primeras familias, originarias de Londres, que se establecieron en la ciudad, y están muy comprometidos con algunas causas benéficas y educativas. Cat, como todos la llamaban, era hija única, una buena chica, acababa de cumplir veinticuatro años e iba a casarse con su prometido, Nolan Evans, dentro de treinta días.

—Vaya... —Kaila alzó las cejas—. ¿Cree que el chico podría tener algo que ver con su suicidio?

—Bueno, por aquí nadie cree que se trate de un suicidio, agente Henderson.

—Discúlpeme, pero creí entender que la encontraron colgada de un árbol, con una soga alrededor del cuello —repuso Kaila sin alterarse.

Ramos se rascó la barbilla.

—Es cierto —dijo, apretando los labios.

—Entonces, ¿por qué está tan seguro de que no se trata de un suicidio?

—Porque existen ciertos detalles sobre su muerte que aún no han trascendido a los medios de comunicación. —Se inclinó ligeramente hacia delante y, apoyando la palma de las manos en la mesa, bajó el tono de voz—. Por lo de mantener la calma entre los ciudadanos, ya me comprende.

—¿Y qué detalles son esos? —inquirió ella.

—Espero que sepa disculparme, pero no estoy autorizado a dar ese tipo de información a nadie. Sin embargo, si hace el favor de acompañarme hasta la comisaría, al sur de la calle Dayton, estoy seguro de que mi superior, el jefe de policía O´Connell, no tendrá inconveniente alguno en ponerla al corriente de todo.

Kaila rechazó el ofrecimiento con un movimiento de cabeza.

—Gracias, pero, si no le importa, agente Ramos, preferiría ir hasta allí en mi propio vehículo —dijo antes de agarrar el bolso y situárselo en el hombro—. Todavía no conozco la zona y es preciso que me familiarice con ella cuanto antes.

Él asintió, poniéndose rápidamente en pie.

—Por supuesto —aceptó mientras extraía de su cinturón un pequeño blog de notas. Tras garabatear algo en la primera hoja, la arrancó y se la entregó a Kaila—. Si necesita ayuda o tiene dificultades para encontrar el sitio, no tiene más que llamarme a este número e iré en su busca.

—Descuide, lo haré —prometió Kaila, bajando la mirada para echar un rápido vistazo a la mano que Carlos le tendía. Después de ocultar el papel en el interior del bolso, el oficial giró sobre los talones de sus bonitas botas camperas y se dirigió hacia la puerta, deteniéndose después un instante para despedirse de Sabrina.

Tras unas cordiales frases de agradecimiento, la camarera premió la visita del agente con una sonrisa.

Kaila apartó la vista de Ramos para mirar a la mujer, que a juzgar por lo inflamados que tenía los tobillos debía permanecer cuantiosas horas de pie. Lucía una mancha reseca de mermelada de fresa en el puño derecho de su uniforme, la chapa, donde se podía leer su nombre, estaba torcida, y llevaba una permanente casera que dejaba bastante que desear.

Sabrina la miró de soslayo, aparentemente intranquila ante el examen visual al que estaba siendo sometida, y ambas se estudiaron mutuamente un instante. La camarera no pudo evitar que se le secase la garganta al ver a esa mujer allí de pie, con su impecable traje chaqueta y sus cómodos zapatos de salón. No se veían muchas señoras así por allí; ni tan elegantes ni con ese aspecto de suficiencia que parecía proclamar a los cuatro vientos una seguridad en ella misma de la que muy probablemente se sentiría orgullosa.

Kaila sonrió de torcido, sospechando que por aquel sitio no pasaba mucha gente nueva. Se sentó en uno de los taburetes giratorios, situados frente a la barra, y se quedó mirando los recipientes de cristal en cuyo interior se podían admirar unas deliciosas tartas de fresa y chocolate.

La mujer pasó un trapo distraídamente por la barra y, después de echar un vistazo a los clientes que permanecían aún en el local, se detuvo junto a ella. A Kaila no le pasó desapercibido que se obligaba a sí misma a sonreír. Por un momento tuvo la tentación de preguntarle por la chica que había aparecido muerta en el bosque. Pero no dijo nada. Simplemente se acomodó en su silla y esperó a que ella hablase de aquello, intuyendo que la curiosidad de la camarera por el asunto superaba la suya.

—He oído que ha venido desde Washington por lo de Cat —dijo finalmente, bajando la voz para que nadie más las escuchara.

Kaila asintió, agradeciendo no ser ella la primera que abordase el tema.

—¿La conocía?

—Aquí todo el mundo la conoce... —La camarera se detuvo para humedecerse los labios—. La conocía, quiero decir.

—Lo lamento.

Sabrina hizo un ligero movimiento afirmativo con la cabeza.

—¿Cuánto tiempo piensa quedarse?

—Depende de lo que tardemos en dar con su asesino, si es que lo hay —dijo Kaila.

—¿Por qué no iba a haberlo?

—Porque no siempre todo es lo que parece.

—¿Y qué le ocurrirá cuando lo pillen?

—Pues supongo que habrá un juicio e irá a la cárcel.

—Ese tipo merece que le hagan lo mismo que él le hizo a la pobre Cat —opinó, e hizo una breve pausa antes de continuar hablando—. Esa chica iba a casarse dentro de unos pocos días. Lo tenía todo previsto: la iglesia, el coche, los invitados... Todavía me cuesta creer lo que ha pasado. Los Andrews son una familia muy unida. No quiero ni pensar lo destrozados que estarán tras lo sucedido.

—¿Usted tampoco cree que se trate de un suicidio?

—¡Válgame Dios! —Se santiguó a toda prisa.

—¿Por qué no?

—Porque conocía a Cat, y sé que no se habría quitado la vida por voluntad propia. Esa muchacha estaba realmente enamorada, su existencia giraba alrededor de Nolan. Con eso no quiero decir que Cat fuera una chica tonta ni nada de eso, era una joven lista y muy aplicada, pero le gustaba que su prometido estuviese siempre pendiente de ella. Ya me entiende.

—Pues lo cierto es que no.

La camarera meneó la cabeza.

—Pues que esa chica no salía de casa, ni hacía nada de nada, si no era en compañía de ese chico.

—¿De Nolan?

Sabrina asintió.

—Estaban hechos el uno para el otro, de eso no hay duda —aseguró la mujer, evidenciando una total convicción—. Se conocían desde el instituto y tenían planes para montar juntos un negocio o algo parecido, una vez casados.

—¿Alguna vez los vio discutir por algo?

—¿Discutir a esos dos? —bufó, como si la respuesta fuera claramente obvia—. Constantemente. Cat era una chica increíblemente celosa e intentaba controlar todo lo que hacía Nolan. Al pobre no le gustaba que lo hiciera, pero la dejaba hacer a su antojo.

—Pero iban a casarse…

La mujer resopló por la nariz.

—¿Quién ha dicho que el amor sea perfecto?

Kaila buscó en su bolso el monedero y sacó un billete de diez dólares, que dejó sobre la superficie barnizada de la barra.

—Enhorabuena por las galletas, estaban realmente exquisitas.

El rostro de la mujer se iluminó con una genuina sonrisa.

—Cuídese, señorita, y vuelva cuando quiera. Le prepararé los bizcochos que me enseñó a hacer mi abuela cuando aún era una niña. Eso sí eran buenos dulces, y no los de ahora, rellenos de quién sabe qué.

—Descuide, lo haré.

Tratando de memorizar todo lo que había visto y oído, Kaila abandonó la cafetería y subió al coche. Sentada tras el volante, abrió la guantera, sacó del interior la libreta que unos minutos antes había guardado en ella y anotó con calma todo lo que la camarera le había contado sobre Catherine y su prometido Nolan. También reservó un espacio para escribir su propia impresión sobre el agente Ramos, y de cómo, al estrecharle la mano, había advertido que estaban algo secas.

«Probablemente debido al uso continuado de la calefacción en su automóvil», recapacitó. Lo que hacía suponer que en Ames apenas ocurría nada que requiriese de intervención policial, o que tal vez el hombre no estaba ejerciendo todo lo bien que debiera su trabajo.

El motor del Toyota Camry de Kaila rugió cuando diez minutos más tarde lo puso en marcha. Eran casi las once de la mañana y el termómetro del navegador marcaba cuatro grados bajo cero. Una temperatura a la que no estaba acostumbrada en absoluto.

Con un ligero estremecimiento, escribió el nombre de Dayton en el GPS. Luego se inclinó sobre el volante y barrió con la mirada el cielo, que en esos momentos pronosticaba un buen chaparrón.

Kaila permaneció quieta durante un rato, observando las grandes bandadas de pájaros negros que surcaban el cielo, en ese momento de un profundo gris. El hecho de no haber sumado un impermeable al equipaje le pareció un descuido del todo impropio en ella, que no tardó en atribuir a la falta de descanso que había soportado los últimos tres meses, durante los cuales Siset le había asignado más vigilancias nocturnas que al resto de sus compañeros.

Mientras se preparaba para sacar el coche del aparcamiento, tuvo la sensación de estar oyendo la voz del director adjunto diciéndole que si quería permanecer en su división tendría que aceptar todos y cada uno de sus mandatos, sin expresar una sola queja. Dado que ninguno de sus compañeros se atrevió a desafiar a Siset entonces, Kaila sospechaba que tampoco lo harían en el futuro. Con lo cual, le quedaba un largo trance que soportar hasta que el director adjunto modificase su actitud hacia ella, circunstancia que dudaba fuera a suceder algún día, o acabaran transfiriéndolo a otro departamento.

Kaila sacó la botellita de agua mineral que llevaba en el bolso y le dio un sorbo antes de alargar el brazo y meter la marcha atrás. Al sacar el coche del estacionamiento, desde el retrovisor, pudo ver claramente el bosque y las montañas que se extendían más allá de la ciudad. El condado más próximo era Marshall, y se encontraba a más de cuatrocientos kilómetros de distancia, lo que suponía más de cuatro horas de camino.

Si realmente en Ames había un asesino, no le gustaba un pelo la idea de estar tan lejos de otra ciudad. En la medida de lo posible, siempre trataba de permanecer en contacto con el mundo exterior. Algo que nunca había resultado ser un problema en urbes como

Nueva York o Milwaukee. Sin embargo, esta vez no parecía ser el caso.

Al estacionar junto al departamento de policía, un enorme edificio de color blanco cuyas ventanas carecían del habitual enrejado que protegía los cristales de actos vandálicos, Kaila introdujo el móvil en el bolso, echó un último vistazo al reloj del navegador y constató que la temperatura había descendido dos grados exactos. La calzada estaba aún encharcada por la reciente lluvia y, durante un instante de vacilación, se miró los elegantes zapatos de salón que llevaba puestos.

Kaila suspiró con hastío. No le cabía duda de que su jefe, Moe *Cabronazo* Siset, estaba al corriente de las bajas temperaturas y la mala climatología que castigaban el lugar. Sin embargo, lo que realmente le cabreaba era que ella misma no se había preocupado en ningún momento de averiguarlo.

Era algo que últimamente hacía a menudo: despreocuparse de todo.

Kaila se dispuso a salir del vehículo cuando oyó tres suaves golpes de nudillos en el cristal de su puerta que le hicieron dar un brinco en el asiento. Luego, rápidamente, se recolocó un mechón de cabello tras la oreja y clavó la mirada en el hombre que, a través del cristal, la observaba con interés.

Le había dado un susto de muerte, pensó mientras bajaba la ventanilla. En ese instante una ráfaga de aire penetró en el coche y Kaila, presa aún del asombro, tembló de frío mientras miraba al desconocido. Tenía el pelo denso y castaño, una mandíbula fuerte y un rostro ligeramente bronceado que le confería un aspecto tremendamente varonil. Con el codo apoyado sobre el techo y el cuerpo inclinado sobre el vehículo, exhibía una actitud relajada. Era guapo, «no para tirar cohetes», pensó Kaila, pero se podía decir que era un hombre bastante atractivo. Vestía el uniforme de color negro de la policía de Ames, que básicamente consistía en unos pantalones de sarga, camisa y cazadora, y llevaba la placa y el revólver prendidos al cinturón, como en una de esas viejas películas de vaqueros.

—¿Desea usted alguna cosa? —preguntó Kaila, mirándolo con curiosidad.

Él le sonrió al verla bajar la ventanilla hasta la mitad.

—El agente Ramos me dijo que quería verme.

—¿Y usted es...? —Arrugó el ceño.

—Oh, lo siento —se disculpó de inmediato, introduciendo una mano por la ventanilla—. Soy el jefe de policía, O'Connell.

—¡Ah! —Ella estrechó su mano con una amplia sonrisa—. Mi nombre es Kaila Henderson.

—Sé quién es usted —manifestó O'Connell—. La esperábamos ayer, agente Henderson, pero si aún está interesada en echar un vistazo al cadáver, está a solo dos manzanas de aquí, en el instituto forense. Bueno, eso si no está muy cansada después de un viaje tan largo.

Ella negó con la cabeza.

—No se preocupe, estoy perfectamente.

—Bien —Dan O'Connell encogió ligeramente los hombros—, entonces la dejo para que se ponga al día sobre el caso.

—¿Usted no piensa venir conmigo? —le preguntó Kaila.

—Tal vez un poco más tarde. Ahora tengo que ocuparme de un desagradable asunto en el bar de una amiga. Por lo visto el borrachín de la ciudad, Fred Allen, ha vuelto a hacer otra vez de las suyas. Nada demasiado importante, espero.

—¿Quiere que le acompañe?

—No se preocupe. No es corriente que Fred ocasione problemas, en lo que a dormir la mona en comisaría se refiere, si con ello evita regresar a casa junto a su esposa Brenda.

—Una mujer con carácter, intuyo... —sospechó ella.

—Fue jefa de animadoras en el setenta y siete y reina del baile de fin de curso. —Resopló.

—Entiendo. —Los labios de Kaila exhibieron una significativa sonrisa que hizo que, casi sin querer, la curiosidad de Dan por ella aumentara.

Kaila Henderson no se parecía en nada al agente del FBI que él esperaba. A decir verdad, en ningún momento se había detenido mucho a pensar en cómo sería la persona que enviarían desde Washington. Aunque, obviamente, nunca se habría imaginado que los federales enviarían a una mujer alta y esbelta, de piel bronceada y piernas infinitas.

De pronto, Dan fue consciente del frío y la humedad que comenzaban a traspasar sus guantes de piel; de modo que retiró las manos del capó y las introdujo en los bolsillos de su cazadora, tratando de hacerlas entrar de nuevo en calor.

—Nos vemos un poco más tarde —dijo él, sonriendo ligeramente mientras se apartaba un paso del coche—. Examine el cadáver, agente Henderson. Su jefe insistió en que usted posee una habilidad increíble para encontrar luces rojas.

—¿Luces rojas? —preguntó Kaila frunciendo el entrecejo.

—Sí, ya sabe, *Luces rojas*. ¿No ha visto la película de Robert De Niro?

—Me temo que no —admitió a su pesar.

—Las luces rojas son cosas que no deberían estar ahí; pistas o detalles fuera de lugar; personas que se comportan de una manera sospechosa, objetos fuera de contexto... Ya sabe, esas cosas —explicó Dan al tiempo que sacaba la mano del bolsillo para mirar la hora que marcaba su reloj—. En fin, haga su trabajo y cuénteme después lo que ha descubierto.

Mientras lo veía caminar hacia su propio coche, aparcado a tres vehículos del suyo, Kaila no pudo evitar pensar en lo mucho que le habría gustado ir con él. Sin embargo, dentro de ella sabía que aquel pensamiento era únicamente fruto del miedo y el deseo de retrasar la visita a la morgue. Las veces que había acudido al depósito de cadáveres, de cualquier ciudad, para examinar un cuerpo, lo había hecho sin saber muy bien qué atrocidad iba a encontrar sobre la mesa de autopsias, y estaba segura de que esta vez no sería diferente. Cada psicópata o asesino era distinto, y cada una de sus víctimas un mapa preciso de su locura.

De forma automática, su cerebro empezó a repasar las imágenes de los cientos de cuerpos que había examinado a lo largo de los últimos tres años. Tenía asumido desde hacía mucho tiempo que la muerte no era compasiva ni selectiva, daba lo mismo si la víctima era un menor, una joven bonita o un narcotraficante, todos los cuerpos tenían una barbarie que contar. Aquello, sencillamente, estaba comenzando a superarla.

«Si quieres vivir el mañana, será mejor que dejes de pensar en el pasado», recordó las palabras que le había dicho su padre en una ocasión, siendo aún una adolescente. Su temprana muerte no había hecho que su admiración por él menguara, seguía considerándolo un héroe y el hombre más sabio que había conocido nunca. Y probablemente estaba en lo cierto al decirle que debía olvidarse de lo que había visto hasta el momento para ser capaz de descubrir algo nuevo, algo que los demás no advertían porque persistían en buscar lo que ya conocían.

Lo que suponía resetear el cerebro y poner la mente a cero.

Kaila respiró profundamente, tratando de poner aquello último en práctica.

Ahora estaba en Ames, allí no había ningún asesino en serie o narcotraficante armado hasta las cejas. Allí imperaban la tranquilidad y cordialidad de sus habitantes, los parques y escuelas llenas de críos.

En el instante en que puso el motor de nuevo en marcha, una densa cortina de agua comenzó a precipitarse sobre el coche. Kaila arrugó el morro, empujó la palanca del limpiaparabrisas y puso la calefacción a la máxima potencia para evitar que los cristales se empañaran.

Ya estaba a punto de partir hacia la morgue cuando sus ojos se posaron en el individuo que estaba observándola desde el otro extremo de la calzada. El hombre, cuyo rostro permanecía oculto bajo la capucha de una vieja sudadera de los Yankees, se dio la vuelta muy lentamente y comenzó a caminar despacio, adentrándose cada vez más en el bosque que se extendía más allá de la carretera.

Recuperada de la sorpresa, bajó rápidamente el cristal y asomó la cabeza por la ventanilla.

—¡Espere! —lo llamó a viva voz.

El hombre, que en ningún momento dio señales de haberla oído, continuó caminando hasta que acabó desapareciendo entre los grandes árboles. Por un momento pensó en bajar del coche y seguirlo a través del bosque, pero los neumáticos de un autobús escolar, que rebasó el lugar donde estaba aparcado su vehículo, levantaron a ambos lados una gran cresta de agua que le hizo retroceder, cerrar la puerta y subir la ventanilla.

Apenas terminó de hacerlo, Kaila se quedó mirando su propio reflejo en el cristal.

¿Acaso los años en la brigada criminal habían acabado por transformarla en una paranoica?, recapacitó con un suspiro. No era de extrañar que todo el mundo en Ames sintiera cierta curiosidad por ella, a fin de cuentas, como bien le había dicho el agente Ramos un rato antes, allí ella era la extraña y, por consiguiente, la novedad.

Cuando llegó al edificio, un frío inmueble de hormigón situado a poca distancia del departamento de policía, un agente uniformado que respondía al nombre de Paul Clayton la recibió en la puerta. Se trataba de un chico joven, bien parecido, alto y con unos sorprendentes ojos azules rodeados por un sinnúmero de pestañas oscuras. Llevaba el pelo engominado de tal modo que le quedaba peinado hacia atrás, como un extra de una de aquellas películas de los ochenta, y sonreía de una manera relajada.

Sin esperar a que Kaila se lo pidiese, el joven le dio un apretón de manos y, rápidamente, la condujo hasta la oficina del forense asignado al caso. La circunstancia de que todo el mundo estuviese al tanto de quién era ella y qué hacía allí la incomodaba un poco. No obstante, nada más entrar en el despacho tomó asiento en el pequeño sillón de piel, emplazado frente al escritorio, y cruzó cómodamente las piernas mientras miraba a su alrededor con devoto interés.

Todo le resultaba familiar: los diplomas, las paredes llenas de pósteres de dibujos sobre anatomía humana, y el modelo a escala de un pabellón auditivo que descansaba sobre la mesa. Era costumbre entre los doctores de determinados gremios repetir ciertas conductas. Una de ellas era la de ambientar el lugar de trabajo con los mismos elementos e idéntica distribución. «Visto uno, visto todos», pensó mientras recordaba haber contemplado el mismo pabellón auditivo otras cien mil veces.

Clayton, que había empezado a sentirse nervioso por el silencio que se había establecido entre los dos, se ofreció a traerle algo de beber mientras esperaban al doctor Murray.

Inmensamente aliviada, Kaila aceptó el ofrecimiento de buen agrado, esperó a oír cómo se cerraba la puerta a su espalda y, movida por la curiosidad, deslizó una concienzuda mirada por los estantes y aparadores llenos de libros. La primera impresión que tuvo fue que la habitación tenía pocos muebles y que estaba bastante limpia y ordenada, a excepción del escritorio que tenía frente a ella.

Kaila inclinó el cuerpo ligeramente hacia delante para observar de cerca las manchas oleaginosas que oscurecían los márgenes de muchos de los documentos que se amontonaban sobre la mesa. Junto a la misma, en el interior de una papelera, reconoció un cartón para pizzas.

Basándose en su experiencia, dedujo que el doctor pasaba muchas horas encerrado en aquella habitación. Era muy probable que comiese o cenase más de una vez sentado a su mesa. De modo que, teniendo en cuenta el escaso trabajo que un médico forense tendría en un lugar como Ames, solo podía significar tres cosas: una, que el facultativo estaba en mitad de un proceso de divorcio; dos, que tenía una amante a la que dedicaba unas cuantas horas libres o, tres, las dos primeras cosas.

Frente a ella, apiñados en las estanterías, había decenas de tomos que versaban sobre el cuerpo humano y medicina, un par de placas conmemorativas y dos frascos llenos de lápices y bolígrafos. Nada destacable, de no ser porque el tomo de física cuántica, que sobresalía sobre los demás volúmenes por su gran grosor y nula conexión con el resto de materias, pedía a voces que le echara una ojeada.

Kaila se levantó de su butaca, asomó media cabeza por la puerta y se aseguró de que el agente continuaba de pie junto a la máquina de refrescos. Tras constatarlo, se acercó al mueble para extraer el libro de la segunda repisa.

Lo primero que llamó la atención de Kaila fue su peso, o más bien la falta del mismo, a pesar de que era evidente que el libro disfrutaba de un buen tamaño. Al examinarlo con detenimiento se fijó en que las páginas se curvaban ligeramente justo en la mitad, lo abrió por donde se originaba aquella irregularidad y descubrió que no se trataba de ningún compendio sobre los hipotéticos prodigios de la física cuántica, sino de un simple estuche.

Dentro, en el interior de un sobre con el distintivo de una agencia de viajes, Kaila descubrió dos billetes de avión de ida a San Francisco. Tras leer los nombres del doctor Murray y Brenda Allen, arqueó las cejas, recordando que O'Connell había mencionado que Brenda era la esposa de Fred.

—Vaya, parece que en este sitio también ocurren cosas interesantes... —murmuró mientras volvía a dejar el libro y los billetes de avión en su sitio. Estaba a punto de regresar a su silla cuando oyó las pisadas que se acercaban por el corredor. La experiencia le había enseñado que la mejor forma de que no te pillaran metiendo las narices en asuntos ajenos era demostrar que lo estabas haciendo. Por tanto, situó las manos a la espalda, con los dedos entrelazados, y fingió estar echando un vistazo a los libros. Cuando la puerta se abrió y el agente la encontró de pie en mitad de la sala, ella le devolvió la mirada.

—Lo lamento, agente Henderson, pero solo he podido conseguir una botella de agua. El chico que se encarga de la máquina de refrescos aún no ha empezado su turno y…

—No importa. —Sonrió al muchacho—. El agua será suficiente.

—El doctor Murray estará un rato más en la morgue —Kaila advirtió el ligero movimiento de su cuello al tragar saliva—, con el cadáver de Catherine Andrews.

—La conocía —dedujo ella.

—Cat era una chica muy popular, agente Henderson.

—¿Se refiere a que era una persona promiscua?

—¡Por supuesto que no! —El joven se tomó un segundo de reflexión—. Catherine era una buena persona y respetaba a Nolan por encima de todas las cosas. Puede que haya oído por ahí lo de sus enfermizos celos, pero el caso es que no estaban del todo injustificados. En Ames todos estaban al corriente del feo asunto que su prometido tuvo hace algunos años con Olivia Campbell, la ayudante del forense.

—¿Insinúa que Nolan Evans y ella tuvieron una aventura?

—Yo no insinúo nada, agente, todo el mundo lo sabe.

—¿Por qué no le dejó entonces?

—No era tan sencillo, los dos provienen de buenas familias y había mucho interés por ambas partes en que la boda se llevara a cabo —resopló—. En fin, la gente de por aquí es muy suya. No ven con demasiados buenos ojos a los extraños.

—Y usted no es de Ames —adivinó Kaila.

—Me instalé aquí hace algunos años.

—Me da la impresión de que estaba interesado en Cat, ¿no es cierto?

El muchacho la miró perplejo, revelándole a ella que sus palabras habían dado justo en el blanco.

—No se preocupe, no tiene por qué responder a mi pregunta si no quiere —añadió Kaila.

—Bueno —Clayton vaciló un instante—, reconozco que siempre me pareció una chica muy especial. Éramos buenos amigos, y de haber sido posible me habría encantado que esa amistad se hubiese convertido en algo más profundo con el tiempo.

—Pero para los Andrews usted siempre continuaría siendo un forastero.

—Eso es lo de menos, de todos modos Cat estaba enamorada de Nolan. —Al cabo añadió—: Si no le importa, preferiría que los padres de Catherine no se enteren de lo que acabo de contarle. No me gustaría que pensaran que su hija y yo manteníamos algo más que una buena amistad. Después de lo sucedido, lo último que desearía sería hacerles más daño.

—No se preocupe, no mencionaré nada de esto, de no ser estrictamente necesario.

Nervioso, Clayton se frotó la nuca con la palma de la mano.

—Aún no puedo creer que haya muerto —comentó él—. ¿Quién querría hacerle daño?

—No puedo responder aún a esa pregunta, pero estoy segura de que no tardaremos en averiguarlo.

—Cat vino a verme a casa unos días antes de su muerte —confesó Clayton.

—¿Por qué lo hizo?

—No lo sé... —se lamentó—. Creo que quería

contarme algo, pero mi turno empezaba a las diez y llegaba tarde, así que tuvimos poco tiempo para hablar. Lo único que puedo decirle es que estaba muy nerviosa, no dejaba de repetir, una y otra vez, que había sido una tonta. No puedo asegurárselo, pero daba la impresión de que estaba pensando echarse atrás con lo de la boda.

—¿Cree que quería dejar a su prometido?

—Eso creo.

—¿Insinuó el motivo?

—Por lo visto, Nolan hizo algo que la enfureció.

A medida que lo escuchaba, Kaila se daba cuenta de que los habitantes de aquella ciudad escondían muchos más secretos de los que había supuesto en un principio. Existía toda una telaraña de celos, engaños y mentiras, que esperaba llegar a desentrañar en algún momento. Para empezar, había descubierto el porqué de las continuas discusiones de Cat con Nolan. Aquel, sin duda, era un buen comienzo.

—Permítame hacerle otra pregunta, agente Clayton.

—Paul —respondió él—. Puede tutearme, aquí todo el mundo lo hace.

—De acuerdo —aceptó ella—. ¿Tenía algo que ver la señora Brenda Allen con la fallecida?

—¿La esposa de Fred? —El muchacho arrugó el ceño, desconcertado por la pregunta—. No, que yo sepa.

«Bien», pensó ella. Aquello comenzaba a parecer una empanada mental: el doctor y la señora Allen; una pareja que no era tan perfecta como parecía; y un joven agente vinculado a la víctima de alguna forma que iba a tener que descubrir.

Al cabo de un instante, después de agarrar el bolso, Kaila le pidió al chico que la llevase hasta el lugar donde descansaba el cadáver de Catherine Andrews. Clayton pensó en negarse y decirle que lo mejor era seguir esperando al doctor Murray, pero en vez de eso le abrió la puerta y la acompañó hasta el depósito de cadáveres, situado en el entresuelo.

La morgue ofrecía una desoladora vista de baldosas blancas y asépticas. Al fondo del mismo, una serie de compartimientos de acero, numerados del uno al quince, brillaba bajo la luz blanca de los fluorescentes, dando la impresión de multiplicarse al vislumbrarse su reflejo en el pavimento de hormigón pulimentado. El aire estaba impregnado de un fuerte olor a desinfectante y Kaila, como de costumbre, retuvo una arcada de su estómago. Era curioso el modo en que aquel efluvio podía llegar a provocar más náuseas que la visión de las entrañas del propio cadáver.

Kaila dejó el bolso sobre un aparador metálico y, sobreponiéndose al malestar físico, entró en la antesala, donde sabía que encontraría un lavabo y jabón neutro. Una vez terminó de desinfectar concienzudamente sus manos, alzó la cabeza y miró a través del cristal que separaba aquel pequeño cubil de la morgue. En mitad de esta, junto a la mesa de autopsias, el médico forense le hizo una señal para que se pusiera la bata blanca que estaba colgada junto a la puerta.

Kaila no tardó en obedecerlo y, una vez encontró las mascarillas, guantes y gorro reglamentarios, se los puso y se acercó al cuerpo de la chica.

Edward Murray se apartó un poco del cadáver para que ella pudiese examinarlo con tranquilidad. Mirar los ojos sin vida de Catherine Andrews a punto estuvo de hacerla sucumbir a la tristeza. El cuerpo presentaba una hábil sutura, en forma de Y griega que descendía desde la clavícula a la ingle, lo que dejó claro que Murray había realizado un buen trabajo. Era una mujer muy joven —quizá demasiado—, lo que agitó en ella una extraña sensación de pérdida que la indujo a pensar en todo lo que le habían arrebatado a esa muchacha. No obstante, sabiendo que el sentimentalismo solo sería un obstáculo más en la investigación, desterró aquellos sombríos pensamientos de su mente y se concentró en los indicios que estaban esperándola sobre la mesa.

Extrajo de su bolso una pequeña grabadora y, una vez la hubo conectado, la situó junto a la cabeza de Catherine, cuyos labios, semiabiertos, se mostraban ligeramente azulados.

—Tanto la carótida como las arterias vertebrales parecen estar comprimidas —comentó ella en voz alta, palpando con cuidado el cuello—. Sin embargo, el cuerpo se encuentra ligeramente azulado, y existe un perceptible derrame bajo las córneas. Por lo que podemos certificar que murió de asfixia antes de que las arterias dejasen de irrigar los órganos vitales. Además, no hay fractura ni afectación de la médula, lo que lleva a suponer que el homicida situó la soga en el cuello de la víctima cuando esta aún se encontraba en el suelo, y a continuación la izó.

Kaila se detuvo para observar de cerca el cuello de la joven. Acercó la lente de aumento, suspendida sobre la mesa de autopsias, y examinó las profundas heridas verticales que se distinguían junto a la tráquea.

—La víctima intentó quitarse la soga —dedujo alzando la cabeza para mirar al doctor—. Hay marcas de arañazos en el hematoma que rodea el cuello. ¿Encontró epiteliales en la cuerda?

—Solo las de ella —respondió Murray antes de mostrarle los dedos de la muchacha, afectados ya por el *rigor mortis*—. Además, está esto.

Kaila observó que a la mano le faltaba el dedo anular.

—No hay tejido muerto alrededor del corte —determinó.

—Al parecer se lo amputaron después de muerta —confirmó sus sospechas el médico.

—¿Cabe la posibilidad de que alguien hallase el cadáver de Catherine antes que los chicos que dieron con ella?

—¿Se refiere a que si es posible que otra persona se llevara el dedo?

Kaila movió la cabeza afirmativamente.

—El cadáver se encontraba suspendido a metro y medio del suelo, agente Henderson. Eso deja las manos a una altura de, por lo menos, dos metros y medio más. Por lo demás, no alcanzo a comprender por qué querría alguien llevarse un dedo.

—Tal vez por el anillo —sugirió ella—. Si he entendido bien, Catherine Andrews iba a casarse dentro de un mes, es algo normal que en ese dedo hubiese un anillo de compromiso.

El hombre arrugó el entrecejo, revelándole a ella que había pasado por alto tal posibilidad. Su gesto vacilante indicaba que, evidentemente, Murray carecía de la objetividad y experiencia necesarias para afrontar un caso de homicidio. En ese momento, casi se sintió tentada a admitir que Siset había obrado correctamente al destinarla a ese lugar. Ames tenía una morgue completamente equipada, unas instalaciones extraordinarias y un forense con mucha teórica, pero poca práctica.

Sin pensárselo dos veces, Kaila recabó muestras de debajo de las uñas, piel y mucosas, y las fue introduciendo una a una en los sobres destinados al laboratorio. Luego se acercó al cadáver y examinó los cabellos en busca de fibras, briznas de hierba o residuos vegetales. El cuerpo de Catherine había estado expuesto durante horas a varios factores externos, como los insectos y la climatología, que tenía que clasificar antes de poder diferenciarlos de los no naturales. Durante las dos horas que duró todo el proceso, Murray refunfuñó en solo dos ocasiones, mostrándose un poco brusco con ella. Kaila comprendía que se sintiera desplazado en su propia morgue, por lo que trataba de actuar con naturalidad. Él hacía bien su trabajo, y ella tenía que realizar el suyo. Para eso estaba allí.

—Bien, creo que por ahora es todo —dijo, volviéndose hacia Murray. Este, dando por finalizada la inspección del cadáver, desdobló una sábana y decidió cubrir el cuerpo con ella. Los enterradores y floristas estaban ultimando los detalles para el entierro de Catherine, y no convenía hacer esperar demasiado a la familia. Ya habían sufrido bastante, y con cada hora que pasaba la angustia que sentían se incrementaba.

—Bien, será mejor que la preparemos e informemos a la familia de que podrán darle sepultura esta misma tarde.

—¿La conocía?

Murray le lanzó una fría mirada desde el otro lado de la mesa.

—¿Va a interrogarme? —le preguntó.

—Todavía no —se limitó a decir—. Solo estaba tratando de ser amable.

—Conozco a su familia, si es a lo que se refiere.

—Entiendo.

—En realidad, no mucho —se retractó de inmediato—. Aunque sí lo suficiente como para lamentar su perdida.

Justo en el instante en que el lienzo rebasaba el pecho de Cat, Kaila se fijó en la casi imperceptible marca que presentaba uno de sus senos.

—¿Qué es eso de ahí?

Murray se detuvo y agitó la cabeza a los lados, incapaz de ver nada.

—¿Lo ve? Ese puntito rojo, junto al seno izquierdo —le indicó Kaila, situando la lente de aumento sobre el pecho inanimado de la mujer.

—¿Un lunar? —teorizó el médico tras examinarlo.

—Eso no es ningún lunar, doctor, sino una punción. —Lo miró—. ¿Analizaron su sangre?

—Sí, y no había ningún tipo de sustancia extraña en ella.

—¿Dónde la encontraron exactamente?

—En una pequeña zona arbolada, entre la interestatal número 30 y la 241St. ¿Cree usted que se nos ha podido pasar algo?

—No lo sé, pero esta chica tenía algo ahí clavado. Y si no se trataba de ninguna aguja hipodérmica, deberíamos averiguar qué era.

No fue hasta que se deshizo del gorro y la mascarilla que Kaila se dio cuenta de que Dan O'Connell estaba junto al mueble de acero, donde minutos antes había dejado su bolso, observándola con atención.

—Jefe O'Connell... —dijo a modo de saludo.

—Agente especial Henderson...

Cuando pasó junto a él, de camino a la puerta, Kaila tuvo que lidiar con sus nervios. Hasta ese momento no se había percatado realmente de la gran envergadura de ese hombre, reflexionó, echándole un furtivo vistazo por el rabillo del ojo mientras se quitaba la bata y la lanzaba al cubo de plástico destinado a la desinfección de prendas. Así, a ojo, debía medir por lo menos un metro noventa de estatura. Algo en lo que no había reparado la primera vez que lo había visto, sentada al volante de su coche.

Aprovechando que en esos instantes O'Connell conversaba con el forense, Kaila se concedió a sí misma un momento para disfrutar de la interesante vista que ofrecía aquel fantástico espécimen masculino. Durante una fracción de segundo, se dedicó a contemplar la mano, bronceada por el sol, que tenía apoyada despreocupadamente en la culata del revólver que pendía de su cinturón. Sus fuertes dedos tamborileaban distraídamente sobre la piel de la cartuchera.

Kaila inclinó la cabeza y ocultó ligeramente el rostro cuando notó que el calor de sus mejillas se intensificaba. Era increíble que algo tan corriente como unas simples manos consiguiera sacarle los colores, pensó. Había oído historias sobre personas que se sentían atraídas a primera vista, pero estaba segura de que ese no era el caso. Según su experiencia, la atracción física rara vez se prorrogaba más de uno o dos meses. Incluso menos, si acababan compartiendo cama demasiado pronto.

Kaila, cuyos ojos continuaban clavados en la espalda de Dan O'Connell, imaginó lo poco que le desagradaría esa posibilidad. Él parecía muy seguro de sí mismo, como si fuese el tipo de hombre que sabía siempre lo que había que hacer o decir en cada momento. Nunca antes había estado con alguien así, y quizá fuera precisamente eso lo que le atraía de él.

Tan pronto como bajó de las nubes y cayó en la cuenta de que O'Connell había girado ligeramente el rostro para mirarla, se dio la vuelta y se dirigió hacia la mesa donde una hora antes había dejado sus cosas. Mientras se ponía la chaqueta, dejó que sus miradas se encontraran una milésima de segundo. Él seguía observándola.

«Hay mejores formas de hacer que te despidan», pensó mientras trataba de comportarse como si nada.

De todas formas, aparte de que no estaba allí para eso, no tenía mucha habilidad con los hombres. El juego de la seducción siempre se le había dado de pena, y rara vez se atrevía a flirtear abiertamente con nadie. Además, hasta el momento todas sus relaciones habían sido lo suficientemente triviales como para no crear un vínculo afectivo muy profundo. Situación con la cual se sentía bastante satisfecha.

Por el rabillo del ojo, Kaila advirtió el color marrón de la camisa del agente Clayton. El joven, que había entrado en la sala sosteniendo un folio de papel en la mano, cruzó la habitación y se detuvo junto a Murray. El doctor, tras echar un vistazo al documento, frunció el ceño, intercambió unas palabras con O'Connell y este, después de despedirse del facultativo, lo dejó a solas con el muchacho y el cadáver.

—Así que, ¿pretende visitar la escena del crimen? —preguntó Dan a Kaila.

—Así es —respondió ella, tomándose su tiempo en abrochar los botones de su ajustada chaqueta—. Aún no podemos estar seguros, pero es posible que los responsables de recabar las pruebas obviaran algo importante.

—Bien... —O'Connell abrió la puerta, cediéndole a ella el paso—. Entonces, será mejor que nos demos prisa antes de que se haga muy tarde.

—¿Piensa acompañarme?

—Por supuesto.

—Es muy considerado por su parte —señaló Kaila mientras avanzaban por el solitario corredor de paredes y techos blancos.

—Digamos que para algunas cosas soy un hombre chapado a la antigua.

—¿Y para otras?

Él esbozó una seductora sonrisa y clavó sus ojos, de un profundo verde musgo, en los de ella.

No tenía sentido negar que Dan O'Connell le resultaba físicamente atractivo. Le atraía su penetrante mirada y sus labios ligeramente llenos. Pero sobre todo le gustaba su actitud; esa manera de decir las cosas, sin necesidad de abrir la boca, le parecía tremendamente sugerente.

La idea hizo sonreír a Kaila. Por lo general, era bastante buena leyendo los gestos de rostros que delataban mentiras, miedo e incluso vergüenza, pero al de Dan O'Connell solo era capaz de sacarle virtudes.

Cuando ambos hubieron abandonado el ambiente lúgubre de la morgue, decidieron ir en el coche de Kaila, dado que en el maletero del vehículo, dentro del maletín que había traído consigo desde Washington, ella disponía de todos los elementos y sustancias de análisis necesarias.

Veinte minutos más tarde, al llegar al cruce donde convergían la federal 30 y la 241, Dan torció el volante hacia la izquierda y abandonó la carretera principal, encauzando el vehículo hacia un agreste camino de tierra que discurría paralelamente a la vía principal. Pasaron junto a un par de naves industriales, ante las que Kaila pudo ver aparcadas tres enormes rancheras y dos furgonetas con el logotipo de una empresa de limpiezas, y a continuación recorrieron un sendero repleto de baches.

Con un repentino sentimiento de inquietud, Kaila desvió la vista hacia la derecha y contempló una enorme cruz de metal que se alzaba sobre el tejado de una apartada iglesia. El edificio no era nada extraordinario, una construcción sencilla, más bien triangular, pintada en discretos tonos beis.

«¿Por qué Catherine Andrews, y no otra joven? ¿Qué sentido tenía amputarle un dedo? ¿Continúa el asesino todavía en Ames?», durante una fracción de segundo, su mente se vio asaltada por multitud de preguntas. Los caprichos del destino a la hora de elegir quién debía vivir o morir no siempre resultaban comprensibles. Aún menos en el caso de Catherine Andrews. Obviamente, esa chica era demasiado joven; tenía la promesa de toda una vida por delante.

Volvió a dirigir la mirada hacia la iglesia. Aunque no se consideraba demasiado creyente, juzgó natural preguntarse si Cat lo era. De ser así, esperaba que saberse tan cerca de su Dios, en el instante en que extinguía sus últimos segundos de vida, la hubiese confortado de algún modo.

—Encontraron a Cat en mitad de aquella zona arbolada —le indicó Dan en el instante en que el pequeño bosquecillo apareció al final del camino.

—¿Qué árboles son esos? —preguntó ella cuando él detuvo el vehículo.

—Por aquí se les conoce como plataneros de sombra. Son muy comunes en estas tierras y, como ya habrá imaginado, también son lo suficientemente grandes y resistentes como para soportar el peso de una persona.

—O de un cadáver.

—O de un cadáver —ratificó él.

—Parece estar muy versado en botánica.

—Lo cierto es que en ese campo soy un completo ignorante —afirmó mientras se ponía las gafas de sol que llevaba dentro del bolsillo de la cazadora—. No obstante, me gusta conocer todo lo que puedo del lugar donde vivo. Ames es una ciudad pequeña y tranquila, agente Henderson, cuando uno decide quedarse aquí, lo hace sabiendo que tendrá que acostumbrarse a esto. Y eso incluye también sus bosques.

—¿Siempre ha vivido en Ames?

—La mayor parte de mi vida.

—Entonces, debe conocer muy bien a todo el mundo.

—Eso creo... —La miró largamente—. ¿Sospecha ya de alguien?

—Todavía es pronto para hacer conjeturas —dijo sin apartar la vista de los árboles—. Aunque, siendo honesta, me parece que la gente de por aquí oculta bastantes cosas.

Ambos salieron del coche y Kaila, tras agarrar su maletín del portaequipajes, siguió a Dan a través del bosquecillo que se hacía más denso y salvaje con cada metro que avanzaban. La última vez que había inspeccionado la escena de un crimen había sido en Milwaukee, un año atrás, y después de todo ese tiempo sentía cierto temor de no hallar nada significativo. Como en todo, la falta de práctica podía llegar a mermar las aptitudes más sobresalientes. Sin embargo, aquello parecía traerle sin cuidado a Siset.

—Cuando hablaba de que en Ames la gente guarda secretos, ¿a qué se refería exactamente? —preguntó Dan O'Connell, interrumpiendo la corriente de pensamientos de Kaila.

—Al idilio que mantienen el doctor Murray y la esposa de Fred Allen, por ejemplo.

Dan detuvo los pies, se dio la vuelta y la miró con el ceño fruncido.

—¿No me diga que no se había dado cuenta? —preguntó ella—. Ambos están pensando en largarse a San Francisco en unos días.

—¿Se lo ha dicho el doctor?

—Por supuesto que no —respondió—. Encontré los billetes de avión en su despacho.

Dan, completamente perplejo, pasó los dedos por sus cabellos castaños.

—Parece que ha sabido aprovechar el día.

—Soy una persona observadora —dijo ella, con un leve deje de orgullo en la voz.

Los labios de O'Connell se estiraron lentamente, mostrando una sonrisa de dientes blancos y perfectos.

—Ya veo... —dijo—. Será mejor que, mientras esté usted en Ames, me ande con cuidado.

En sus veintidós semanas de entrenamiento en Cuántico, nadie la había preparado para una sonrisa tan espectacular como aquella, pensó Kaila, resoplando entre dientes.

—No sea ridículo —rio—, lo que ocurre es que no me gustaría que desaparecieran antes de que terminásemos la investigación. Lo cierto es que me parece sospechoso que quieran largarse justamente ahora, que ha aparecido el cadáver de esa chica, ¿no le parece?

—Puede ser... —vaciló un momento—. Desde lo de Cat, nadie se fía de nadie. Todos son conscientes de que pueden estar conviviendo con un asesino sin saberlo, y eso está originando cierta tensión entre los vecinos. No me gustaría que acabara cundiendo el pánico, pero la verdad es que a estas alturas tampoco sé cómo evitarlo.

Seguidamente, Dan se dio la vuelta y avanzó hasta un claro en el bosque, donde se detuvo a esperarla.

—La encontraron colgada de este árbol —apuntó él, señalando con la mano hacia una de las ramas más gruesas.

—¿Examinaron su cuerpo antes o después de descolgarla?

—Creo que después.

Ella dejó escapar un suspiro entre sus labios.

—Es un error bastante común mover un cadáver para tratar de recabar pruebas.

Él se quedó en silencio mientras la veía caminar lentamente, con la cabeza agachada y la mirada clavada en el suelo. Hacía tiempo que una mujer no le resultaba tan interesante. Desde el instante en que la vio, aparcada frente a la comisaría, le encantó la mirada avispada de sus grandes ojos dorados, la expresividad de su rostro y la naturalidad con la que se pasaba las manos por el cabello. Aquellos pequeños detalles decían mucho de ella. Quizá lo más importante era que, a pesar de ser una mujer bonita, parecía sentirse más orgullosa de su agudeza mental que de su aspecto físico. Curiosamente, aquello la hacía más atractiva a sus ojos, una mujer bella e inteligente no era algo con lo que se topase todos los días.

Ajena al escrutinio al que estaba siendo sometida, Kaila trazó con la mirada un amplio círculo a su alrededor, luego se detuvo justo donde Dan le había indicado, se puso en cuclillas y deslizó las manos sobre la cubierta orgánica del suelo, arrastrándola a los lados. Cuando se hizo un hueco y un papelito apareció bajo toda aquella maraña de ramitas y hojas secas, contuvo la respiración.

Allí estaba la pista que había estado buscando, dedujo, abriendo el maletín rápidamente para coger unos guantes de látex. Después de ponérselos, volteó el trozo de papel y observó sus dos caras con detenimiento. El material parecía de lo más común; probablemente se tratase del fragmento de un folio de los que empleaban habitualmente en las oficinas y escuelas.

—Bien, veamos qué tienes que contarnos... —pensó en voz alta.

Sin apartar los ojos de la prueba, la agarró con cuidado y, una vez hubo examinado la diminuta perforación que atravesaba de lado a lado una de las esquinas, destapó un tarrito de cristal y extrajo del mismo un largo bastoncillo de algodón estéril. Después de deslizar la pelusilla de su extremo sobre la suciedad que ensombrecía los bordes del papel, extrajo del equipo un pequeño bote de plástico, lo abrió y dejó caer tres gotitas del líquido que contenía sobre el algodón.

—Es sangre —dictaminó al advertir que la mancha iba adquiriendo un profundo tono rosa. Luego introdujo el bastoncillo y la prueba en sendas bolsitas, destinadas a ese propósito, y mostró esta última a O'Connell—. Creo que el cadáver lo llevaba clavado en uno de sus senos. ¿Significa algo para usted?

Dan contempló la letra L, anotada en el papelito, y negó con la cabeza.

—¿La inicial del culpable? —especuló.

—Creo que nuestro asesino es demasiado listo como para proporcionarnos semejante indicio.

—Tal vez. Pero tenemos que contar con la posibilidad de que no lo sea. Quizá espera que lo atrapemos. Ya sabe, después de matarla, puede que tenga algún tipo de cargo de conciencia.

—Yo de usted no me haría ilusiones. Ese hombre o mujer clavó esto en el pecho de la víctima y se llevó consigo un dedo. Es evidente que carece de la más mínima empatía o remordimientos.

—¿Cree que esto puede ser obra de una mujer?

—No lo descarto. El crimen, en sí, es un hecho violento en cualquier contexto. Pero este en particular denota un gran sentimiento de rabia. No solo ha colgado a esa chica, jefe O'Connell, también nos ha dejado un mensaje, y eso es precisamente lo que me preocupa, no averiguar cuál es antes de que el asesino decida enviarnos el siguiente.

Dan la contempló un instante, tratando de convencerse de que esa mujer estaba equivocada, mientras la observaba sacar una Polaroid del maletín, con la que después tomó unas fotografías de las bolsitas y del lugar que rodeaba al hallazgo. Sin embargo, le fue imposible; su instinto le decía que Kaila no iba nada desencaminada al formular aquella hipótesis. Si la verdadera finalidad del asesino era comunicarles algo, no iba a dejar de hacerlo hasta que finalmente lo comprendieran.

Dan supo de inmediato que se encontraban ante algo más serio que la muerte de una joven. En esos momentos, solo tuvo un pensamiento: ni Ames ni sus habitantes estaban preparados para enfrentarse a los terribles actos de un demente, mucho menos lo harían a los de un psicópata o asesino en serie.

—¿Se encuentra bien? —le preguntó ella al advertir la preocupación reflejada en su rostro.

—Sinceramente, no sé qué responder a eso —reconoció Dan O'Connell—. Me aterra pensar que Catherine Andrews pudiera conocer a su asesino. La simple idea de que alguien de su entorno la convenciera para venir hasta aquí, y que después le hiciera esto..., me produce escalofríos.

—La muerte violenta y sin sentido siempre los produce, no tiene por qué sentirse mal por ello.

Dan miró a Kaila y dijo con seriedad:

—¿Cómo soporta este sentimiento de impotencia?

—No lo soporto, lo sobrellevo como puedo —respondió ella—. A decir verdad, puede que esa sea la peor parte del trabajo: saber cosas, conocer el modo, en ocasiones hasta el motivo, y aun así no poder hacer nada. Lo único que te mantiene en pie es saber que el crimen perfecto no existe. Los que asesinan precipitadamente dejan una cantidad monumental de huellas a su paso, y a los psicópatas acaba delatándoles su propio narcisismo.

Poco después, cuando regresaron al coche, O'Connell tenía la inquietante sensación de que no iban a tardar mucho en saber nuevamente del asesino. De regreso a comisaría, su mente funcionaba a mil por hora. Nunca antes se había enfrentado a un problema de tal envergadura; estaba acostumbrado, como mucho, a resolver pequeños hurtos o a convencer a Fred Allen de que durmiera la mona en el calabozo. Una cosa como aquella se apartaba de lo habitual y desconocía el procedimiento a seguir en esos casos.

—¿Cree que deberíamos advertir a los ciudadanos? —le preguntó Dan a Kaila.

—Me temo que sí —respondió ella—. Está claro que tenemos un buen problema entre manos. Puede que Catherine Andrews no fuera una víctima elegida al azar. Tal vez la escogiese por algún motivo, quizá porque estaba a punto de casarse.

—Mierda —masculló Dan, frotándose la frente con los dedos—. Esto va a suscitar el pánico entre los vecinos.

Ella lo observó mientras daban la vuelta a una esquina y estacionaban el coche en el área destinada a los vehículos del departamento. El sitio no era muy grande, únicamente cabían seis o siete coches, si se aparcaban correctamente, y el enrejado de acero que lo delimitaba estaba partido en algunos tramos. Cuando bajaron del automóvil, Kaila dirigió la mirada hacia la espesura del bosque, como si esperase ver de nuevo al hombre de la capucha. Aunque había dejado de llover hacía un par de horas, la humedad y el aire helado penetraron su chaqueta, calándole hasta los huesos. Su cuerpo se estremeció de pies a cabeza.

—¿Ocurre algo? —le preguntó Dan.

La cabeza de ella giró a un lado para mirarlo.

—¿Siempre hace tanto frío? —inquirió a su vez.

—Sobre todo en enero. —El jefe O'Connell se quitó la cazadora y la situó sobre los hombros de Kaila—. Debería haber traído consigo alguna prenda de abrigo. En este momento rondamos los seis grados bajo cero, aunque el viento y la humedad hacen que parezcan diez menos.

—Créame, me he dado cuenta —dijo, frotándose las manos enérgicamente.

Los atractivos labios de Dan se curvaron en una sonrisa.

—¿Desea tomar algo caliente antes de enviar esa prueba al laboratorio?

Ella asintió sin abrir la boca, y ambos se dirigieron a una cafetería cercana, donde pidieron a una camarera sendos cafés. Tras ocupar una mesa, junto a la ventana, Kaila dirigió una mirada a la joven que se encontraba sentada al fondo del pequeño local. La mujer los miraba de un modo extraño, e inmediatamente supuso que tenía algo que ver con el jefe de policía.

—¿La conoce? —le preguntó a él, devolviéndole la cazadora.

—¿A quién? —preguntó Dan.

—A la chica que está sentada detrás de usted.

Él volvió ligeramente la cabeza.

—Es Olivia, la ayudante del forense.

—Parece bastante enfadada —opinó.

—No me extraña —Dan emitió un suspiro—. Estuvimos saliendo juntos una temporada, y me temo que no lleva demasiado bien que lo nuestro acabase.

—¿Está usted al tanto de que esa mujer tuvo una aventura con el prometido de la víctima?

—Puede decirse que fue algo más que eso.

—¿A qué se refiere exactamente?

—A que sabía que estaba enamorada de Nolan.

—Y... ¿Ellos estaban juntos cuando...?

—No —la interrumpió él—. Aquello acabó mucho antes de que ella y yo comenzáramos a salir.

—Pero ha dicho que estaba enamorada de él...

—Así es. Sin embargo, Nolan no lo estaba de ella. Además, hacía años que él y Cat estaban juntos, y después de formalizar el compromiso le dijo que no quería volver a verla. —Él la contempló un instante con atención—. ¿No se ha planteado nunca llevar el pelo suelto?

Kaila estuvo a punto de atragantarse con el café.

—¿Disculpe?

—Tiene unos rasgos muy bonitos —le dijo—. El pelo suelto le quedaría bien.

Ella contuvo una sonrisa, sin poder evitar sentirse halagada por las palabras de un hombre tan atractivo.

—Es cómodo, supongo —respondió, pasándose los dedos por la coleta—. No me gusta emplear mucho tiempo en ponerme guapa.

—Usted no necesita emplear mucho tiempo para eso.

Ella resopló por toda respuesta.

—Me parece que está tratando de adularme, jefe O'Connell.

—¿Le molesta?

Después de meditar la respuesta, Kaila hizo un gesto negativo con la cabeza.

—Al contrario. Lo cierto es que es de agradecer que alguien te recuerde de vez en cuando que eres una mujer. Incluso es posible que con esto logre superar mis momentos de autocompasión —bromeó.

—Entonces, puede que decida hacerlo con frecuencia. —Él le sonrió abiertamente.

Entendiendo que O'Connell estaba bromeando, Kaila le devolvió la sonrisa. No sabía si sentirse más avergonzada que agradecida. Llevaba mucho tiempo sin verse a sí misma como una mujer atractiva. La mayoría de sus compañeros de brigada estaban casados o prometidos, y a ella nunca le habían gustado las relaciones a tres bandas, motivo por el cual, la mayor parte del tiempo, estaba centrada exclusivamente en el trabajo.

—¿Continúa teniendo frío? —preguntó Dan en tono amable.

—No.

—¿Qué es lo que ha visto ahí fuera?

Ella lo miró, sorprendida de que él se hubiese dado cuenta.

—Esta mañana, después de hablar con usted, vi a un individuo cerca del arbolado. Llevaba puesta una vieja sudadera con capucha, así que no pude verle el rostro por completo, pero estoy segura de que me estaba observando.

—¿Era un hombre?

—Al menos esa es la impresión que me dio.

—Bien, quizás se trate de Tyler Parsons.

—¿El encargado de la empresa donde alquilé el coche?

Dan O'Connell asintió.

—Hace unos cinco años que encontraron muerta a su novia. Por lo visto, alguien se coló en la casa de ambos y la acuchilló antes de estrangularla mientras él se encontraba en Nevada, adquiriendo un par de vehículos para su empresa. —Dan exhaló el aire largamente—. Lo de Laura fue algo terrible y muy confuso, desde entonces Tyler se acerca todas las semanas al departamento para preguntar si tenemos alguna pista sobre el caso.

—¿No se supo quién fue el culpable?

—Ni huellas, ni ADN… El asesino se cuidó de no dejar ni una sola pista que poder analizar. El caso acabó archivándose hace un par de años por falta de pruebas. Sin embargo, Tyler jamás se ha dado por vencido… Y en cierta manera lo entiendo, porque no creo que nadie pueda superar algo así fácilmente.

—¿Podría tener algo que ver el asesinato de esa chica con el de Catherine Andrews?

Dan le sostuvo la mirada.

—No voy a negar que se me pasara por la cabeza —respondió tras un segundo—. Principalmente, porque el asesino arrebató el anillo de compromiso al cadáver de Laura Heller. No obstante, no había indicios de que en ningún momento tratase de amputarle el dedo al hacerlo. Y aunque el forense dictaminó que la causa de la muerte fue el estrangulamiento, también la apuñalaron, perforándole la mayoría de órganos vitales.

Kaila se apoyó en el respaldo de su silla e inspiró profundamente el aire.

—¿En qué está pensando? —le preguntó Dan, observándola con atención.

—En que podría tratarse de un predador —respondió ella.

—Lo siento, pero no estoy familiarizado con el término.

—Asesinos con una doble vida. Aparentan ser personas normales, se mezclan con la comunidad, hacen la compra en el supermercado, pagan las facturas... Mientras que, por otro lado, carecen de remordimientos. Son asesinos que pueden llegar a matar a mucha gente antes de que la justicia los detenga. Pero casi nunca lo hacen al azar, eligen a sus víctimas y las observan durante un tiempo antes de actuar. Este tipo de homicida se vuelve más osado y violento con el paso del tiempo, y puede llegar a cambiar su conducta.

—¿Cree que podríamos estar ante la obra del mismo criminal?

—Es probable. No es la primera vez que lo veo. Transcurren años antes de que sienta el impulso de matar de nuevo, a partir de ahí su necesidad es más acuciante y pueden transcurrir solo un par de meses, incluso días, antes de que decida volver a hacerlo.

Ambos se quedaron en silencio. El solo hecho de pensar que pudiera existir un monstruo así, en una ciudad como aquella, conseguía ponerles el vello de punta.

—¿Y qué podemos hacer? —preguntó Dan.

—Hay poco más que se pueda hacer, aparte de la toma de muestras. Ahora solo nos queda esperar un par de días a que lleguen los resultados del laboratorio.

—Bueno, las cosas no funcionan exactamente así por aquí. Sin duda tendremos pronto los resultados, aunque dudo mucho que sea antes de diez días.

—¿Diez días?

—Bienvenida a Ames. —Sonrió de torcido.

—Bien. —Suspiró ella—. Supongo que tendremos que adaptarnos.

La mirada de Kaila se desplazó a un lado para enfocar a la ayudante del forense, Olivia Campbell, que abandonaba en esos instantes su mesa para dirigirse hacia la que ella y Dan ocupaban. La forma de caminar de aquella joven, de cabellos largos y oscuros, le recordó a Kaila a una de aquellas elegantes panteras negras, audaces cazadoras, que rezumaban confianza por todos los poros de la piel.

Cuando la mujer extendió una delgada mano hacia ella, Kaila no dudó en estrecharla, percatándose de la rapidez con la que luego la retiró.

—Buenos días —dijo—. Usted debe ser esa agente del BFI de la que todo el mundo habla; la que iban a enviar desde Washington para que colaborase en la investigación de la muerte de la pobre Cat, ¿no es cierto? Mi jefe, el doctor Murray, me dijo que vendría.

—Así es —asintió—. Me llamo Kaila Henderson.

—Olivia Campbell —se presentó.

—Sí, lo sé, el jefe de policía O'Connell ya me ha puesto al corriente.

Kaila observó la forma en que Olivia desviaba brevemente la mirada hacia Dan, y hacia la chaqueta que colgaba del respaldo de su silla. La censuradora mirada que la mujer le dirigió al jefe de policía, acto seguido, le hizo recordar que un instante antes era ella quien llevaba aquella prenda sobre los hombros. Aunque comenzaba a sentirse bastante agotada tras el viaje, no le pasó por alto el ligero temblor de los labios de Olivia cuando esta se obligó a sí misma a mantener la sonrisa.

—No la he visto en el depósito —señaló Kaila, con tono sereno.

—Estoy de vacaciones. —Seguidamente suspiró—. En fin, solo quería que supiese que puede contar conmigo para lo que necesite. Ames puede llegar a ser un poco aburrida en esta época del año si no se conoce bien el lugar. Tal vez podríamos cenar juntas una noche de estas y charlar de algunas cosas..., o personas.

Olivia mencionó aquello último mirando a Dan.

—Gracias —respondió Kaila—. Será un placer.

Al cabo de unos momentos, cuando se quedaron de nuevo a solas, Kaila y Dan no pudieron evitar mirarse el uno al otro antes de echarse a reír.

—No sé cómo lo soporta —comentó ella.

—Con paciencia, supongo —respondió Dan—. También ayuda el hecho de saber que tarde o temprano Olivia se enamorará de otro hombre y se olvidará de mí. Siempre lo hace.

—Es un comportamiento bastante obsesivo, ¿no le parece?

—Bueno, puede que sea porque está acostumbrada a conseguir todo lo que desea y a que nadie le niegue nunca nada. Procede de una de las familias más acaudaladas de la ciudad, y que yo recuerde siempre fue una niña consentida y demasiado mimada. Quizás por eso comencé a salir con ella; además de que me parecía una mujer atractiva, pensé que necesitaría de alguien que la entendiera y supiera ver más allá de todo eso. Pero es obvio que me equivoqué.

—Me da la impresión de que le apasionan las causas perdidas.

—No lo sé, ¿usted lo es? —O'Connell hizo una pausa y se llevó la taza de café a los labios, apurando el resto de la aromática bebida sin apartar la mirada de ella.

Kaila se limitó a morderse el interior de los mofletes, intentando en vano no sonreír. Aunque trataba con hombres todos los días, Dan parecía distinto a los demás. Le encantaba la naturalidad con la que conversaba sobre cuestiones que el resto trataría de evitar. Poseía una extraña mezcla de desenvoltura y sensualidad al hablar que le daba cierto aire seductor. Una característica que se veía acrecentada por un cuerpo firme y atlético, de fuertes y amplios hombros. Algo en lo que había reparado unas horas antes, en la morgue. En ese momento se había dado cuenta de que bajo ese uniforme había un cuerpo que gozaba de un buen tono muscular, producto seguramente de la práctica habitual de algún deporte.

Pensar en aquello hizo que se sintiera un poco avergonzada de odiar a muerte el ejercicio físico. Con omisión de las horas de entrenamiento obligatorias en la brigada, prefería pasar las plácidas tardes de los domingos en el sofá, leyendo o viendo alguna película en el canal de cine mientras engullía un enorme cubo de helado de avellanas.

Tras pagar los cafés, ambos se dirigieron al departamento de policía. Una vez en la oficina, Kaila metió en un sobre la prueba que habían encontrado en el escenario del crimen y no perdió tiempo en enviarla al laboratorio, con el propósito de constatar que la sangre hallada en los bordes perteneciera a la víctima. Después de terminar de redactar su informe, anotar las pruebas y hacer un resumen de sus propias impresiones sobre el caso, llamó al encargado de los apartamentos Estwood Cool, en el 235 de la calle Oakwood, y acordó con el gerente un precio razonable por una vivienda de un dormitorio, salón y cocina.

Cuando se dio cuenta de que eran más de las cuatro, Kaila recogió sus cosas de la mesa, las metió en el bolso y se acercó a la cafetería ubicada en la segunda planta del departamento, donde compró un sándwich de tofu con mostaza, un refresco de cola y dos paquetes de chicles de menta.

Por lo general, le era casi imposible determinar cuándo debía hacer una pausa para comer o descansar. Siempre parecía estar demasiado ocupada para hacerlo, y un emparedado era una buena opción para recuperar fuerzas sin perder mucho tiempo. Además, estaba convencida de que en Ames todos los ojos estarían puestos en ella, y sentía el deber moral de no defraudar a nadie. Situación que ejercía sobre sus hombros un indiscutible peso.

De regreso a la oficina del jefe O'Connell, distinguió en la distancia a un individuo que vestía una sudadera similar a la que había visto esa misma mañana en el hombre que la observaba desde la densa arboleda. Cuando ambos se cruzaron en el corredor, Kaila reconoció al instante el rostro de la persona que le había atendido en la agencia de alquiler de vehículos. Casi con la misma rapidez, los ojos oscuros de Tyler Parsons se clavaron en los suyos.

Aquella mirada, que duró solo un instante, fue suficientemente fría y directa para avivar la curiosidad de Kaila, quien, consciente de la importancia del momento, giró la cabeza en redondo y clavó la vista en la espalda del hombre que se alejaba por el pasillo.

«El prometido de Laura Heller», se recordó mentalmente. Decidida a averiguar unas cuantas cosas, dio media vuelta y comenzó a seguirlo a través del laberinto de corredores y oficinas que configuraban la planta inferior. Se trataba de un hombre alto, aparentemente de unos treinta años, tenía el pelo y ojos oscuros, era de constitución delgada, aunque atlética, e iba vestido con unas caras botas de montaña forradas de piel, pantalón vaquero y sudadera de felpa gris.

Kaila se fijó en que su forma de andar era algo inconstante; parecía incrementar o aminorar el paso sin motivo aparente, y durante los más de cinco minutos que estuvo caminando a su espalda no se detuvo ni una sola vez para mirarla. Lo que no quería decir que no supiera que lo seguían; Kaila estaba segura de que Tyler era plenamente consciente de llevarla pegada a los talones. La prueba estaba en que, cada vez que enfilaban un nuevo corredor, invariablemente, él ladeaba ligeramente la cabeza a un lado, como tratando de oír sus pasos.

Finalmente, Kaila decidió apresurar la marcha, convencida de que en algún momento él se detendría y le preguntaría por qué insistía en molestarlo. Estaba a punto de alcanzarlo cuando el hombre giró a la derecha y desapareció en el interior de una oficina.

Aunque, por un instante, sintió la tentación de abrir la puerta y entrar también, decidió no hacerlo. Sabía que antes o después él tendría que abandonar la sala. No tenía más remedio que hacerlo si quería salir del departamento.

De pie, apoyada contra la pared, se desabrochó los dos primeros botones de la chaqueta. Era cuestión, se dijo, de tener un poco de paciencia.

Mientras esperaba, Kaila pensó en su madre y en si esta se preguntaría si planeaba volver en algún momento a Washington. Poco antes de marcharse, había considerado la idea de dejarle un breve mensaje en el contestador –nada demasiado profundo o personal–, sin embargo, dado que estaba segura de que Marie se negaría a oírlo, finalmente había optado por no hacerlo.

Así de imposibles estaban las cosas entre las dos.

Aunque él detestaba serlo, Jhoss, su hermano pequeño, se había convertido en el único lazo de conexión con su madre. Gracias a él sabía cómo le iban las cosas, y la realidad era que poco había cambiado su opinión hacia ella o hacia su trabajo. Marie seguiría sin aprobarlo, por mucho tiempo que transcurriera.

Sus tristes pensamientos se interrumpieron en el momento que comenzó a oír voces al otro lado de la puerta. Aunque no podía entender lo que decían, el tono creciente de la discusión puso su cuerpo en guardia.

Estaba dispuesta a entrar en la sala cuando, inesperadamente, la puerta se abrió.

Parsons, con el ceño fruncido, la miró de arriba abajo antes de cerrar tras de sí. Por su cara de sorpresa, Kaila sospechó que no esperaba encontrarla en el corredor. Pese a que estaba convencida de que él querría hablar con ella, Tyler desvió la vista a un lado y echó a andar en dirección opuesta.

—Aguarde un momento... —se apresuró a decir, al distinguir que emprendía el camino de regreso a la salida—. Soy la agente especial Kaila Henderson.

—Ya sé quién es. Hoy le alquilé un coche, ¿recuerda?

—Perfectamente.

—¿Tiene algún problema con él?

—¿Con quién?

—Con el coche —añadió sin mirarla.

—Al coche no le ocurre nada, gracias.

—Entonces, ¿qué es lo que quiere? —refunfuñó.

—Saber por qué me observaba con tanto interés esta mañana.

Finalmente, él se detuvo y la contempló con nerviosismo.

—Yo no la estaba observando —protestó.

—¡Y tanto que lo hacía! —le contradijo ella.

Cuando advirtió que él pretendía proseguir su camino, Kaila añadió:

—¿Sabe que ha aparecido el cuerpo sin vida de otra muchacha, señor Parsons? —Ella notó que el hombre aminoraba el paso, circunstancia que aprovechó para situarse a su altura.

Él la miró de soslayo dos largos segundos, sin decir nada.

—Se llamaba Catherine Andrews —insistió Kaila, vacilando un instante al advertir un ligero temblor en la mandíbula de Tyler—. Estoy segura de que la conocía.

—¿Y eso qué tiene que ver conmigo? —Resopló—. Lo único que a mí me interesa es saber quién asesinó a Laura. ¿Va a ofrecerme eso?

—No puedo prometerle tal cosa.

—Si no puede, no sé qué hacemos usted y yo hablando.

—Que no pueda prometérselo no significa que no vayamos a dar con él. ¿Acaso no es eso lo que quiere?

—Ya le he dicho que es lo único que me importa.

—Entonces debería cooperar con nosotros.

—Llevo haciéndolo cinco largos años, agente Henderson, y nadie aquí ha sido capaz de dar con una sola pista que consiga conducirles hasta ese hijo de puta. ¿Y usted va y me dice que ahora es distinto? ¿Por qué? ¿Porque el FBI ha decidido meter las narices donde debería haberlas metido hace años? No lo entiendo,

¿por qué ahora? ¿Acaso no les pareció Laura igual de importante que Catherine Andrews? ¿O es porque mi prometida no era ninguna niña rica? —dijo, pálido de furia.

—No tengo todas las respuestas a sus preguntas, señor Parsons. Pero puedo decirle que, aunque todavía no es oficial, las muertes de Laura y Catherine podrían estar relacionadas. Por el momento todo son conjeturas. Tenemos que unir cabos y luego...

—¿Podría tratarse del mismo hombre? —la interrumpió, con la esperanza reflejada en los ojos.

—Aún es pronto para saberlo con certeza. Pero sí, es posible que se trate de la misma persona.

Tyler se pasó las manos por el rostro, ahogando el llanto.

—Encontraron a Laura cubierta de sangre sobre nuestra propia cama —sollozó—. Íbamos a casarnos seis días después... ¿Se imagina la impotencia que siento al saber que su asesino continúa libre por ahí? ¿Que han sido incapaces de dar con él? Créame si le digo que se me rompe el alma cada día, cuando vengo aquí y compruebo que todo sigue igual.

—Lo lamento —expresó ella con sinceridad—. Pero creo que la mejor manera de ayudar es diciéndonos todo lo que recuerde.

Las palabras de Kaila indignaron a Tyler Parsons.

—Ya les expliqué lo que sabía: dónde solíamos cenar, la frecuencia con la que Laura acudía a la peluquería para cortarse el cabello... Lo tienen absolutamente todo dentro de una maldita carpeta. Tomaron notas, documentaron lo que les vino en gana y aun así no supieron ni por dónde comenzar. Así que creo tener el derecho a no confiar demasiado en la eficacia de los cuerpos de la ley.

—Me gustaría poder decir lo contrario, pero jamás entenderé del todo cómo se siente. Ha visto la muerte de un ser querido con sus propios ojos, eso no es algo que se supere fácilmente. Pero, si le ayuda en algo saberlo, tengo la intención de estudiar en profundidad el caso de Laura.

—Pues le deseo mucha suerte —respondió algo escéptico—. Eso es más de lo que han hecho en este departamento en los últimos cinco años.

Después de aquello, Tyler Parsons siguió su camino sin mirar atrás. Ni siquiera lo hizo para comprobar si ella lo seguía. Algo que Kaila decidió no hacer. En vez de eso se dirigió al entresuelo del edificio, donde se guardaban los archivos de los casos sin resolver, y se entretuvo unos minutos en el módulo de homicidios. No le costó demasiado encontrar el expediente con el nombre de Laura Heller, ya que, aparte de que no había muchos autos sobre muertes violentas, al parecer el caso no se había cerrado definitivamente. Una vez firmó la salida de la carpeta, la introdujo en su bolso y se la llevó consigo al despacho del jefe O'Connell.

Dan, sentado tras su escritorio, levantó la cabeza al verla de regreso.

—Pensé que habría ido a comer algo —le dijo, intuyendo que Kaila había pasado muchas horas estudiando el caso.

Ella enarboló en alto el sándwich que había comprado en la máquina expendedora, luego echó atrás la silla y se sentó tras su propia mesa.

—Debería alimentarse un poco mejor. ¿Sabe la cantidad de conservantes y colorantes que meten en ese tipo de comidas?

Kaila alzó la mirada hacia él, y luego contempló con una ligera decepción el emparedado, recordando los buenos propósitos que se había hecho no hacía más de ocho horas, y que parecía haber olvidado completamente.

El rostro se le contrajo en una mueca cuando advirtió que él contenía la risa al verla arrojar el sándwich a la papelera.

—Déjeme ver. —Dan echó un vistazo a su reloj de pulsera y, seguidamente, le entregó a ella una cazadora—. Póngasela. Si nos damos prisa, puede que aún consigamos que nos sirvan algo en el restaurante italiano de la calle Main antes de que cierre sus puertas. ¿Le gusta la pasta fresca?

Kaila asintió con la cabeza mientras abría el cajón de la mesa y sacaba del interior su sobaquera. Tras colocársela, introdujo su Glock 21 bajo la axila.

O'Connell se ofreció a llevarla en el coche del departamento, pero una vez más ella insistió en llevar su propio auto. Llegado el caso, prefería tener a mano el equipo de trabajo de campo. Aquello era propio de ella: estar siempre preparada para cualquier eventualidad. Y, en realidad, reconocía ser una mujer a quien le costaba romper con sus hábitos.

Cuando media hora después llegaron al restaurante de la calle Main, Dan volvió a sorprenderla al apartar la silla de la mesa, invitándola a sentarse en primer lugar.

—Gracias —le dijo, algo incómoda, y luego se

quedó en silencio mientras él ocupaba su propio asiento, abría la carta que descansaba sobre la elegante mantelería de hilo y echaba un vistazo al menú.

Aprovechando que él no la miraba, Kaila lo estudió detenidamente. Había demostrado ser un hombre atento y comunicativo al que le preocupaban la armonía y el bienestar de su comunidad, por lo que no era de extrañar que actuase con todo el mundo del mismo modo. Aunque a Kaila aquello no debería importarle, sí la hizo sentir, sin razón aparente, un poco celosa.

Rápidamente, bajó la mirada y echó un vistazo a la carta, eligió unos espaguetis con salsa y añadió a lo solicitado un botellín de agua con gas.

Quizá, si se concentraba en la comida, dejaría de pensar estupideces.

—Perdone que se lo pregunte —Dan interrumpió sus cavilaciones—, pero me he dado cuenta de que ha solicitado el expediente de Laura Heller.

—Así es —respondió ella.

—¿Continúa creyendo que ese caso tiene algo que ver con nuestro crimen?

—Ya que me lo pregunta, le diré claramente que sí.

—Cuénteme qué ha descubierto en ese archivo —le pidió, apoyando la mandíbula en la palma de su bronceada mano, exhibiendo una actitud relajada y rematadamente sexy. Tan sexy que Kaila temió que si no dejaba pronto de mirarlo acabaría por parecer idiota.

Siendo honesta consigo misma, hacía mucho que un hombre no le afectaba de ese modo. Así que solo podía agradecer que la luz del atardecer, que se filtraba perezosamente por las ventanas, fuese lo suficientemente tenue para ocultar el ligero rubor que, de seguro, comenzaba a teñirle las mejillas.

—Apenas tuve tiempo de echarle un vistazo —reconoció—. Pero hablé con Tyler Parsons. Tenía usted razón, él es el hombre que estaba observándome esta mañana desde el boscaje.

—En ocasiones, Tyler puede parecer una persona extraña. Pero le aseguro que es un buen hombre.

—Está completamente obsesionado con la muerte de Laura.

—Lo sé, yo mismo llevé el caso.

—Debió de ser muy duro para usted.

—Cualquier asesinato lo es. Más si acaece en un lugar como este. Y hablando de eso, ¿tiene ya dónde alojarse?

—He alquilado una vivienda en los apartamentos de la calle Oakwood. ¿Los conoce?

—De pasada —comentó Dan mientras el camarero les servía lo que habían pedido, junto a una botella de Chianti tinto, muy popular en la región de la Toscana.

—Ha pedido vino —observó ella, acomodando la servilleta en su regazo.

—Espero que no le moleste, pero creo que hoy deberíamos dar por finalizado el trabajo. Necesita descansar, agente Henderson, y olvidarse durante unas cuantas horas de todo esto. Mañana, con la cabeza despejada, verá las cosas con más claridad.

Kaila comprendió que él tenía razón. Después de encontrar esa mañana el papelito en el escenario del crimen, no había podido pensar en otra cosa.

Era consciente de que muchas veces trabajaba hasta agotar sus energías. De hecho, en cualquier otro momento o lugar estaría sentada en su despacho con la nariz metida en una pila de documentos, tomando apuntes y recopilando pruebas, con un simple emparedado en el estómago. A pesar de intentarlo, le era difícil desvincularse del todo de cualquiera que fuese el caso que investigara. Algo que no solía permitirle dormir tranquilamente por las noches. De modo que agradeció que alguien, aun sin saberlo, se ofreciera a ponerle límites.

—¿De dónde proviene su apellido? —le preguntó ella, tratando de mantener una charla distendida y olvidarse durante unas horas del trabajo—. ¿Es escocés?

—Irlandés —respondió Dan—. Mi familia es originaria de Donegal, un condado al norte del país, aunque se trasladaron a Ames al poco de nacer yo.

—¿Está casado o comprometido? —Kaila se arrepintió inmediatamente de haber formulado aquella pregunta, únicamente destinada a satisfacer su propia curiosidad femenina.

—No. —La mirada de Dan se posó en ella—. Puede decirse que me horroriza la idea de verme atrapado en una relación difícil o sin futuro. No es la primera vez que caigo en una, y no creo que eso sea para mí.

—Es la primera vez que oigo a un hombre hablar tan abiertamente de sus temores.

—No siempre lo hago —confesó mientras le servía un poco de vino.

—Entonces, he de sentirme halagada.

—Sin duda. —Rio y, agarrando su copa, la animó a brindar con él.

—¿Por qué brindamos? —preguntó ella.

—Por los nuevos comienzos.

Las palabras de Dan consiguieron desconcertarla un poco. No obstante, sonrió ampliamente.

—Bien... Por los nuevos comienzos, sea lo sea que signifique eso.

Kaila no había sido consciente de lo mucho que echaba de menos que un hombre la adulara hasta ese instante. En su fuero interno, tenía que reconocer que ansiaba la oportunidad de estar a solas con Dan. Le seducía la forma en que la miraba con aquellos ojos verdes, y tenía que admitir que comenzaba a experimentar una innegable curiosidad por conocer un poco más sobre él. Esa posibilidad le resultaba tremendamente tentadora.

«Pero no en este momento; no en mitad de un caso de asesinato», se sermoneó a sí misma. Debía tener la mente despejada y los sentidos en alerta, y estaba segura de que intimar con ese hombre no le permitiría concentrarse en ninguna otra cosa que no fuera en él.

Kaila decidió no pensar demasiado en ello cuando Dan O'Connell, dejando su copa sobre el mantel, le dijo:

—Tal vez piense que intento meter las narices donde no me llaman, pero me gustaría saber por qué una mujer como usted decidió incorporarse a un cuerpo de élite como el FBI.

—Si vamos a empezar a hablar de cosas que no tienen que ver con el caso, creo que va siendo hora de que nos tuteemos —le propuso ella, obteniendo un gesto de aprobación por parte de Dan—. ¿A qué te refieres cuando dices eso de una mujer como yo?

—No creo que necesites que te diga lo interesante y atractiva que me pareces, Kaila.

Ella le sostuvo la mirada un instante, incapaz de explicarse por qué se sentía tan extraña cuando él la tuteaba. Oír su nombre en boca de Dan O'Connell le producía cierto cosquilleo en el estómago, imposible de definir. Era probable, incluso, que se hubiese ruborizado. Podía notarlo en lo caliente que tenía las mejillas y la parte posterior del cuello. Era todo un descubrimiento darse cuenta de que podía sentir y actuar ante un hombre como cualquier otra mujer; como si de repente se hubiese transformado en una Kaila desconocida para ella. Obviamente, se trataba únicamente de una atracción meramente física, posiblemente acrecentada por el hecho de no haber mantenido relaciones íntimas con un hombre desde la ruptura con Bob.

Bebió un poco de vino para humedecerse la boca y respondió:

—Imagino que mi familia influyó mucho en esa decisión. Mi padre trabajó casi toda su vida para el FBI, y no hallé ninguna razón para no hacerlo yo también. Además, siempre fui una joven muy observadora, mi mente era inquieta y, ya desde niña, me encantaba jugar a policías y ladrones con mi hermano Jhoss. Así que supongo que estaba predestinada.

—Tu padre debe de estar muy orgulloso de ti.

—No lo sé, lo cierto es que murió durante una redada mucho antes de que yo me uniese al cuerpo. —Kaila tomó un nuevo sorbo de vino.

—Lo lamento.

—Ocurrió hace mucho —respondió ella—. Si bien no lo superas nunca del todo, terminas haciéndote a la idea. Aunque creo que no puedo decir lo mismo de mi madre. Después de lo de mi padre, no encajó demasiado bien que yo decidiera seguir sus pasos.

Dan la escuchaba con atención mientras ella le hablaba de su infancia en Brooklyn, de lo buen mecánico que era su hermano Jhoss y de lo mucho que le echaba de menos. El cristal de la ventana ofrecía una vista despejada de la calle Main, y después de la tormenta los nubarrones grises casi habían desaparecido por completo, lo que le permitía a él observarla con más detalle.

Kaila era una mujer hermosa, sus rasgos eran exóticos, y el suave ovalo de su cara y su tez ligeramente aceitunada poseía ese tono propio de las mujeres que habitan las costas del mar Mediterráneo. Le encantaba ver cómo sus ojos brillaban con intensidad mientras hablaba de los largos veranos que ella y Jhoss pasaban en la casa de campo que poseían sus tíos en Arkansas. De haber podido, habría pasado el resto de la tarde admirando la vitalidad que derrochaba esa mujer al hablar. Hacía que se sintiera sosegado mientras respiraba el aroma de la fragancia fresca de su perfume, y una parte de él pensó, durante un momento, que Kaila era justamente lo que necesitaba. Pero al instante Dan se dio cuenta de lo poco inteligente que era pensar una cosa así de una mujer a la que acababa de conocer. Aun cuando estuviera absorbido por la presencia de su nueva compañera, la sensatez y el respeto exigían de él una conducta intachable.

—Me alegro de que finalmente decidieras matricularte en Ciencias del Comportamiento —comentó cuando ella tocó el tema.

—¿Por qué? —preguntó Kaila.

—Porque posiblemente no estarías aquí ahora si no lo hubieras hecho. Por tanto, no nos habríamos conocido. Lo que sería una verdadera lástima.

Kaila vaciló un instante

—Pues sí. Quizá tengas razón. —Tomó un sorbo de vino para tratar de humedecerse la garganta—. Pero no dudo que de todos modos mi jefe me hubiese enviado aquí, o a la luna, con cualquier otro pretexto.

—Intuyo que no estás demasiado cómoda en tu trabajo.

—El director adjunto y yo no comulgamos con los mismos dioses, por decirlo de alguna manera.

Kaila hizo una pausa para mirar su reloj de pulsera.

—¡Cielos! Se ha hecho muy tarde. Será mejor que me vaya a casa antes de que el encargado de los apartamentos eche el cierre. Pensaba acercarme un momento esta tarde, pero dado que el jefe de policía de Ames me ha dado el resto del día libre... —dijo mientras abría el bolso para buscar el monedero.

—No. —Dan situó una mano sobre la suya, impidiéndole sacar la tarjeta de crédito—. A esta invito yo.

El roce de la piel de Kaila contra las yemas de sus dedos le resultó tremendamente grato. A Dan O'Connell casi le entraron ganas de cerrar los ojos y disfrutar un instante más de ese cálido contacto, de alargarlo indefinidamente. Pero cuando volvió a mirar a Kaila directamente a los ojos se dio cuenta de que ambos se observaban en silencio, como dos niños en un tiovivo, descubriendo más de lo que esperan. En ese momento apartó la mano de la suya y trató de sonreír con naturalidad, esperando que ella no notara lo nervioso que se había puesto.

—Pero... —comenzó a protestar Kaila.

—Considéralo una cena de bienvenida —insistió Dan.

—Está bien. —Suspiró con una sonrisa, luchando por ignorar el vacío que le invadió el pecho cuando él decidió apartar la mano. De haber podido, se habría agarrado con la fuerza del alma a aquellos dedos para evitar que él los alejara de ella. Lo que, obviamente, era una soberbia tontería.

«Estás como una cabra», se reprendió en silencio. Si existía una definición, una sola palabra que pudiera explicar lo que acababa de pasar, esa sería extraño. Extraño por dos motivos: porque acababa de conocerlo y porque, francamente, jamás imaginó que pudiera reaccionar ante un hombre de ese modo. Ya no era capaz de recordar el tiempo que hacía que no se sentía tan atraída por nadie. Porque, le gustase o no, eso era lo que estaba sucediendo: atracción pura y dura; atracción sin reglas o lógica. Totalmente sin sentido.

Con un suspiro apenas audible, se puso la chaqueta, se colgó el bolso del hombro y esperó junto a la salida a que él terminase de abonar la cuenta.

—Permíteme —le dijo Dan, abriéndole la puerta.

Los hombros de Kaila se tensaron ante el cálido contacto de la palma de la mano que Dan situó bajo sus omóplatos para empujarla suavemente hacia fuera.

Tratando de actuar con normalidad, Kaila desplazó el rostro a un lado y le sonrió con amabilidad.

—Gracias por la comida —le dijo—. Estaba deliciosa.

—Gracias a ti por la compañía.

—En serio —rio—, eres un gran adulador. Tienes... no sé... cierto carisma.

—¿Ah, sí?

—Pues sí.

Dan hizo una pausa lo suficientemente larga para que Kaila se percatase de lo nerviosa que estaba. Era la primera vez, en su vida de adulto, que alguien causaba ese efecto en ella. Así que optó por romper el contacto visual con Dan O'Connell y subir al coche.

—Será mejor que te deje antes de que el encargado eche el cierre a la oficina —añadió tras bajar la ventanilla.

—Si quieres puedo acompañarte.

Ella negó con la cabeza.

—Supongo que podré arreglármelas sola. En fin, creo que el lugar no está demasiado lejos de aquí, me será fácil dar con él.

—Está bien, entonces hasta mañana —se despidió de ella.

Kaila permaneció un rato más con el motor en marcha, observando a Dan mientras este subía al coche de policía.

Una vez, cuando tenía dieciocho años, conoció a un célebre modelo de lencería masculina que trabajaba para una prestigiosa marca de ropa interior, y ni siquiera entonces había disfrutado tanto de mirar a un hombre.

—Kaila, eres una chica muyyy mala... —murmuró para sí misma.

Kaila salió de la calle Main y dirigió el vehículo hacia Oakwood Street. A pesar de llevar la calefacción al máximo, sentía que tenía los brazos helados.

«Por qué no me habrá enviado Siset en agosto», se preguntó con un suspiro. Sin embargo, en agosto Catherine Andrews aún estaba viva, y a punto de decidir qué haría con el resto de su vida; en agosto, Dan no imaginaba que tendría que enfrentarse a algo más importante que a la rutina de que el pobre de Fred durmiera la mona en el calabozo; y en agosto, en Ames nadie tenía que preocuparse de la posibilidad de que hubiese un asesino oculto entre sus habitantes.

Kaila permaneció un instante en silencio, escuchando la música que brotaba de la emisora local de radio. Sus labios comenzaron a tatarear *I Can't Help Falling in Love with You*, de Elvis Presley. Luego soltó el aire despacio y pensó en Dan, intentando sosegar sus rápidos latidos. Era consciente de lo sola que llegaba a sentirse a veces, pero eso no era excusa para empezar a pensar en un colega como en algo más que en un amigo.

—¡Maldita sea! —Era la primera vez que pensaba en un compañero con el que trabajara tan estrechamente de esa forma. Antes de que aceptara dejarlo todo para encargarse de ese caso en Ames, ni siquiera contaba con conocer a nadie interesante. Eso era, en principio, lo que convertiría ese viaje en algo tan positivo en su vida; podría alejarse de la brigada y concederse a sí misma un tiempo para estar sola y recapacitar sobre el futuro.

Por lo menos hipotéticamente.

Kaila suspiró profundamente.

Cuando llegó a su nueva residencia, se apresuró a sacar el equipaje del maletero, y luego caminó un buen tramo hasta el bloque de pisos que le había indicado el administrador horas antes. Una vez dio con la oficina del gerente, recogió las llaves y el confuso plano que señalaba las salidas de emergencia del edificio y, después de echarles un vistazo, se dirigió a su apartamento, ubicado en la primera planta del bloque A.

El lugar estaba limpio y ventilado; una de esas casas para huéspedes de larga duración, totalmente equipadas, que ofertaban las inmobiliarias. Después de dejar allí la maleta, bajó a la tienda de ultramarinos, cercana al inmueble, y compró todo lo necesario para pasar una buena temporada allí.

Aquella idea le hizo sonreír. Hacía años que no conversaba tanto y tan fluidamente con otra persona. El capitán O'Connell era un hombre interesante, sutil en sus preguntas y directo cuando quería. Estaba segura, recapacitó ella, de que si lograba mantener la cabeza en su sitio sería toda una experiencia trabajar codo con codo con él.

De regreso a casa, Kaila se preguntó si no sería justo aquello lo que había estado buscando toda su vida; trabajar en un lugar tranquilo, rodeado de bosques y aire puro, quizá era lo que necesitaba. Estaba bastante contenta por cómo había transcurrido su primer día en ese lugar, y se sentía capaz de meterse en el bolsillo a la mayoría de vecinos.

Deshizo la maleta y, agotada, se metió en la bañera.

Entonces, entre aromatizadas volutas de vapor y espuma de baño, se dio cuenta de que, por primera vez en mucho tiempo, no eran solo el crimen y las pruebas los que ocupaban su mente.

Capítulo 4

Ames,
martes, día 5 de enero,
en los apartamentos de la calle Oakwood.

Eran las tres y media de la madrugada cuando el timbre del teléfono despertó súbitamente a Kaila. La calefacción, previamente programada, se había desconectado poco antes de la una y media de la noche y la temperatura había descendido notablemente desde entonces, por lo que sacar los brazos de debajo del cálido edredón representaba para ella todo un esfuerzo.

Un gemido escapó de sus labios. Después de dormir varias horas tumbada sobre el costado izquierdo tenía la boca seca, los ojos pegados y las costillas doloridas de mantenerlas aplastadas contra los viejos muelles del colchón.

Consultó el reloj digital que estaba sobre la mesita. «¿A quién demonios se le ocurrirá llamar a estas horas de la madrugada?», se preguntó mientras sacudía la cabeza a los lados, tratando de despejarse. Luego desplazó el cuerpo entumecido hacia el extremo de la cama, alargó la mano y agarró el teléfono móvil, que continuaba sonando sobre la mesita de noche.

—¿Diga?

—¿Kaila Henderson?

Sus esperanzas de que se tratase de un error se desvanecieron al oír aquella voz, claramente modificada, pronunciar su nombre.

Como empujada por un invisible resorte, Kaila se incorporó rápidamente en la cama, el adormecimiento de su mente desapareció de golpe. Los dedos le temblaron ligeramente al verse invadida por el temor de pulsar por error algo que interrumpiera aquella conversación, y apartó ligeramente el aparato de su oído.

—¿Quién es? —Después de aguardar dos segundos enteros una respuesta, el aparato le devolvió un pitido hostil.

Con los dedos aún temblorosos, Kaila se apartó el teléfono de la oreja, intentando al mismo tiempo mantener la calma. Sentada en la cama, a oscuras, buscó en la memoria del dispositivo las llamadas recibidas. Cuando dio con un número oculto, lo primero que sintió fue decepción. Pero enseguida entendió que era una estupidez abrigar la esperanza de hallar un rastro que les llevase directamente hasta el autor de la llamada. De todas formas, pensó presa de los nervios, la policía contaba con los medios para averiguarlo.

Ya sin sueño, encendió la luz de la lamparilla, abandonó la cama y fue hasta el cuarto de baño, donde se echó un poco de agua fría en la cara, imaginando que hacerlo le aclararía la mente. Una mente que en esos momentos era como un complejo mapa lleno de preguntas.

¿Por qué alguien querría despertarla a esas horas, para luego colgar sin llegar a decir nada? ¿Tendría algo que ver el autor de esa llamada con el asesinato de Catherine Andrews? ¿Podría, incluso, tratarse del asesino o alguien relacionado con su muerte?

«Joder». Kaila meneó la cabeza; tenía muchas incógnitas y ninguna respuesta. Con los párpados cerrados, cerró el grifo, alargó la mano y extendió los dedos con el propósito de agarrar la toalla cuando esta resbaló del moderno toallero de acero y cayó al suelo.

—¡Mierda!

Kaila secó el agua de su rostro con las manos, abrió los ojos y se inclinó hacia un lado para echar un vistazo junto al lavabo. Tras dar con la toalla, se agachó para recogerla.

Fue en ese preciso instante, aún en cuclillas, cuando reparó en la sombra que se movía bajo la puerta de su apartamento.

Kaila alargó el brazo, apagó rápidamente la luz del cuarto de baño y esperó unos segundos, encogida sobre su propio estómago, a que sus ojos se habituasen a la penumbra. Luego centró toda su atención en el cerrojo de la puerta. Al advertir que la sombra se deslizaba a un lado, desvió la mirada hacia el salón. Cuando logró distinguir la silueta de la mesita sobre la que había dejado su arma el día anterior, con la agilidad que le habían otorgado los años de adiestramiento en la brigada criminal, se deslizó sigilosamente a través del salón y extrajo la Glock 21 de su funda.

«Te estás haciendo mayor para esto», pensó con la respiración acelerada mientras oía pisadas en el exterior del apartamento. Miró de reojo el dormitorio, asegurándose de que no se trataba de una artimaña para pillarla por sorpresa, y luego cruzó la habitación, se situó de espaldas junto a la puerta y giró lentamente la llave. Cuando el clic del cerrojo le indicó que el pasador había alcanzado el final del recorrido, una gota de sudor se deslizó entre sus pechos.

Durante un instante, Kaila se preguntó si no sería mejor llamar a Dan e informarle de lo que estaba pasando. Sin embargo, no disponía de mucho tiempo.

—Bien, Kaila, puedes hacerlo —susurró para ella misma.

Con la pistola en la mano, abrió la puerta de golpe y la sujetó con el pie descalzo mientras apuntaba con su revólver al frente. Tras un segundo se sobresaltó al advertir el contorno oscuro de una chaqueta que desaparecía al fondo del pasillo. Sin concederse un segundo para pensar, comenzó perseguirla a toda prisa. El corazón le latía a mil por hora mientras bajaba por la escalera de incendios que conducía hasta el vestíbulo del edificio. La puerta de acceso al inmueble se cerró de un portazo y ella volvió a abrirla.

—¡Mierda! —Una gélida ráfaga de aire detuvo sus piernas de golpe. Con un sentimiento de frustración, se dio cuenta de que tenía los pies hundidos en una fina capa de nieve. Alzó la cabeza, tratando de ver algo más allá de la fina cortina de copos blancos que flotaban en la noche, y continuó respirando aceleradamente. La oscuridad era total y compacta; no podía ver más que el comienzo del aparcamiento donde dormitaban una buena cantidad de vehículos, pero sabía que él o ella estaba observándola desde algún punto oculto entre las sombras.

En la calle, el aire que continuaba azotándole el cuerpo la dejó sin aliento. Entró despacio en el edificio, consciente, por suerte, de que no conseguiría nada de seguir corriendo, casi desnuda, tras esa persona.

De repente, se sintió un poco ridícula al verse así, con solo las braguitas puestas y su arma reglamentaria en las manos. Así que bajó los brazos y miró a ambos lados, comprobando que el corredor estaba desierto. Luego, arqueó una ceja.

—Eres una grandísima idiota —se reprendió en voz baja.

Temblando, soltó un prolongado suspiro antes de recular un paso y cerrar la puerta. Tenía los pies helados y amoratados por el frío. El silencio reinaba en el resto de las viviendas, y Kaila decidió regresar a su apartamento para sumergir los pies en agua caliente. No obstante, no pudo evitar mirar sobre su hombro mientras subía la escalera. Cuando entró en la vivienda, la invadió una inquietante intranquilidad. Cerró la puerta enseguida, echó bien la cadena del cerrojo y luego registró a conciencia el dormitorio, la cocina y el cuarto de baño. Después de sumergir los pies en agua caliente, hasta que el dolor y el frío remitieron, se puso un jersey y unos gruesos calcetines de lana. Después, algo más relajada, se dirigió al salón, donde conectó de nuevo la calefacción.

Fue entonces cuando descubrió, sobre la vieja moqueta, un sobre de papel que no había visto antes. Solamente entonces entendió que, en efecto, quien había estado allí esa noche lo había hecho con un propósito.

¿Pero cuál? Se quedó mirando la moqueta, sumergida en sus sospechas. Lo sucedido durante las dos últimas horas había inyectado en ella cierto sentimiento de inseguridad. Sin embargo, decidida a no dejarse llevar por el pánico, fue al dormitorio, agarró su maletín y se puso unos guantes de látex.

A Kaila le embargó un desasosiego creciente mientras desplegaba el papel que extrajo de dentro del sobre. Se quedó sin habla al leer el contenido: *Aléjate de él, zorra.*

El mensaje, aunque breve, era directo. Inevitablemente, pensó en Olivia Campbell, en Dan O'Connell y en su relación con ella. ¿Hasta dónde era capaz de llegar una mujer por despecho? Se preguntó. No estaba muy segura de que la ayudante del forense fuese el tipo de persona que se dejaba llevar por los celos de esa forma. Sobre todo, en mitad de la investigación de un caso de homicidio. Era demasiado arriesgado, y estaba segura de que lo que menos le interesaría a Olivia en esos momentos era que alguna sospecha recayera sobre su persona.

—Bien. —Lanzó un suspiro. De todas formas, había llegado el momento de hablar con ella de ciertas cosas. De manera que, resuelta a no perder el tiempo planteándose cuestiones a las que de momento nadie respondería, encendió la luz de la lamparilla y desplegó el papel sobre la mesa del salón para examinarlo con detenimiento.

Kaila pasó la siguiente media hora espolvoreándolo con polvos magnéticos, sin hallar una sola huella dactilar. Cuando comprendió que no las encontraría, introdujo el papel y el sobre en una bolsita de pruebas y apagó el interruptor de la lamparilla.

Ya a oscuras, imaginó que le costaría reconciliar nuevamente el sueño. El reloj digital, sobre la mesita de noche, marcaba las cuatro y veinticinco de la madrugada y su turno en el departamento no comenzaba hasta las seis. Por lo que, a pesar de ir en contra de su particular lista de buenos propósitos, se dirigió a la cocina, examinó el interior de los armarios hasta que dio con el café y, tras llenar el filtro, conectó la cafetera eléctrica. A continuación, despojó la cama del cálido edredón, envolvió su cuerpo con él y se sentó en la terraza para contemplar las primeras luces del alba.

Capítulo 5

Después del desayuno, como de costumbre, Kaila comenzó el día interrogando a todo el que tuviese algo que ver con la víctima. El primero en acudir al departamento, a prestar declaración, fue el propio prometido de Catherine Andrews, Nolan Evans.

Lo primero que le sorprendió fue descubrir a un hombre de rostro andrógino, ojos azules, demasiado grandes para su cara, boca pequeña y piel perfecta, que nada tenía que ver con el chico que esperaba. Vestía pantalones de pinzas, suéter de punto y calzaba unos elegantes mocasines de piel que parecían valer una pequeña fortuna. Era alto, atlético y, en conjunto, bien parecido.

Nolan, que había estado mordisqueándose la piel de alrededor de las uñas durante la mayor parte del tiempo que había permanecido a solas en la sala de interrogatorios, alzó la cabeza para mirarla cuando ella avanzó hacia él.

Una vez hubo tomado asiento, Kaila conectó su pequeña grabadora, abrió el cuaderno de notas, en cuyo interior había una estilográfica, y se sentó frente al joven. A primera vista, Nolan aparentaba ser un buen chico; uno de esos pocos que disfrutan de una mirada cándida y un rostro de facciones suaves. En cualquier otra situación, hasta le habría caído bien. Sin embargo, los años de experiencia en el FBI le habían enseñado que tras el aspecto más inofensivo podía hallarse un verdadero psicópata. Algo que no estaba dispuesta a olvidar por nada del mundo.

—Gracias, una vez más, por aceptar venir hasta aquí a declarar.

—Es lo menos que puedo hacer por Catherine.

—Entiendo lo afectado que debe estar tras lo sucedido —comenzó diciendo ella.

—Sí, mucho.

—No quisiera parecerle demasiado brusca, pero es necesario que le haga algunas preguntas relacionadas con el asesinato de Catherine.

—No hay inconveniente.

—Bien —dijo—. ¿Sabe de alguien que quisiera hacerle daño?

—¿A Cat? Nadie, que yo sepa.

Kaila apuntó algo en la libreta, como si quisiera asegurarse de no olvidarlo, y después sacó de su bolsillo la fotografía del papel hallado en el escenario del crimen.

—Su prometida tenía esto sujeto al cuerpo. ¿Significa algo para usted?

Después de echarle un vistazo, él movió la cabeza negativamente.

—¿Qué quiere decir con «sujeto»? —le preguntó el chico—. ¿Adherido a la ropa?

Ella vaciló un momento, meditando sobre si debía o no responder a esa pregunta.

—Alguien se lo clavó en el pecho —explicó al fin y, luego, prestó atención a la reacción de Nolan. Aunque en un principio a esa revelación le siguió un prolongado silencio, Kaila intuyó, por la expresión de su rostro, que conocer aquel detalle había impresionado profundamente al chico.

—¿Habló su prometida, en algún momento, con Olivia Campbell?

Nolan alzó la cabeza y la miró con el ceño fruncido.

—¿Creen que Olivia tuvo algo que ver con la muerte de Cat?

—Por ahora no creemos nada, señor Evans —dijo Kaila—. Todo lo que podemos hacer por el momento son suposiciones. Pero si esto le hace sentir algo incómodo, quiero que sepa que no es necesario que responda a mis preguntas sin que su abogado, de tenerlo, esté presente durante el interrogatorio.

—¿Soy sospechoso?

—Todos en Ames lo son, señor Evans.

Él se aclaró la garganta antes de hablar.

—Presumo que ya se ha enterado de que Olivia y yo mantuvimos un romance hace algún tiempo.

—Así es.

—Sus padres, por supuesto, no están al corriente de nada de esto.

—No se preocupe. Si la investigación no nos lo exige, no hablaremos con ellos sobre ese asunto. —Tratando de guiar el hilo del interrogatorio, ella insistió en su pregunta—. ¿Las vio discutir alguna vez?

—Vi a Cat y a Olivia hablar una sola vez, después de que lo nuestro terminase. No creo que haga falta que le diga que no fue un encuentro muy agradable. En fin, ambas estaban fuera de sí, y se echaron en cara un motón de cosas sin sentido.

—¿Qué tipo de cosas?

—¿Usted qué cree? —Se encogió de hombros—. Olivia, completamente enfurecida, la acusó de no saber mantener a un hombre a su lado; y Cat, a su vez, de ser una zorra. Ya sabe..., ese tipo de cosas.

—Tengo entendido que Olivia no se tomó demasiado bien lo de su ruptura. Por ahí hay quien piensa que ella continúa enamorada de usted.

—Olivia se enamora de todo el mundo, seguro que de eso también se ha enterado. Es muy probable que tenga algún tornillo de menos. Además, a mis padres jamás les gustó esa chica, y lo cierto es que a mí tampoco. Esa mujer es mayor que yo, ni siquiera sé por qué decidí complicarme la vida con ella, sobre todo después de saber que ha estado liada con medio condado.

La confusión de Kaila aumentó al oír aquello último. Descruzando las piernas, se inclinó sobre la mesa y agarró la estilográfica.

—¿Sabría decirme quiénes son esos hombres con los que Olivia, supuestamente, tuvo una relación?

—Pues..., no sé ahora mismo... —dudó un momento el chico—. Con unos cuantos...

—O sea, que realmente no tiene ni idea. —Suspiró y, relajando los hombros, comenzó a dibujar una serie de espirales en la página en blanco de su blog.

—Bueno, eso es lo que todo el mundo dice.

—Ya, y por eso usted también lo piensa.

Él volvió a aclararse la garganta.

—Seguro que conoce el dicho: «Cuando el río suena...».

—Sí, pero también se dice que usted y Cat discutían casi por cualquier cosa —dijo Kaila—. Eso lo coloca a usted en una situación bastante comprometida.

Nolan vaciló visiblemente, se agitó en su silla y parpadeó con fuerza un par de veces.

—¿Está insinuando que asesiné a mi prometida?

—Nadie ha dicho tal cosa. Pero hay algo que no entiendo muy bien —respondió ella sin inmutarse—. ¿Por qué no rompieron cuando Cat supo lo de Olivia?

—Le prometí no volver a verla.

—Y claro, ella le creyó a pies juntillas...

—¿Por qué no iba a hacerlo?

—La engañó con otra mujer; no tenía demasiados motivos para confiar —determinó Kaila—. ¿Le amenazó para que no lo hiciera?

—Eso es una tontería —respondió Nolan—. Y este interrogatorio también empieza a serlo.

—Si quiere podemos dejarlo. —Kaila cerró su cuaderno y se quedó en silencio un instante.

—No —aceptó prudentemente el chico.

—Entonces —prosiguió ella abriendo de nuevo la libreta—, ¿cuándo la vio por última vez?

—Vi a Cat el sábado por la mañana, durante el almuerzo. Después la acompañé hasta un establecimiento en la avenida Lincoln y esperé en la calle mientras ella recogía sus zapatos de novia y un par de cosas que por lo visto eran importantes. Antes de regresar a casa, Cat insistió en ir a tomar un refresco y nos detuvimos en la cafetería que está cerca de la avenida Duff.

—¿Se comportó, en algún momento, de una manera extraña?

—No.

—¿Vio o notó que alguien los siguiera?

—No.

—¿A qué hora regresaron a casa?

—A eso de la una y media

—¿Está seguro de que no la vio esa tarde?

—¿No cree que me acordaría?

—¿Alguien más que pueda corroborarlo?

—Nadie —respondió Nolan—. Estuve metido en mi apartamento toda la tarde. Había partido de los Lakers; y yo nunca me pierdo a los Lakers.

—¿Se le ocurre qué motivo podría tener Catherine para salir sola de casa ese sábado?

—Cat únicamente salía sin mí cuando tenía que resolver algún asunto relativo a la boda. Decía que quería sorprenderme, por eso prefería ir sola. Pero por lo general era una chica muy tradicional. —Nolan resopló con desgana—. Tal vez demasiado.

—Eso tengo entendido. Por ello es importante que alguien pueda corroborar su testimonio.

Nolan se limitó a mirarla, sin decir nada, con el rostro pálido como una pared recién encalada. Kaila, feliz de haber logrado su propósito de ponerlo nervioso, desconectó la grabadora y, tras introducir el expediente en la carpeta, le dijo:

—Bueno, creo que por ahora es suficiente. Si recuerda cualquier detalle que crea que tiene importancia, haga el favor de ponerse en contacto con el departamento. Mientras tanto, le recomiendo que no se aleje demasiado de la ciudad; puede que necesitemos volver a hablar con usted durante los próximos días.

Cuando Kaila abandonó la sala de interrogatorios, se encontró a Dan en la habitación contigua, observándolo todo desde el otro lado de un enorme espejo de mercurio.

—¿Llevas mucho rato ahí? —le preguntó.

—Desde el principio.

—¿Y qué opinas?

—Que podrías haberme esperado. ¿Es que no duermes nunca?

Kaila extrajo de su bolsillo la carta que esa noche alguien había deslizado bajo su puerta y se la entregó.

—Pues no, últimamente tengo motivos para no pegar ojo —le dijo.

Mientras Dan O'Connell leía la nota, se hizo el silencio durante unos segundos.

—Sé lo que estás pensando, y no, no creo que Olivia Campbell tenga algo que ver con esto —dijo Kaila—. El autor se cuidó de no dejar una sola huella. Créeme, me pasé un buen rato tratando de encontrarlas.

—¿Por qué estás tan segura de que no fue Olivia?

—Porque en la cafetería me fijé en que es zurda. Esta mañana escaneé el documento y se lo envié a un grafólogo del FBI, que confirmó que la presión y la curvatura ejercida en la escritura indican claramente que la letra pertenece a una persona diestra.

—Deberías solicitar protección. Al menos hasta que sepamos quién estuvo anoche en tu apartamento.

—Bueno, no estuvo literalmente dentro. Y, por lo demás, ya tengo protección —le dijo, señalando el lugar bajo su axila donde ocultaba la pistola.

—Entendido. —Dan soltó el aire con resignación—. Y dime, ¿has podido averiguar algo del chico?

—¿Aparte de que es un cabrón machista? —dijo, enarcando una ceja—. Nada.

—¿Crees que guarda relación con la muerte de Catherine?

—Reconozco que ese chico no me gusta, pero no lo creo capaz de cometer un asesinato. —Kaila se cruzó de brazos mientras contemplaba a través del cristal a Nolan, que continuaba sentado en la sala de interrogatorios, devorándose con nerviosismo la piel de las cutículas—. Aunque reconozco que la gente a veces me sorprende. ¿Alguna vez llegaste a hablar con Olivia sobre él?

Dan asintió.

—Decía que era un juerguista y un inmaduro, y a la vista está que no se equivocaba. No es ningún secreto que Olivia ha salido con unos cuantos hombres en Ames, pero de ahí a lo que él dice hay un abismo.

—Ya veo... —dijo Kaila, echando un vistazo a su reloj—. Ayer hablé con los padres de Catherine y acordamos que hoy a las once les haría una visita en su casa de la avenida Hodge. Tengo entendido que el sitio está relativamente cerca del campus de la universidad, y que es allí donde se alojan los dos estudiantes que encontraron el cuerpo de Cat.

Dan asintió.

—¿A qué estás esperando? —le dijo de camino a la puerta—. Si queremos preguntar a ambos, tendremos que darnos prisa. A las diez hay entrenamiento, y el joven Jeremiah se encontrará, como de costumbre, recogiendo toallas en los vestuarios.

—¿Piensas acompañarme otra vez? —Kaila parecía sorprendida.

—Está claro que sí —respondió él—. La gente de por aquí no está acostumbrada a que el FBI husmee en sus asuntos; te irá bien un poco de ayuda. Además, te recuerdo que ahora somos compañeros.

—De acuerdo —respondió ella, cerrando la puerta al salir—. Está bien, una situación complicada exige una solución simple.

—¿Me estás llamando simple?

—Solución, más bien.

—En ese caso, lo acepto. —Sonrió.

—Debo confesar que no esperaba encontrar tantas reservas en los habitantes de Ames. Siempre pensé que en este tipo de sitios la gente tenía menos prejuicios.

—Y no los tienen, pero son reacios a que alguien que no conocen les haga preguntas comprometidas, como qué piensan sobre esto o aquello, o de tal o cual persona. Estas gentes se conocen desde siempre, y no es plato de buen gusto para ellos echar tierra sobre sus vecinos.

—Nadie va a pedirles tal cosa.

—Puede.

—¿Qué significa eso?

—Pues que hasta que estén seguros de quién mató

a Cat, nadie se atreverá a decir algo que pueda perjudicar a un vecino o familiar. Al menos, no ante un desconocido.

Ya en la calle, Kaila se vio sorprendida por el rabioso aire helado de la mañana. Alzó la mirada y observó algunas nubes grises que habían obrado un claro en el cielo por el que penetraban amplios rayos de sol. Una tenue bruma flotaba sobre la calzada y, pese al frío, agradeció sinceramente la tregua que el mal tiempo les brindaba.

Durante un instante, se consideró afortunada. Las camionetas de reparto subían y bajaban la avenida con calma, dejando cajas aquí y allá, y el cantar de los pájaros inundaba las altas copas de los árboles. Era todo un lujo vivir en un lugar como ese. Se sentía como si su propio peso disminuyera.

Mientras daban la vuelta al edificio, de camino al aparcamiento, Kaila vio avanzar a Tyler Parsons por la calle. Tenía los ojos ligeramente hundidos, probablemente por la falta de sueño, y los pantalones arrugados. Después de la conversación que el día anterior había mantenido con él, no sabía qué esperar; saludarlo parecía tan apropiado como no hacerlo. Así que cuando fue Tyler quien finalmente se acercó a ella y apretó su mano, se sintió menos tensa. Sin embargo, después de un instante se percató de que Tyler Parsons se negaba a mirar a Dan.

Sorprendida por su manifiesto rencor hacia O'Connell, Kaila experimentó una oleada de vergüenza ajena. En todos esos años, Dan no había olvidado el caso de Laura, ni un solo día, había invertido su tiempo y una cantidad enorme de energías en tratar de esclarecerlo. No era justo que tras eso aquel hombre lo tratara de un modo tan innoble.

—No te lo tomes demasiado a pecho —le dijo Dan tras ver a Tyler desaparecer en el interior del edificio, intuyendo los pensamientos de Kaila.

—Está muy afectado por lo de Laura, y culpa a todo el departamento de que aún no hayan dado con su asesino.

—Lo sé —Dan torció una sonrisa—, y no voy reprochárselo.

La cara de Kaila reflejó la admiración que comenzaba a sentir por ese hombre. Dan O'Connell no solo se partía los cuernos por mantener abierto un caso que haría años que, de no ser por él, estaría cerrado, sino que lo hacía sin ningún apoyo por parte de Tyler.

—Muy bien —suspiró él—, olvidemos al señor Parsons durante un rato y concentrémonos en el caso. ¿Puedo invitarte a desayunar?

Kaila desvió la cabeza hacia un lado y miró a Dan.

—¿Y qué tiene que ver el desayuno con el caso? —Sonrió.

—¿Has tratado de investigar algo con el estómago vacío?

Kaila rio abiertamente.

—Ya lo hice esta mañana, aunque eso no quiere decir que no vaya a venirme bien algo de cafeína en el cuerpo —aceptó la joven subiéndose al coche.

—Hay un Starbucks de camino a la avenida Hodge —indicó él tras ocupar el asiento del conductor.

Ella se encogió de hombros y le indicó con un gesto que le parecía bien.

Al rato, Kaila se encontró sentada junto a Dan

en el interior de un agradable local, caliente y acogedor, con olor a café recién hecho. En Washington los Starbucks siempre estaban atestados de clientes y era algo habitual que hubiese largas colas ante la barra. Sin embargo, allí había, como mucho, seis o siete personas sentadas tranquilamente: unas leyendo el periódico, otras un libro, y otras simplemente conversando con calma.

Kaila se daba cuenta de cómo le palpitaba el corazón cada vez que se imaginaba a sí misma viviendo en un lugar como ese. Ames le recordaba el inigualable placer que experimentaba cuando tenía diez años y despertaba los domingos en la casa que su familia poseía al este de Brooklyn, cerca de Prospect Park. A veces la felicidad se reducía a eso: a una cuestión de momentos, personas y lugares especiales como aquel.

—¿No te gusta? —preguntó Dan, interrumpiendo la corriente de pensamientos de Kaila.

—¿Qué?

—El café...

Kaila bajó la mirada hacia el vaso de cartón que tenía entre las manos.

—Oh, sí... —Dio un sorbo—. Solo estaba pensando en cómo sería levantarse cada día en un lugar tan tranquilo como este.

—Es más fácil cuando no hace tanto frío.

—Ya lo creo... —Rio, apurando el resto de la bebida.

—¿Te lo has planteado realmente?

—¿Vivir aquí?

Dan asintió.

—No sé. Tal vez. —Miró el reloj—. Diez minutos para que el partido finalice.

Dan se la quedó mirando mientras se levantaba y arrojaba el vaso de cartón a la papelera. Cuando ella le guiñó un ojo, se puso de pie y la siguió hasta la salida. Aunque se arrepentía de haber expresado aquella pregunta, entendía muy bien por qué lo había hecho: Kaila le gustaba. Le gustaba como mujer, como agente y como compañera. Y era consciente de que aquello no era nada bueno. Al menos no para él. La presencia de Kaila allí se debía únicamente al caso, así que era de esperar que cuando este concluyera se marchara.

Cuando finalmente llegaron a la casa de los Andrews, Kaila llamó al timbre y aguardaron ante la puerta hasta que esta se abrió despacio. Con el primer interrogatorio habían acabado enseguida; Jeremiah Thomas y la joven Sophie Dixon no podían recordar otra cosa que no fuese la ubicación y estado del cadáver, todavía inmersos en un leve estado de *shock*. Aun así, habían podido confirmar que el cadáver se mostraba ya azulado cuando ambos lo encontraron, lo que no dejaba dudas de que el dedo había sido seccionado horas antes.

—Buenos días, Enelda —saludó O'Connell al ver a la mujer, alta y delgada, que los recibió con una notoria expresión de abatimiento en el rostro. Vestía una camisa de seda, pantalón de pinzas y calzaba unos elegantes zapatos de medio tacón que le daban cierto aire de profesora de primaria.

Enelda Andrews parpadeó con fuerza un par de veces antes de hacerse a un lado e invitarles a pasar.

Una vez dentro, Kaila se quitó la cazadora que Dan le había prestado y la acomodó en su brazo. Luego, miró a su alrededor. Los visillos de la casa se encontraban completamente descorridos y la vivienda, a pesar de estar profusamente iluminada, se hallaba sumida en la oscura melancolía del sufrimiento.

—Voy a avisar a Alan —se disculpó Enelda—. Solo será un momento. Aunque le dije que vendrían, desde la muerte de Cat está un poco irritable.

—Si prefieres que vengamos en otro momento… —sugirió Dan.

—No. —Enelda tragó saliva—. Quiero pasar por todo esto mientras esté todavía cuerda.

Dan asintió mientras se despojaba él también de la chaqueta, esforzándose por aparentar que llevaba todo aquello con la mayor naturalidad. Sin embargo, cada vez lo encontraba más surrealista. No podía apartar de su mente la imagen del cuerpo sin vida de Cat el día en que la encontraron colgada de aquel árbol. Le costaba creer que alguien fuese capaz de hacerle algo así a una muchacha tan joven y llena de vida. El corazón se le detuvo un instante: «¿Y si el culpable es alguien que conozco?», pensó, mirando a Kaila a los ojos en silencio.

—¿Estás bien? —preguntó ella en voz baja.

—Sí. —Él consultó su reloj y exhaló un profundo suspiro—. No es fácil hablar con la familia en esta situación.

Kaila entendía lo que Dan quería decir. Lo ocurrido los últimos días había roto la burbuja de protección que mantenía a Ames apartada del mundo exterior. Era difícil enfrentar eso con enteraza y decirles a tus vecinos que no podías protegerles. Mayormente, portando una placa prendida en el pecho.

Mientras aguardaban pacientemente a que Enelda regresara, Dan observó las siluetas que habían dejado algunos cuadros al ser retirados de la pared. Echó un vistazo a su alrededor y se dio cuenta de que no había fotografías de Catherine por ningún lado. «Un vano intento de mitigar el dolor», recapacitó. En ese momento volvió a aparecer Enelda y les pidió que la siguieran. Los dos avanzaron tras ella por el largo corredor, rumbo al salón. Cuando llegaron a la estancia, la mujer se disculpó y los dejó para dirigirse a la cocina.

La habitación, amplia y decorada con muebles clásicos, muy afines al estilo y personalidad de su dueña, según observó Kaila, estaba pintada de un suave tono melocotón y adornada con todo tipo de figurillas de porcelana, espejos demasiado recargados para su gusto y lámparas de diseño, ubicadas estratégicamente para que ningún rincón de la estancia permaneciera a oscuras una vez llegada la noche.

Aun así, la sala resultaba sumamente acogedora, pensó ella sacando su blog de notas del bolso antes de acercarse al aparador, donde descansaban sin orden ni concierto las fotografías familiares. Cat no estaba en ninguna de ellas. Apenas abrió la boca, para preguntarle a Dan sobre los Andrews, cuando oyó a alguien toser junto a la ventana.

Kaila rotó el cuerpo y vio a Alan, el padre de Catherine, sentado en una preciosa butaca de piel marrón. Tenía la mirada clavada en el gran ventanal que daba al jardín, con las gafas apoyadas en la punta de la nariz y los dedos de ambas manos entrelazados sobre su estómago. En el exterior, el sol se recortaba contra los árboles de grandes copas, proyectando destellos dorados sobre el rostro surcado de arrugas del hombre. Cuando Kaila se sentó frente a él, emitiendo un ligero carraspeo de garganta, Alan viró la cabeza un par de segundos y los contempló en silencio. Luego miró hacia delante, como si no los hubiera visto, y continuó contemplando el horizonte.

Durante los siguientes cinco minutos Kaila y Dan se quedaron en silencio, esperando el momento en que el hombre se decidiría a hablar con ellos.

Alan tenía los ojos claros, carrillos bonachones y unos labios finos e inexpresivos que hacían casi imposible saber en qué estaba pensando. En circunstancias normales, ella habría intentado abrir una vía de comunicación entre ellos, pero aquellas no eran circunstancias normales y, por tanto, no conseguiría fácilmente hablar con Alan. Era la primera vez en mucho tiempo que prefería mantener la boca cerrada y esperar a ver qué sucedía. Además, no tenía ni la más remota idea de qué decir.

Ya estaba a punto de darse por vencida cuando lo oyó suspirar profundamente.

—Iban a casarse en el jardín —dijo finalmente Alan, como si le hablase al cristal de la ventana. Luego volvió la cabeza para contemplar a su esposa, que en ese instante situaba una bandeja con té y café sobre la mesa, y continuó diciendo—: A Cat le gustaban las flores, sobre todo las rosas, por eso, hará dos meses, contratamos a un paisajista para que llenase el jardín de ellas.

El jefe de policía dudó un instante antes de decir:

—Lamentamos lo de Catherine.

Alan asintió con la cabeza.

—¿Ha averiguado algo el FBI sobre su asesinato? —preguntó el hombre, desviando la vista hacia Kaila.

—Aún es pronto, pero le aseguro que estamos haciendo todo lo que está en nuestras manos para...

—Y una mierda —la interrumpió Alan—. Lo único que han hecho hasta el momento es interrogar a su prometido. Nolan es un buen chico, amaba a Cat y jamás le habría hecho daño.

—Eso, si me disculpa, está aún por ver —respondió ella, ásperamente.

—No hemos venido hasta aquí para discutir contigo, Alan —intervino rápidamente O'Connell—, sino para averiguar quién le hizo eso a Cat.

Kaila contempló la reacción del hombre durante un largo rato. Notó que el músculo de su mandíbula, al apretar los dientes, vacilaba de dentro hacia fuera. De modo que supo que era solo cuestión de tiempo que se desprendiese de la coraza y comenzara a hablar sobre lo ocurrido.

—Está bien... —aceptó finalmente.

—Ese paisajista, ¿se trata de alguien que pudiera estar relacionado con Cat o Nolan de alguna forma? —preguntó Dan a Alan.

—En absoluto. Edward Cole posee una pequeña empresa de horticultura en el condado de Marshall. Ni siquiera lo conocíamos antes de que aceptara desplazarse hasta aquí para ver el trabajo.

—¿Les habló alguna vez Catherine de alguien que le estuviese molestando? —inquirió Kaila.

—No.

Un instante de silencio flotó sobre sus cabezas mientras Kaila escribía en su cuaderno.

—Deberían preguntarle a esa zorra de Olivia Campbell —murmuró la señora Andrews, con la vista clavada en el regazo.

Sin poder dar crédito a lo que acababa de oír, Kaila alzó la cabeza y contempló a Enelda con asombro.

—Oooh ¡Basta ya, Enelda! —la recriminó el esposo—. ¿Quieres parar ya de una vez con eso?

Kaila se quedó pasmada cuando los ojos de la mujer se clavaron, llenos de odio, en su propio marido.

—¡Sabes que tengo razón! ¡Esa mujer es un demonio! Primero la pobre Laura, y ahora mi niña. ¿Cómo puedes pedirme que me calle?

—¿Laura? ¿Laura Heller? —La preocupación asomó al rostro de Kaila.

—Lo lamentó —Alan echó el cuerpo hacia delante y se pasó una mano abierta por el rostro cansado—. Mi esposa Enelda está convencida de que esa mujer tuvo algo que ver con la muerte de nuestra hija.

—¿Se refiere a Olivia Campbell?

Alan hizo un movimiento afirmativo con la cabeza.

—¿Y por qué lo cree posible? —inquirió O'Connell.

—Porque Olivia fue la primera novia con la que Tyler Parsons salió en el instituto. —Luego echó una mirada reprobatoria a Enelda—. Y por aquel entonces tenían apenas dieciséis años. La muerte de Laura Heller ocurrió ocho años más tarde. Es una tontería pensar que después de tanto tiempo Olivia pudiese albergar algún rencor hacia Tyler, o tener algo que ver con el asesinato de su prometida.

En cierta manera, Kaila pensaba como Alan. El auto sobre la muerte de Laura Heller exponía claramente que esta había fallecido a los veinticuatro años, por lo que se le hacía bastante difícil creer que un asesino dejase pasar tanto tiempo antes de actuar. Sin embargo, era cierto que la boda de ambos podría haber sido el detonante que activara una conducta perturbada.

Un escalofrío la distrajo de aquel pensamiento sobrecogedor. Se volvió lentamente hacia Dan para comprobar si lo que acababa de contarles Enelda le había sorprendido tanto como a ella y luego volvió a mirar a la mujer.

—Esa mujer también estuvo liada con Nolan hace años —añadió Enelda—. He visto documentales sobre esas mujeres a las que llaman viudas negras y...

—¿Ven lo que les digo? —volvió a interrumpirla el marido—. Desde lo de Cat, no para de darle vueltas a la cabeza con lo mismo.

Kaila contempló los dedos temblorosos de la mujer, que no paraban de retorcer la tela de su falda. Aparentemente, las conexiones entre ambos casos eran tangibles, aunque demasiado vagas como para conducir la totalidad de la investigación exclusivamente hacia esa sospecha.

—Hallamos un trozo de papel en la zona donde encontraron a Cat, tenía una letra escrita: la L. ¿Significa algo para ustedes?

La mirada de Enelda se cruzó con la de su esposo.

—¿Linette, quizá? —respondió indecisa.

—¿Linette?

—Linette Blackwell, la mejor amiga de Catherine. Se conocían desde niñas y ambas pensaban casarse el mismo mes, aunque no el mismo día. De hecho, mi hija y ella habían planeado hacer después un viaje a las Seychelles, los cuatro juntos.

Kaila no pudo evitar que su rostro se ensombreciera por la preocupación.

—¿Sabe cómo podemos contactar con ella? —preguntó.

—Vive con sus padres a solo dos manzanas de aquí. Creo que Cat tenía su teléfono anotado en alguna parte... Si me disculpan un momento, subiré a su dormitorio para buscar su agenda.

Después de que Enelda abandonase el salón, Kaila se fijó en la fachada de la casa situada al otro lado del jardín, separada de este por una pintoresca valla de madera.

—¿Quién vive ahí? —le preguntó a Alan.

—Nadie desde que se fueron los últimos inquilinos, hace ya dos años. Catherine y Nolan iban a vivir en ella una vez casados.

—¿Es usted el propietario?

Alan negó con la cabeza.

—Ya no. Ahora el dueño es Nolan.

Momentos después de que Enelda regresara con la agenda y se la entregara al jefe O'Connell, Alan les dijo:

—Si no necesitan nada más...

Intuyendo que la visita había terminado, ambos agentes se levantaron del sofá y se despidieron de los Andrews con un respetuoso apretón de manos.

Una vez entraron en el coche, Dan marcó el número de Linette y aguardó un instante con el teléfono pegado a la oreja.

—Mierda —masculló, abriendo la agenda y escudriñando nerviosamente entre las páginas.

Al observar el gesto de preocupación de él, a Kaila le recorrió un claro escalofrío.

—¿Qué sucede?

—La chica no está en su casa —explicó O'Connell después de colgar—. Ha dejado un mensaje en el que dice estar con su novio y unos amigos de este en las montañas.

—¿Y su novio? —preguntó Kaila—. Están en mitad de un monte, por amor de Dios, alguien tiene que llevar un teléfono encima por si hubiera una emergencia.

—¡Aquí está! —Dan señaló un número en la agenda, marcó con una sola mano y suspiró aliviado al obtener una señal alta y clara. Nada más descolgar, la voz de Curtis, el prometido de Linette, brotó del auricular. Después de cruzar con él unas cuantas palabras, el jefe de policía se quedó en silencio. Luego arrugó el ceño mirando a Kaila y soltó un largo suspiro.

En ese instante, ella se dio cuenta, con una certeza meridiana, de que algo malo sucedía; algo que podía torcer completamente el curso de la investigación.

Rápidamente, sacó su blog de notas del bolso y durante una fracción de segundo creyó que se le pararía el corazón. «¿Qué demonios va a ocurrir ahora?», se preguntó. Sin embargo, pasara lo que pasara, estaba segura de que no contribuiría a esclarecer el asesinato de Catherine. Lo que era bastante descorazonador.

En silencio, Kaila esperó a que Dan colgase para preguntarle sobre su conversación con el chico.

—No está con Curtis —respondió el jefe de policía.

—¡Dios mío! —Cerró la libreta.

—Por lo visto no le dijo a nadie que lo que realmente quería era quedarse en casa de una amiga. Su prometido dice que después de lo de Cat, Linette necesitaba hablar con alguien que no fuera él y desconectar unos días de todo. Así que no dudó en acompañarla hasta donde reside Emily, la chica en cuestión.

—¿Por qué no dijeron la verdad?

—Porque de otro modo los Blackwell habrían puesto el grito en el cielo. Según Curtis, la tal Emily no es que digamos muy sensata. Los padres de Linette opinan que es una mala influencia para ella, por lo que prefirieron no decirles nada.

Sus miradas se cruzaron.

—Por aquí la gente es muy reservada —le recordó él.

—Ojalá esté sana y salva.

—Eso espero... —respondió Dan tras poner el motor en marcha.

Ella permaneció callada un buen rato mientras se dirigían a la universidad.

—Tienes un mal presentimiento, ¿no es cierto? —le preguntó al percatarse de lo tenso que estaba.

—¿Tanto se nota? —dijo en un susurro apenas audible—. Quisiera poder decir lo contrario, pero no puedo quitarme de la cabeza que la persona que asesinó a Catherine volverá a hacerlo muy pronto.

—Los predadores siempre lo hacen.

—¿Y qué propones?

—Seguir interrogando a las personas cercanas a Cat. Si estoy en lo cierto, el asesino tendrá algo que ver con ella o su entorno. Puede que se trate de un familiar, un amigo o un vecino; de alguien que supiera dónde iba a estar en uno u otro momento.

—Esta es la dirección —indicó Dan, deteniendo el coche frente a una de las hermandades. La puerta de la casa estaba completamente abierta, y Kaila tuvo que esperar en el coche para no tropezar con las muchachas que en ese instante salían disparadas en dirección al campus.

Cuando por fin pudo abandonar el vehículo, Kaila se quedó mirando a una chica, con los cabellos teñidos de azul, que vestía una falda ridículamente corta y ajustada.

—¿Emily?

La joven se detuvo y dio media vuelta para mirarla.

—¿Sí?—preguntó desconcertada, como si no hubiese reparado antes en ellos.

—Soy la agente especial Henderson —dijo, extrayendo del bolsillo su acreditación del FBI—. Y él es el jefe de policía O'Connell. Queríamos hacerte unas preguntas.

—¿Tiene que ser ahora? —Parpadeó—. Llego tarde a clase.

—Me temo que sí —respondió Dan.

Después de echar un último vistazo a sus compañeras de clase, que cada vez se alejaban más de ellos, Emily dejó caer los hombros y resopló con hastío.

—Está bien ¿por qué no? —murmuró—. ¿Pueden volver a enseñarme sus credenciales?

—Sí, por supuesto —respondió Kaila abriendo una vez más la cartera.

—Antes no las he visto bien —dijo la muchacha—. Hay mucho loco suelto por el campus, ya sabe.

—¿Alguien en concreto?

Emily la miró perpleja.

—No... O sí, qué sé yo. En fin..., a los tíos de hoy en día no hay tía que los comprenda —suspiró—. ¿A qué han venido?

—Estamos buscando a Linette.

—¿Linette? —Emily arrugó el ceño—. ¿Para qué la buscan?

—Tenemos que hacerle unas preguntas respecto a Catherine Andrews. Supongo que ya te habrás enterado de lo de su muerte.

—Por supuesto que sí, aunque no la conocía mucho. Cat era amiga de Linette, pero yo solo coincidí con ella un par de veces.

—¿Podemos hablar con Linette?

—¿Por qué me lo preguntan a mí?

—Según nos dijo su prometido, la acompañó hasta aquí hace dos días.

—Disculpe, pero ella no está aquí.

—¿Sabes dónde está ahora?

—No, creo no me ha entendido bien, jefe O'Connell, Linette no ha venido a verme en ningún momento desde lo de la muerte de Catherine.

Capítulo 6

*Ames,
miércoles, día 6 de enero,
cerca de la estatal número 15.*

Hacia media noche, el cadáver de Linette Blackwell fue encontrado junto a la interestatal número 15, a varios kilómetros de distancia del lugar donde tres días antes fue hallado el cuerpo sin vida de Catherine Andrews.

Después de poner en marcha todo un dispositivo de rastreo, Kaila abrigaba la esperanza de que todo se quedara en un buen susto, hasta que el equipo de búsqueda se puso en contacto con el departamento para darles la noticia.

La chica, que según constataron más tarde llevaba puesta la misma ropa que vestía el día en que Curtis la acompañó hasta el campus de la universidad, presentaba fuertes abrasiones en ambas muñecas y tobillos. Lo que significaba, en muchas ocasiones, que alguien había retenido a la víctima en contra de su voluntad antes de llevarla a aquel paraje.

Kaila abrió su cuaderno y elaboró un dibujo exacto de las marcas y cortes que presentaba el cadáver. Como a Cat, a Linette le habían cercenado el dedo anular a la altura de la falange proximal, antes o después de colgarla de un árbol e izarla a varios metros de altura.

Un ligero mareo se apoderó de ella. El cansancio y los nervios comenzaban a pasarle factura. Sin embargo, cuando en la distancia oyó la sirena de una ambulancia, pidió que alguien le acercara una escalera y se encaramó en lo alto para estudiar el cuerpo sin vida de la mujer, antes de que los técnicos de emergencias se presentaran allí con el objeto de trasladar el cadáver al instituto forense.

Al enfocar con la linterna sobre el pecho izquierdo de Linette, Kaila vislumbró el alfiler de cabeza perlada que sujetaba un trozo de papel en la zona más elevada de su seno. Nuevamente, descubrió una letra.

—Será mejor que le envuelvan bien las manos y pies antes de llevarla a la morgue. Después acordonen la zona y asegúrense de que nadie contamine el lugar del crimen hasta que podamos examinarlo a la luz del día —indicó Kaila al equipo forense. Descendió de la escalera y dejó que los hombres de la unidad se encargasen del cadáver.

—¡Santo Dios! Habrá que avisar a la familia —lamentó O'Connell cuando ella se reunió con él, junto al coche.

—Lleva clavada en el pecho la letra K —le informó.

Dan parpadeó repetidamente, dando muestras de cansancio.

—No va a parar, ¿verdad?

—No hasta que le detengamos o comprendamos lo que quiere decirnos.

El jefe de policía tardó unos segundos en asimilar aquella información.

—Hay que detenerlo.

Kaila asintió y miró un instante por encima del hombro de Dan.

—¿Aquello es una iglesia?

Él se volvió para mirar hacia donde ella lo hacía.

—Sí. Luterana, si no me equivoco. ¿Es importante?

—Había también una iglesia cerca del lugar donde encontraron a Catherine Andrews. —Luego recapacitó pensativa—. ¿Por qué lo hará?

Dan desvió la cabeza y la agitó a los lados.

—Porque es un puto chalado —respondió él—. Por eso lo hace.

—¿Sabes cuántas iglesias hay en Ames? —inquirió Kaila.

—Sé lo que estás pensando, y son demasiadas. Las hay de todo tipo: protestantes, cristianas, metodistas y hasta presbiterianas. En el departamento de policía no disponemos de efectivos suficientes para vigilarlas todas. —Suspiró con un profundo abatimiento—. Esto es una puta locura...

—Deberías ir a casa a descansar —le aconsejó ella—. Aquí no podemos hacer gran cosa hasta que amanezca. Y, para entonces, tendrás que estar despejado.

—Bien... —dijo, alzando las solapas de su cazadora y encogiendo los hombros cuando una gélida ráfaga de aire le golpeó el rostro—. Te acompañaré a casa.

—No necesito que me acompañes. Además, tengo que ir al depósito para examinar el cuerpo.

—Eso puede esperar a mañana. Ambos estamos cansados y no sacaríamos nada en claro de seguir ahora con todo esto. Tú misma has dicho, muy acertadamente, que es mejor hacerlo con la cabeza despejada. Los chicos del departamento forense se harán cargo mientras tanto. Son muy cuidadosos y saben bien lo que hacen, así que deja de preocuparte por eso ahora y descansa un rato.

—Está bien. —Suspiró y, convencida de que Dan tenía razón, subió al coche. Cuando lo vio ocupar el asiento a su lado, respondió con un resoplido—. En serio, no necesito que me acompañes a casa.

—Lo sé, pero quiero asegurarme de que todo está en orden antes de dejarte sola en ese apartamento.

Ella le lanzó una mirada incisiva.

—¿Supongo que no vas a darme otra opción?

—Ninguna otra.

Kaila no tardó ni diez minutos en poner el coche en marcha, salir de allí y llegar al apartamento que ocupaba en la calle Oakwood.

Cuando entraron en la vivienda, dejó su equipo de trabajo en un estante del armario, se quitó la chaqueta y el pañuelo que le rodeaba el cuello y los arrojó sobre la cama. Luego dirigió una mirada a Dan, que había empezado a cerciorarse de que todas las ventanas y puertas de la casa estuvieran bien cerradas.

Lo cierto era que tenerlo allí, con ella, hacía que se sintiera segura, pensó Kaila mientras subía unos cuantos grados la calefacción, luego se sentó en el sofá para quitarse los zapatos y, sin dejar de observarlo por el rabillo del ojo, encendió el ordenador portátil que había dejado esa mañana sobre la mesa de centro. Kaila frunció el ceño al comprobar si tenía algún correo. La bandeja de entrada era una pesadilla de correos basura que fue eliminando hasta dejar únicamente los que juzgó importantes. Después de leerlos, cerró el ordenador y volvió a mirar a Dan.

—¿Todo en orden, jefe O'Connell? —preguntó.

—Eso parece.

—¿Vas a quedarte a cenar?

—¿Vas a invitarme?

—Creo que me quedan hamburguesas de tofu y ensalada —le ofreció mientras se levantaba del sofá.

—¿Eres vegetariana?

—Desde hace años.

—¿Y cómo se lleva lo de no comer carne?

—Mmmm, supongo que bien. No echo de menos comerme un filete, si esa es tu siguiente pregunta.

—Lo cierto es que iba a preguntarte si tenías una cerveza.

—Puedes servirte tú mismo —dijo ella al cruzar la puerta de la cocina, señalando hacia el frigorífico—. También hay cola, zumos y una botella de vodka.

Tras advertir que él fruncía el ceño al oír aquello último, Kaila añadió:

—Mi particular quitapenas.

—¿Y te funciona?

Sin decir una palabra, Kaila agarró dos vasos, los situó sobre la mesa de la cocina y seguidamente los llenó con dos dedos de vodka. Tras sentarse en una silla, invitó a Dan a hacer lo mismo.

—Me funciona de maravilla.

—Entonces, será mejor que yo también lo pruebe. —Alzó una ceja—. Después de lo ocurrido esta noche, creo que lo necesito.

—Lo siento, pero no tengo hielo —dijo ella.

—Da lo mismo —respondió él antes de tomarse la bebida de un solo trago—. Supongo que ya debes estar acostumbrada a todo esto, pero te aseguro que para mí estas últimas horas han sido demenciales.

—Pues en realidad nunca llegas a acostumbrarte del todo; quien te diga lo contrario, miente —apuntó ella—. Ni a esto, ni a que te tiroteen.

—¿Te han disparado alguna vez?

—Muchas, aunque solo acertaron dos veces: una en el muslo y otra en la cadera.

—Vaya... —Silbó—. A mí lo más impresionante que me ha pasado fue cuando un borracho alunizó contra el escaparate de una floristería, cerca del centro comercial.

—Yo pagaría porque lo máximo que ocurriese en mi vida fuera algo así. —Rio Kaila.

—Debe ser muy estresante ser tú.

Kaila lo contempló un largo instante, sin poder decidir si le hacía gracia o le molestaba el comentario. Luego parpadeó, pasándose una mano por el cuello.

—Sera mejor que cenemos algo antes de que el alcohol empiece a afectarnos.

—Quiero hacer el amor contigo.

Ella abrió la boca, perpleja, preguntándose si había oído bien a Dan.

—¿Qué? —Parpadeó.

Los ojos verdes de él brillaron bajo la tenue luz del fluorescente de la cocina.

—No me siento cómodo repitiendo esto... —Arrugó la nariz con una divertida mueca de arrepentimiento—. Supongo que lo entiendes. No es por nada, pero es que no suelo ir por ahí diciéndoles a mis compañeras de trabajo que me gustaría acostarme con ellas.

Por primera vez en años, Kaila se vio a sí misma soltando una risita nerviosa.

—Mejor, porque a mí también me gustaría hacer el amor contigo.

—Creo que voy a pasar de esas deliciosas hamburguesas de tofu —dijo él.

—¿Hamburguesas? ¿Qué hamburguesas? —dijo Kaila, levantándose cuando lo vio acercarse a ella.

Dan deslizó los dedos bajo la bonita barbilla de Kaila y condujo los labios de la agente del FBI hasta los suyos, deteniéndolos a solo unos milímetros de distancia. Ella entendió que acabarían besándose. Así que cerró los ojos y, durante una fracción de segundo, notó la caricia de su aliento en las mejillas. Un escalofrío la sacudió por entero cuando aquella deseable boca atrapó la suya.

Conforme los minutos avanzaban, los besos de Dan se hacían cada vez más cálidos y más profundos. Tenían el dulce sabor del licor de cerezas, reconoció Kaila, y el calor de un buen whisky. La cercanía de aquel cuerpo apretado contra el suyo le producía una agradable sensación de calma. Era como si supiera, de alguna forma, que con él todo sería distinto.

Kaila alargó la mano y la situó sobre el pecho de Dan. Bajo la camisa podía intuirse la presencia de un torso fuerte y firme, y notaba los rápidos latidos de su corazón. Resultaba delicioso relajarse y dejarse llevar por el sentimiento de protección que ese hombre provocaba en ella. Nunca, en su vida, se había sentido tan segura con nadie, y disfrutado tanto de un abrazo.

—¿Estás segura de esto? —le preguntó él de pronto, con el brillo del deseo reflejado en los ojos.

—En un noventa y nueve por ciento.

Dan le sonrió, agarró su mano y depositó un suave beso en el interior de la muñeca, antes de atrapar otra vez sus labios.

Aunque, hasta ese momento, había creído que era un hombre relativamente sereno, la respiración acelerada y la tensión de sus músculos le indicaban a Kaila que la ternura que rodeaba aquel beso no tardaría en transformarse en una feroz urgencia.

Cuando Dan introdujo una mano en sus cabellos para quitarle el coletero, ella notó un hormigueo en la piel de todo el cuerpo. Entonces se dio cuenta de la forma en que él contemplaba la brillante mata de pelo que se desparramaba sobre sus femeninos hombros. En ese instante recordó que le había dicho que el cabello suelto le sentaría de maravilla, y sus labios se curvaron en una leve sonrisa.

La forma en que él la tocaba, abrazaba o besaba, inundaba su interior de calor. Sin ser apenas consciente de lo que hacía, Kaila alzó el mentón y echó la cabeza hacia atrás para que él pudiese desplazar la boca por la línea de su mandíbula, trémula de deseo, y jadeó al notarlo cada vez más cerca de la oreja. Cuando, suavemente, mordió y tiró del lóbulo con los dientes, un latigazo de placer sacudió su columna vertebral.

Aquella caricia le provocó un súbito estremecimiento. Una inesperada oleada de deseo la azotó de arriba abajo. Dejó escapar algo parecido a un gemido, y rodeó el cuello de Dan con ambos brazos mientras él comenzaba a desabrocharle la blusa. Después permitió que los viriles labios de ese hombre vagaran libremente por la piel sensible de su garganta, bajaran por el escote y recorriesen el contorno de su sujetador.

Un suspiro escapó de su boca, entrelazó los dedos en los cabellos de él, tiró de ellos hacia atrás y comenzó a besarlo de manera apasionada. Los dientes de ambos entrechocaron mientras sus lenguas se entrelazaban furiosamente. El calor estalló en el interior de su estómago, soltó el cuello de Dan y le desabrochó rápidamente la camisa del uniforme. Como intuía, tenía un torso amplio y firme, unas abdominales envidiables y una piel ligeramente dorada que desprendía un perfume endiabladamente sensual.

Asombrada, se oyó a sí misma suspirar.

Nunca había sentido nada parecido con tan poco. De hecho, había experimentado orgasmos menos excitantes que lo que sentía cuando él la acariciaba. No podía negar la tensión sexual que existía entre ambos. Algo en su interior le decía que ese hombre podía llevarla fácilmente al límite, y sabía que su cuerpo, caliente y deseoso de que fuera así, había decidido dejarse llevar.

Dan subió las manos hasta los senos de ella; eran llenos y firmes, se percató antes de introducir los dedos bajo la camisa. Con sumo cuidado, acomodó las manos sobre la redondez de sus hombros, suaves y tersos, y a continuación las deslizó por la espalda para despojarla de la blusa.

Cuando esta acabó cayendo al suelo, ella alzó la vista. Dan la miraba con las pupilas dilatadas. El calor corrió por sus venas a una velocidad vertiginosa. Pasara lo que pasara después, se prometió guardar en la mente el recuerdo de cómo sus enigmáticos ojos verdes la habían devorado esa noche.

Al notar que los dedos de él rozaban el borde de la cinturilla de su pantalón, el cuerpo de Kaila se tensó ante la apremiante necesidad de sentir las caricias de sus manos sobre la piel. Una nueva oleada de calor volvió a inundarla. Necesitaba más. Y más significaba todo.

Soltó un jadeo y enterró los dedos en los densos cabellos de él, agarrándolos después con fuerza.

Eso aumentó el deseo de Dan, quien recorría la piel bronceada de Kaila con la punta de la lengua, tan hipnotizado, tan ciego y enloquecido, que apenas era capaz de concentrarse en dominar su propio estado de excitación. Nunca antes había besado o acariciado a una mujer de esa forma, pensó mientras exploraba con su lengua los rincones aún desnudos de su cuerpo. Deseaba poseerla por completo, introducirse en ella y descargar toda la tensión acumulada.

Con impaciencia, le desabrochó los botones del pantalón negro de sarga e introdujo las manos dentro de los mismos, apretando su trasero ardientemente con los dedos.

A esas alturas, Kaila se sentía a punto de explotar, de ahogarse en aquella boca que la estaba enloqueciendo, de tocar el cielo con las manos, para caer después en picado.

—Mierda —gruñó Dan de repente, deteniendo inesperadamente las manos.

—¿Qué ocurre?

—Que no llevo condones encima.

Aquella observación pareció enfriar de golpe el cuerpo de Kaila, quien se apoyó contra la mesa de la cocina mientras, nerviosa, se pasaba una mano por los cabellos.

Ambos cruzaron la mirada durante un instante, antes de romper a reír.

—Creo que últimamente ninguno de los dos ha tenido mucha suerte en el amor —dedujo ella, abotonándose nuevamente el pantalón.

—Eso parece —respondió Dan con una media sonrisa, agachándose para recoger la camisa de Kaila del suelo—. Después de todo, lo mejor será que cenemos y dejemos el vodka para otro día.

Kaila rio, dejando a un lado su fugaz frustración mientras se ponía nuevamente la blusa.

—Estás un poco loco.

—Y me lo dice una mujer a la que le han disparado dos veces.

Ella sonrió de forma espontánea, luego se volvió hacia el frigorífico y sacó la bandeja de hamburguesas. Mientras las situaba en la parrilla, se dijo que nadie podía reprocharle su conducta después de meses sin relacionarse íntimamente con un hombre. En ese aspecto, estaba tranquila, aunque no por ello se sentía mejor. Por lo que esperó un rato prudencial, hasta que las mejillas acabaron de arderle y dejó de sentirse tan sofocada, antes de darse la vuelta. Cuando situó la cena en el plato de Dan intuyó, por la expresión de su rostro, que este no había dejado de observarla en ningún momento desde su silla.

Los dos se contemplaron con cierta turbación.

—Lo de antes... —comenzó a decir Kaila.

—Lo sé, ha sido bastante raro.

—No quiero decir que no me haya gustado... —le aclaró, mordiéndose con fruición el labio inferior—. La verdad es que ha sido..., bastante interesante.

—¿Interesante, en qué sentido? —preguntó, mordiendo un trozo de tofu.

—Ya sabes... No imaginaba que pudieras ser un hombre tan apasionado. —Se sonrojó al percatarse de lo que acababa de decir, ocultó los ojos tras una mano y se sentó con los codos apoyados en la mesa—. ¡Vaya! Ahora mismo me siento como una idiota.

—¿Y por qué no hacemos como si nada de esto hubiera sucedido? —propuso Dan, y ella desplazó a un lado las manos para mirarlo entre los dedos.

—¿Podrás hacerlo?

—Ni de coña.

—Oooh —gimió con media sonrisa en los labios—. Nunca más volveré a tomar vodka.

Él no pudo evitar soltar una carcajada.

—Sabes, además de guapa eres divertida.

—¿Tú crees? —Sonrió abiertamente—. Eso es porque aún no me has visto recién levantada. Si lo hicieras, no dirías eso.

—Está bien, si no me crees , te lo diré mañana.

—¿Piensas quedarte a dormir? —Kaila arrugó el ceño—. ¿En mi apartamento?

—Sí —respondió—. No creo que en el coche se esté tan calentito como aquí.

—O sea, que pensabas quedarte de todos modos.

—¿En serio creías que después de lo sucedido iba a dejarte aquí sola?

—Dan, vivo sola desde que cumplí la mayoría de edad. De eso hace ya bastante tiempo y no me ha causado ningún trauma.

—Ahora es distinto. Por si no te has enterado, hay un psicópata suelto.

—Siempre hay un psicópata suelto, Dan. El año pasado detuvimos a dos en la ciudad de Nueva York, y aún continúo viva.

—Pues entonces sería una ironía que dejaras de estarlo justo ahora, en una ciudad como Ames. ¿No crees?

—Vaya, no eres que digamos la alegría de la huerta.

Los labios seductores de Dan se ensancharon hasta dibujar una fascinante sonrisa, que mostró unos dientes blancos y perfectamente alineados.

—Está bien, te quedas —aceptó ella con un suspiro de desaliento mientras abandonaba la cocina para dirigirse al armario del salón, en busca de unas mantas—. Pero tendrás que dormir en el sofá.

—¿Estás segura de que no quieres que compartamos la cama? —respondió él, tratando de tomarle el pelo.

Kaila abrió la boca y la cerró varias veces, antes de terminar diciendo:

—Créeme, será mejor para mí y para mis hormonas.

Capítulo 7

Ames,
miércoles, día 6 de enero, 01:00,
apartamentos de la calle Oakwood.

Tres horas más tarde, cuando el teléfono volvió a sonar de madrugada sobre la mesita de noche, Kaila continuaba despierta en la cama. De hecho, ni siquiera había pensado en dormir.

Por supuesto, se trataba de él; lo supo incluso antes de mirar la pantalla. A pesar de sentirse mareada debido al cansancio, retiró la colcha ligeramente a un lado y desvió la vista brevemente hacia la puerta abierta del dormitorio.

Aunque desde la cama no podía verlo, estaba segura de que Dan también lo había oído.

Decidida a responder antes de que el sonido lo despabilara por completo, agarró el teléfono y deslizó el dedo por la pantalla táctil para descolgar.

—Buenas noches, Kaila.

Kaila no sabría decir si fue la falta de sueño u oír

su nombre al otro lado de la línea, lo que hizo que el vello de los brazos se le erizara. Cuando recobró la entereza, un segundo después, se pegó el auricular a la oreja.

—¿Quién es? —preguntó una vez más, percatándose de que en esa ocasión su interlocutor se mantenía a la escucha.

Ansiosa, se pasó los dedos por el cabello. Ya conocía la situación, no era la primera vez que se enfrentaba a ella, sabía que a la larga aquel individuo experimentaría la irrefrenable necesidad de hablar con alguien. Lo había visto en otras ocasiones, y solo era cuestión de tiempo que contactase con ellos para recitarles un cúmulo de motivos que, sin duda, únicamente él alcanzaría a comprender. Sin embargo, también sabía que sería un error subestimarlo, precipitarse y preguntarle sin rodeos sobre la muerte de Catherine, Linette o el asesinato de Laura Heller. Esa persona vivía su propia realidad, en la que aquello era un juego, y no actuar en consecuencia representaría el fracaso.

A Kaila le dolía la cabeza. Su mente era un recipiente inundado de pensamientos que corría el riesgo de desbordarse de un momento a otro.

—Continúa ahí, ¿verdad? —preguntó la voz al teléfono.

Kaila tuvo la sensación de que se burlaba de ella.

—Sí.

—No deseo seguir haciendo esto.

—Entonces no lo hagas.

—Lo lamento, pero esa no es una opción.

—¿Por qué lo haces?

—Porque no puedo evitarlo.
—Siempre hay elección.
—No para mí.
—¿Por qué crees que no? ¿Hay alguien más implicado en los crímenes? ¿Alguien que te obligó a matar a esas chicas?
—No.
Kaila sacudió la cabeza.
—Entonces, no lo entiendo.
—Todo a su momento... —le dijo la voz.
—Vas a continuar asesinando a mujeres inocentes, ¿no es cierto?
—La inocencia no exime a nadie del dolor, agente Henderson, ya debería saberlo.
—¿Y quién será la siguiente?
—Una de tantas.
—Eso no me vale.
—Eso es todo lo que puedo darle.
—Pues tendrás que esforzarte más si quieres volver a hablar conmigo.
—¿Le gustan los acertijos, agente Henderson?
Kaila se quedó sin aliento.
—Mira, no sé a lo que crees que estás jugando, pero quiero que sepas que tarde o temprano daremos contigo, seas quien seas. —A continuación, permaneció unos instantes en silencio, prestando atención al sonido entrecortado de su respiración.

Estaba a punto de iniciar una nueva tanda de preguntas cuando un agudo resuello le inundó el tímpano. Kaila se sintió helada, como en mitad de una tormenta, con las manos adormecidas por el pánico y el cuerpo entumecido. El sudor había comenzado a humedecerle la espalda y, durante un instante, se preguntó si sería capaz de dilucidar, en algún momento, algo en el comportamiento de esa persona que les revelara su identidad. Aquella responsabilidad, abrumadora, le atemorizaba.

Despierta, Kaila, aferró los dedos alrededor del teléfono, insuflándose fuerzas para seguir hablando. «Es ahora o nunca».

—Entiendo cómo te sientes —dijo, simulando comprender sus motivaciones y la situación en la que se encontraba, tal y como le habían enseñado a hacer en la academia del FBI—. Pero creo que sabes que lo que estás haciendo no está bien, y que no es la solución a tus problemas.

La breve pausa que sobrevino después, le bastó para darse cuenta de que se había precipitado al decir aquellas palabras.

—¿Qué sabrás tú de mis problemas?

Kaila notó que el vello de todo el cuerpo se le erizaba. Aun así, era una suerte que hubiese decidido continuar hablando. Cuanto más lo hiciera, más podría ella hacerse una idea de su estado emocional y físico.

—Nada. Por eso quiero que hables conmigo y me lo expliques. —Tomó aire—. ¿Por qué mataste a esas dos mujeres? ¿Acaso las conocías?

—Tú sabes que no son solo dos —se limitó a decir.

Kaila retuvo el aliento en los pulmones, alzó la cabeza y se dio cuenta de que Dan, junto a la puerta, estaba escuchándolo todo con una expresión de preocupación en el rostro. Ella lo miró perpleja e hizo un gesto con la mano, señalándole el sillón que se encontraba al otro lado del dormitorio. Mientras él avanzaba hacia la butaca, Kaila apenas fue capaz de quitarle los ojos de encima.

—Estás hablando de Laura Heller, ¿no es cierto?

—Prefiero dejar que sea usted quien responda a esa pregunta.

—Imagino que eres consciente de que, mientras tú y yo hablamos, todo el cuerpo de policía está buscándote —continuó ella—. Quiero decir que, irremisiblemente, esto llegará en algún momento a su fin. Piénsalo, ¿qué harás entonces? Supongo que tienes familia. ¿Cómo crees que se sentirán cuando se sepa que estás detrás de esos horribles crímenes? Los medios de comunicación se cebarán con ellos, te lo aseguro. Estoy convencida de que no quieres que pasen por algo así.

Dan alargó el cuello y escrutó el semblante tenso de ella.

—¿Me escuchas? Es solo cuestión de tiempo que te atrapemos y... —En el rostro de Kaila asomó la decepción cuando, inesperadamente, la comunicación se interrumpió—. ¡Mierda! —gruñó malhumorada—. Ha colgado.

—No es culpa tuya.

—Sí, sí que lo es —objetó, pasándose una mano por el cabello suelto—. Lo he hecho fatal. Parecía una novata.

—Lo has hecho estupendamente —rebatió él desde la butaca, inclinándose hacia delante para apoyar los codos en las rodillas—. Se te olvida que ese tipo está completamente desquiciado.

—O desquiciada —puntualizó ella—. Por el momento, es imposible saber si se trata de un hombre o una mujer; creo que utiliza algún tipo de distorsionador de voz. Si es así, incluso puede que estén implicadas varias personas en los crímenes.

—Es lo más razonable; de tratarse de un solo individuo, tendría que ser muy fuerte para izar los cuerpos de esas mujeres a tanta altura.

—No necesariamente, quizá utilizó algún tipo de polea, o simplemente rodeó el árbol con la cuerda y a continuación izó los cuerpos lentamente.

—Tardaría minutos en hacerlo —reflexionó Dan.

—Cierto, le llevaría algo más de tiempo. Pero he visto a algunos taladores recurrir a esa técnica para deslizar los troncos más grandes hasta el suelo, y te aseguro que esos troncos pesaban bastante más que una persona.

Dan se pasó una mano por el cabello.

—No acabo de comprender por qué te llama a ti.

—No creo que realmente eso importe mucho, quizá lo haga porque soy nueva aquí. Sin embargo, hay algo en lo que no he podido dejar de pensar desde que encontraron el cuerpo de Linette, y es en lo cerca que estaban los cadáveres de esas iglesias.

—¿Crees que trata de redimirse?

—No, aunque estoy segura de que significa algo para él.

—Puede, no sé... —Dan soltó bruscamente el aire y se puso de pie.

El estómago de Kaila ejecutó una pirueta cuando, a continuación, él se sentó en el colchón, a escasos centímetros de sus piernas. Terriblemente nerviosa, las flexionó despacio y situó los brazos alrededor de las rodillas.

Había pasado mucho tiempo desde la última vez que un hombre había tocado su cama, y se le hacía un poco raro mirarlo en esa situación, rodeados por la penumbra del dormitorio. Era como si la presencia de Dan pudiera volatizar de un plumazo todas las dudas que la angustiaban cada día. Echaba de menos ese sentimiento tranquilizador, el que le producía tenerlo cerca.

Aquel pensamiento le hizo desear fervientemente tener el valor suficiente para alargar una mano y pasar los dedos por la atractiva línea de su mandíbula. Pero en vez de eso, Kaila alargó la mano en dirección contraria y accionó el interruptor de la luz, junto a la mesita de noche.

—La L y la K... —dijo él, ceñudo—. Yo diría que nada de lo que hace tiene demasiado sentido.

Olvidándose momentáneamente de lo que estaban hablando, Kaila pestañeó un instante, como quien acaba de accionar el botón de despegue sin darse cuenta. Luego encogió aún más las rodillas, maldiciendo el hecho de que a ninguno de los dos se les hubiese ocurrido comprar condones. Entre él y ella existía una atracción latente que era mejor evitar.

Asintió con la cabeza antes de echar la colcha del todo a un lado y abandonó la cama.

—Sé que son las letras de los nombres de sus víctimas —Kaila se encogió de hombros—, pero estoy segura de que poseen algún otro significado.

—¿Crees que está jugando con nosotros? —inquirió Dan.

—Sin duda. —Se frotó los ojos con el dorso de la mano, y añadió—: Voy a preparar un poco de café. No creo que después de lo sucedido pueda volver a conciliar el sueño.

—Al menos tú has dormido. Yo, por el contrario, no he podido pegar ojo desde lo sucedido en la cocina.

—Se suponía que íbamos a olvidarlo.

Dan se levantó y, deteniéndose a su altura, ladeó el rostro hacia ella.

—No en esta vida.

Kaila, que tuvo que echar la cabeza hacia atrás para mirarlo, no pudo evitar que en su rostro asomara una leve sonrisa. Se daba cuenta de que empezaba a gustarle el brillo inteligente de la mirada de Dan, su voz, ligeramente grave, y ese particular sentido del humor que lo hacía único. Por extraño que pareciera, ambos parecían conocerse desde siempre. Había notado la buena conexión que había entre ellos y el modo en que se comunicaban sin decir una sola palabra. Si se detenía un momento a pensarlo, nunca imaginó descubrir a una persona con la que llegara a tener tanta afinidad.

Kaila se apartó los mechones de pelo que, alborotados, caían sobre su frente. Por primera vez en años, ansiaba liberarse del lastre que suponía volcarse en algo para lo que no sabía si estaba preparada, sentir el viento en la cara y olvidarse de lo que era capaz de hacer un ser humano perturbado.

De pronto, mientras observaba cómo Dan llenaba el filtro de la cafetera eléctrica, recordó la nota que alguien había deslizado bajo la puerta la noche anterior.

Temiéndose lo peor, vaciló antes de desviar la mirada hacia el salón.

Al no hallar nada sobre la moqueta, Kaila sintió que el alivio y la tranquilidad le inundaban de nuevo el pecho.

Capítulo 8

*Ames,
jueves, día 7 de enero,
calle Dayton.*

El departamento forense de Ames estaba casi desierto cuando llegaron a eso de las siete de la mañana. Todo parecía indicar que aquel iba a ser un jueves tranquilo; el cielo estaba parcialmente nublado y las temperaturas rozaban, como de costumbre, los cuatro grados bajo cero. Cuando entraron en el depósito, y Kaila empezó a preparar el instrumental quirúrgico necesario, el ruido metálico de los utensilios rompió el profundo silencio en el que estaba sumida la morgue. Se aseguró de que no faltaba nada y, después de situar la grabadora junto a la mesa de autopsias, limpió sus manos y antebrazos con un detergente neutro, se puso la primera bata blanca que encontró, unos guantes de látex y un gorro de cirujano.

Mientras extraía el cuerpo de Linette Blackwell de una de las celdillas metálicas, observó que Dan se mantenía a una distancia prudencial que le permitía observarlo todo sin contaminar las posibles pruebas.

Kaila, que inspiró el aire con dificultad al situar el pesado cuerpo inerte de la mujer sobre la mesa, se preguntó dónde se habría metido el doctor Murray a esas horas de la mañana. Con toda seguridad, ya le habrían informado de lo ocurrido la noche anterior, y no alcanzaba a comprender por qué no estaba aún en la morgue.

Tan pronto como empujó la mesa y la situó bajo el brillante reflector circular, se percató del ligero tono azulado que presentaba la piel de la víctima, la ausencia del dedo anular y la pequeña punción en el cuello que, según pudo comprobar al leer el informe, era producto de una de las muchas tomas de muestras que se habían enviado la noche anterior al laboratorio.

—Nuevamente, el mismo patrón de ahorcamiento.

—¿Y esas marcas alrededor de las muñecas y los tobillos?

—Probablemente estuvo maniatada durante horas —dedujo mientras examinaba la piel, ligeramente amoratada, que rodeaba la boca—. Estas marcas indican que el asesino también la amordazó. Teniendo en cuenta que la última vez que vieron a Linette con vida fue en el campus de la universidad, debió trasladarla en su vehículo hasta el lugar donde hallaron su cadáver. Tal vez encontremos fibras o cabellos en su cuerpo.

Kaila, que en esos instantes palpaba con cuidado el cuello de la víctima, cerciorándose de que no hubiera más traumatismo que el causado por la soga, se dio cuenta de que, al tratar de alejar los dedos, el látex de sus guantes tendía a adherirse ligeramente a la piel de esa zona.

—Aquí hay algo... —indicó mirando a Dan. Se irguió y se dio la vuelta para agarrar un bastoncillo de algodón de la caja rectangular que descansaba sobre la mesa de aluminio. A continuación, lo pasó con cuidado por el cuello de la víctima.

—¿Restos biológicos? —le preguntó Dan, arrugando el ceño con desagrado.

—No. Creo que se trata de algún tipo de linóleo o crema para las manos. Es muy posible que encontremos la misma sustancia en la soga que emplearon para colgarla.

Tras guardar la muestra en un sobre, Kaila se quitó los guantes y se pasó una mano por la frente.

—¿Cansada?

—Un poco. —Lo miró pensativa—. Si quieres que te diga la verdad, cuando me ordenaron venir hasta aquí, jamás pensé que acabaría envuelta en algo tan sórdido. Imaginaba que en una ciudad como esta ocurrían pocas cosas. Y, sin embargo, siento como si esto fuera aún más personal que cuando trabajaba en la brigada. No quiero decir que los demás casos de asesinato que investigué en homicidios sean menos terribles o importantes, pero es que todo esto comienza de verdad a inquietarme. No sé si me explico...

—Perfectamente. Cuando vives en un sitio como Ames, cualquier cosa que ocurra puede transformarse fácilmente en algo personal. A todos nos perturba de una manera especial. Y de todos los actos violentos que pueden cometerse, quizá sea el asesinato el que más nos afecta.

A Kaila no le costó mucho comprender las palabras de Dan, algo que no evitó que durante el resto de la mañana diera vueltas en la cabeza a lo que él había dicho. Le habían enseñado que mantener los sentimientos y la mente al margen era siempre la mejor forma de centrarse en el trabajo. Incluso había llegado a empatizar en ocasiones más con los sentimientos del asesino que con los de la víctima, y eso le había ayudado en la labor que desarrollaba para el departamento de ciencias del comportamiento; brigada en la que hizo sus primeros pinitos como agente y en la que, según llegó a pensar tras conocer a Siset, debería haberse quedado.

Después de lavar y etiquetar el cadáver, Kaila entró en el despacho del forense, desde donde realizó una llamada a un antiguo compañero de brigada, uno de los más veteranos, y le pidió que localizara al autor de las llamadas que había estado recibiendo las dos últimas noches. Después de colgar el auricular, recogió su grabadora de la morgue, introdujo el informe de la autopsia en una carpeta y se puso la cazadora mientras dibujaba mentalmente un detallado mapa de las pruebas que había conseguido recabar. Justo antes de salir, Kaila se detuvo y echó un último vistazo a la celdilla donde descansaba el cadáver de la chica. La rabia y la indignación le escocían en la garganta y tembló, imaginando el cuerpo pálido y sin vida de Cat.

Kaila se subió la cremallera y salió a la calle, descendió rápidamente la húmeda escalera que conducía hasta el aparcamiento y tiritó de frío cuando llegó al coche.

—Oh, ¡Vamos! —Soltó un leve gemido cuando, una vez más, una fina cortina de agua comenzó a precipitarse sobre su cabeza. Entró en el coche a toda prisa y comprobó la hora local en el reloj del navegador. Eran las doce y diez de la mañana y, por lo pronto, ya sabía que en Ames la lluvia se presentaba en el momento más inesperado. En realidad, empezaba a acostumbrarse a que siempre hiciera mal tiempo, pensó mientras se apresuraba a meter la llave en el contacto y a poner la calefacción en marcha.

Kaila agrandó los ojos cuando, al accionar el limpiaparabrisas, observó que un trozo de papel mojado se deslizaba sobre el cristal. Una horrible sensación de ahogo le comprimió la boca del estómago, contuvo la respiración y salió rápidamente del coche para agarrarlo. En el instante en que lo desplegó, se percató de que el agua había corrido una buena parte de la tinta, así que subió al coche y lo sujetó frente a las rendijas de la calefacción, aguardando hasta que estuvo lo suficientemente seco para poder manipularlo sin que se rompiera. Algunas letras no eran más que simples borrones, aunque el conjunto continuaba siendo bastante comprensible.

—*Te lo avisé, zorra* —leyó en voz alta. Luego alzó la cabeza y miró por la ventanilla, hacia el bosque, como esperando encontrar a la persona que le había dejado aquel regalito sobre el parabrisas.

«Cada vez más preguntas y menos respuestas», suspiró. Introdujo el papel entre las páginas del cuaderno y lo ocultó en la guantera. Luego se dirigió hacia el centro comercial ubicado en la calle Lincoln, donde compró un poco de fruta para el almuerzo, una botella de vino blanco, un anorak de su talla y dos paquetes de profilácticos de diferentes tamaños.

Aunque trató de hacer aquello último con toda la naturalidad del mundo, Kaila tuvo la sensación de estar cometiendo una estupidez cuando advirtió que la cajera sonreía mientras introducía su compra en una bolsa de papel. Así que adoptó una expresión distante y desvió la mirada hacia el expositor de chicles que había junto a la caja registradora, fingiendo echar un vistazo a los distintos sabores.

Lo más triste de todo era que la mayoría de veces los preservativos que compraba acababan ocupando un lugar en su cartera durante demasiado tiempo. Era bueno estar preparada, en pleno siglo XXI era una idiotez pensar lo contrario, pero le era difícil hallar a un hombre que le atrajese del modo en que lo hacía Dan. Se daba cuenta de que sentía cierto cosquilleo en el estómago cuando lo veía. No era ninguna tonta, O'Connell le gustaba, y quería estar lista por si volvía a ocurrir lo de la noche anterior.

—Por lo visto tiene usted planes interesantes para esta noche.

Kaila giró la cabeza en redondo y descubrió tras ella a Olivia Campbell. Su aspecto desprendía un aire de infinita seguridad. Vestía un traje pantalón de chaqueta gris, que realzaba cada centímetro de su estupenda figura, y un abrigo oscuro de pelo corto terriblemente elegante. La primera vez que la vio, sentada en la cafetería, no le pareció ni la mitad de bonita que en ese momento, con el cabello recogido en un precioso moño y unos pendientes de perlas que hacían que su piel pareciese aún más joven y tersa. Lo que hizo que Kaila deseara volver sobre sus pasos y añadir a su compra un buen estuche de maquillaje, dos frascos gigantes de crema hidratante y una crema de placenta rebozada en babas de caracol y aceites superhidratantes, extraídos de las entrañas del mismísimo mar Egeo.

—Nunca se sabe —respondió Kaila.

—Oh, vamos, no sea modesta. —Olivia sonrió abiertamente—. Con el jefe O'Connell siempre se sabe. Tiene un gancho especial con las mujeres.

—No me diga... —Kaila alzó una ceja—. No le he dicho en ningún momento que mis planes tengan que ver con O'Connell.

Olivia sacudió la cabeza como si no la hubiese oído.

—Solo trato de advertirla.

—Créame, señorita Campbell, no necesito de sus consejos; ya soy mayor para sacar mis propias conclusiones.

—Solo digo que...

—¿Lo está acosando? —la interrumpió Kaila.

La pregunta pareció sorprender a Olivia.

—¿A quién? ¿A Dan? —Resopló por la nariz—. ¿Eso es lo que él le ha dicho? Pues si es así, le ha mentido. Dan ya tuvo su oportunidad conmigo y el muy idiota la desaprovechó. ¿No se lo ha contado? Ahora tiene que conformarse con picar en el corral de otra gallina que no conozca al gallo. Ya sabe lo que quiero decir, agente Henderson.

—Pues no, no lo sé —dijo Kaila, agarrando la bolsa de papel de manos de la dependienta—. Pero estaría bien que me lo explicara a eso de las cuatro y media, en el departamento.

Olivia vaciló.

—¿Va a interrogarme?

—Así es. Y espero que no se retrase, tengo mucho trabajo como para ir por ahí perdiendo el tiempo... Ya me entiende.

Después de abandonar la tienda de ultramarinos, Kaila situó la compra en la parte posterior del coche, luego ocupó su sitio en el asiento delantero y se ajustó el cinturón de seguridad.

A pesar del frío casi polar, decidió bajar la ventanilla y mantenerla abierta dos minutos para que el aire refrescara el interior del coche. Transcurrido ese tiempo, inspiró hondo, volvió a cerrarla y permaneció sentada al volante, esperando en silencio a que la puerta del supermercado volviera a abrirse. Cuando finalmente lo hizo y vio a Olivia abandonar el comercio, se fijó en la expresión de enojo que exhibía en el rostro la ayudante del forense. Caminaba con paso firme, con los labios apretados y el ceño fruncido, revelando lo poco que le atraía la idea de acudir a la jefatura de policía esa tarde.

Kaila ordenó sus ideas y se encontró a sí misma calculando la fuerza que poseería una persona de la estatura y complexión de Olivia, llegando a la conclusión de que con su físico le sería prácticamente imposible alzar un cadáver en volandas sin ayuda de otra persona. Entonces se inclinó hacia delante y la examinó con detenimiento.

Olivia tenía una manera tan segura de moverse, tan firme e invariable, que casi parecía ser consciente de que alguien la estaba observando. Kaila siguió sus pasos con la mirada mientras la mujer cruzaba el aparcamiento. Los pensamientos comenzaron a ramificarse en su cabeza, agitándose dentro de ella como un Martini en una coctelera.

Resignada, lanzó un suspiro al aire, apoyó la espalda en el asiento y echó una mirada al navegador del coche, comprobando que rebasaban el mediodía. No podía, ni debía, olvidarse de la hipótesis de que una segunda persona estuviera implicada en los crímenes.

Kaila había meditado sobre aquella posibilidad, nada descabellada, tras descubrir que Olivia poseía una inteligencia muy por encima de lo normal. Lo había averiguado esa misma mañana al hallar, entre los archivos que había solicitado a Ramos, su impecable expediente académico. Siendo honesta consigo misma, a Kaila le había sorprendido mucho descubrir que Olivia había obtenido matrículas de honor en todas las materias que había cursado durante el tiempo que estudió en la universidad; que poseía un talento especial para tocar el piano y que había prestado durante años su encantadora voz al coro de una iglesia cuyo sacerdote, Biblia en ristre, no pudo más que alabarla, como si se tratase de una imagen iconográfica de la mismísima virgen María, el día que un par de agentes se personaron en su iglesia para tomarle declaración. Resumiéndolo de algún modo, Olivia Campbell era una chica ejemplar, con una vida perfecta y unos padres ideales.

Exhaló un suspiro.

Lo cierto era que tras haber pasado horas investigando el pasado de esa mujer, sabía muchas cosas de ella. Por ejemplo, que sus padres le regalaron un caballo llamado Rayo a los ocho años y su primer automóvil a los dieciséis, poco después de matricularse en danza clásica.

En realidad, le era bastante fácil imaginársela vestida con unas mallas de seda y un ligero tutú de gasa. Lo que le costaba, a pesar de lo mucho que lo intentaba, era comprender por qué finalmente había decidido cambiar las zapatillas de ballet por el estudio de las ciencias forenses.

Kaila deliberó un momento sobre el tema, concentrando de nuevo su atención en la mujer que tenía delante. Después de muchos años, había adquirido la costumbre de buscar pequeños detalles en los gestos y conductas de los sujetos que investigaba; peculiaridades que le revelaran algún rasgo especial de su naturaleza. Uno de esos secretitos que uno considera que tiene ocultos en el desván de su mente, y que odiaría que alguien descubriese. La personalidad era, en definitiva, el comportamiento, vivencias y pensamientos del individuo, y cuando esta estaba trastornada o se apartaba de los parámetros normales, invariablemente, había indicios que lo demostraban.

Olivia era fría y, casi con toda probabilidad, también poseía cierto grado de insatisfacción personal. Desde que la conocía, Kaila había podido comprobar por sí misma que esa mujer no controlaba sus impulsos ni sus relaciones personales, que pasaba del amor extremo a la aversión e ira más profundas en un tiempo récord, y que tenía una necesidad enfermiza de saberse querida y deseada por los demás. Lo que podía significar que padecía un trastorno de personalidad límite.

Por supuesto, no iba a precipitarse en afirmar tal teoría. Primero hacía falta corroborarla con ciertas pruebas diagnósticas. Entre ellas, un electroencefalograma y una tomografía axial computarizada, que contribuirían a excluir lesiones cerebrales.

Mordisqueándose el labio inferior, se preguntó qué tipo de persona era realmente Olivia. Aunque aún era pronto para asegurarlo, pensó Kaila entornando los ojos, estaba convencida de que les costaría descubrir lo que aquella mujer ocultaba tras su atractiva fachada.

—Apuesto a que no eres tan perfecta como pareces —especuló en voz alta.

Kaila mantuvo una mano aferrada firmemente al volante, contemplando la posibilidad de seguirla. Sin embargo, después de meditarlo un poco, decidió no hacerlo. Lo más probable era que no averiguase nada significativo sobre ella, salvo la tintorería a la que llevaba la ropa o el peluquero que la peinaba. En definitiva, nada demasiado importante.

Justo cuando giró la llave en el contacto, decidida a ponerse en marcha, un grupo de palomas alzó el vuelo desde el tejado del supermercado y revoloteó muy cerca del cristal del parabrisas, dándole a ella un susto de muerte.

—¡Maldita sea! —Todavía con la respiración agitada, Kaila cerró los ojos y se concedió un momento para recuperar la calma. Todavía tenía el corazón encogido cuando abrió los párpados y se quedó mirando el llavero que se balanceaba plácidamente suspendido del bombín. Solo entonces se dio cuenta de que en ningún momento había visto a Olivia sacar las llaves del coche de su bolso.

Aquello solo podía significar una cosa.

Kaila apartó la mirada de la mujer y la fijó en el auto que aguardaba al fondo del aparcamiento.

—¡Vaya...! —Silbó. Sus ojos se agrandaron al contemplar la silueta que se distinguía a través de la luna trasera del vehículo. Obviamente, se trataba de un hombre, adivinó sin mucho esfuerzo. Así que decidió esperar sentada a que Olivia se marchara para averiguar la identidad de su acompañante.

Cuando el automóvil salió de la plaza de aparcamiento que ocupaba y desfiló delante del Toyota de Kaila, ella se sorprendió al descubrir al afligido y candoroso de Nolan Evans sentado en el asiento del conductor.

Durante dos segundos, no pudo menos que preguntarse si ya estaban liados antes de que alguien asesinara a Catherine Andrews.

—O eso, o a ese idiota se le da de maravilla superar pérdidas traumáticas —supuso en voz alta—. Menudo hipócrita...

¿Olivia y Nolan juntos?, reaccionó, poniendo en el acto el coche en marcha. Aquello arrojaba una enorme sombra sobre el caso y, en consecuencia, sobre la investigación. No solo por lo sospechoso que resultaba ver a esos dos juntos, transcurridos tan pocos días desde la muerte de Cat, sino porque, según el mismo Nolan había declarado dos días antes, ni a él ni a su familia les agradaba Olivia. Y eso representaba una buena contradicción.

Después de seguirlos durante un buen rato, Kaila advirtió que el coche de Olivia se detenía frente a una bonita vivienda de una sola planta. La lluvia había cesado y algunos furtivos rayos del sol se proyectaban sobre el asfalto cuando aminoró la marcha y decidió aparcar junto a la acera. Desde ese punto, a pesar de los molestos destellos, le fue posible observarlos mientras atravesaban el camino, delimitado por tupidos cipreses, que conducía hasta la entrada. Allí tuvieron un rápido intercambio de palabras, luego entraron despacio y cerraron la puerta sin hacer mucho ruido.

La duda se cernió sobre Kaila. Aspiró profundamente y permaneció un momento en silencio, observando cuanto le rodeaba. El entorno y el inmueble parecían agradables: una de aquellas casas prefabricadas, habituales en la zona este de la ciudad, pequeñas y edificadas sobre una firme base de cemento. La ubicación del inmueble era inmejorable, y que las ventanas diesen al patio trasero convertía el sitio en un lugar ideal para huir de miradas indiscretas. El jardín que cercaba la vivienda era un espacio completamente abierto, desprovisto de la valla de madera que había contemplado en las demás casas de la zona, por lo que Kaila supuso que le sería relativamente fácil acercarse a echar un vistazo.

Comprobó que el arma tuviera puesto el seguro, volvió a meterla en la sobaquera y descendió del coche. En cuanto se encaminó hacia la casa, cayó en la cuenta de que se había olvidado el anorak en el asiento trasero; el aire era gélido y el cielo continuaba amenazando con soltar un buen chaparrón. No obstante, decidida a no perder un segundo más de tiempo, se encogió de hombros y continuó avanzando hacia la ordenada línea de cipreses.

Cuando se sintió segura de que nadie podía verla, se inclinó sobre su estómago y rodeó la vivienda, todo lo rápido que la incómoda posición de su espalda le permitía. En la parte posterior, donde el suelo estaba más blando y húmedo, no tuvo ninguna dificultad en sortear los trastos viejos que se amontonaban por todas partes. Sin embargo, un estremecimiento cruzó su espalda cuando al no reparar en el chasis de una oxidada bicicleta su cadera acabó chocando contra él.

—Mierda —susurró mientras sus dedos aferraban el frío metal, evitando que este cayera al suelo y ocasionara, en consecuencia, un estrépito aún mayor. Cuando lo tuvo controlado, lo hizo a un lado, alzó el rostro y se fijó en que el jardín estaba completamente abandonado. Los árboles, en su mayoría cipreses y plataneros de sombra, demandaban una buena poda, y el césped hacía mucho tiempo que se había marchitado. No obstante, en el centro de todo aquel caos, un conjunto de plantas verdes y vigorosas atrajo su atención. Kaila observó con interés los arbustos de pequeñas flores amarillas, rojas y azules, que crecían dentro de unas enormes vasijas de barro. Estas se encontraban, a su vez, situadas de un modo insólito, como si delimitaran un pequeño espacio de dos metros de diámetro.

El corazón le dio un salto en el pecho y giró en redondo cuando, inesperadamente, oyó un grito ahogado. Parecía proceder de una de las habitaciones que daban a esa parte del jardín y, sin pensárselo dos veces, corrió hacia la casa y se agazapó bajo una de las ventanas. Con un nudo en la garganta, Kaila se irguió justo lo necesario para echar un vistazo a través del cristal y vislumbrar el cuerpo que yacía tendido sobre la cama. Un escalofrío le recorrió la espalda cuando, tras los visillos, distinguió las correas de cuero que abrazaban las muñecas de Olivia.

El miedo y la anticipación le secaron la boca. Volvió a agacharse, apoyando la espalda en la fría pared de madera al oír los pasos de Nolan, que en ese momento transitaba cerca de la ventana. Al minuto siguiente, cuando comenzó a oír los gritos de la mujer, Kaila extrajo su Glock 21 de la sobaquera e inspiró el aire reiteradamente, calculando mentalmente por dónde le sería más fácil acceder a la vivienda. Respiró una honda bocanada de aire, quitó el seguro a la pistola, pero se detuvo al advertir la risa de Olivia.

Una gota de agua le cayó sobre la frente y Kaila miró hacia el cielo entornando los ojos. La lluvia y los gemidos de placer comenzaban a inundar el jardín.

—Mierda. —No podía evitar sentirse como una vulgar cotilla. Bajó el arma y, entendiendo que no iba a sacar nada en claro de todo aquello, decidió volver a la oficina. Todavía tenía mucho trabajo por hacer. Entre otros, interrogar al prometido de Linette Blackwell y a la propia Olivia.

A pesar de que sentía cierta rabia amarga por no poder hacer nada más de momento, volvió sigilosamente sobre sus pasos y se subió al coche. La presión le había endurecido los hombros y cuando se movió en el asiento sintió una leve punzada de dolor en la espalda. Desde que le dispararon en la cadera, unos años antes, sufría molestias cada vez que su cuerpo se ponía en tensión.

Entornó los ojos y, luego, puso el auto en marcha. Tal vez, cuando todo aquello pasara, se tomaría unas merecidas vacaciones. Se inclinó sobre el volante y miró su rostro en el espejo retrovisor. «Es evidente que las necesito», pensó al contemplar las ojeras que le ensombrecían la piel de debajo de los ojos.

Treinta minutos más tarde, cuando llegó al departamento de policía, encontró a Dan aún en su despacho, con la nariz metida en una extensa carpeta sobre la muerte de Laura Heller.

—Adelante —dijo él al verla de regreso.

—Pensé que habían cerrado ese caso —observó ella sin poder reprimir la curiosidad.

Los ojos verdes de O'Connell la miraron con atención, aunque con cierto aire ausente.

—Así es —aseguró—. Pero eso no quiere decir, de ningún modo, que crea que Tyler no merezca saber quién asesinó a su prometida. No me imagino lo angustioso que debe ser acercarse año tras año al departamento para que te digan que no hay nada nuevo.

—¿Y qué has averiguado?

—Poco más de lo que ya sabíamos —reconoció—. He ojeado mil veces este expediente en busca de algo que se nos pudiera haber pasado, pero no hay forma de encontrar nada. El asesino de Laura se cuidó de no dejar huellas ni restos biológicos que poder analizar. En serio, me parece bastante frustrante.

—¿Llegaste a ver el cadáver? —preguntó ella tras depositar la bolsa de la compra sobre el escritorio.

—Sí, llegue a verlo, y puedo decirte que es una imagen que no podré olvidar fácilmente. Tyler la encontró tumbada de espaldas en su propia cama, y cuando el agente Ramos y yo llegamos nos topamos con una escena completamente dantesca. Habían acuchillado a Laura al menos seis veces y su sangre estaba por todas partes. En Ames nunca había ocurrido nada semejante y me costaba creer lo que estaba viendo. Así que puede decirse que fue un suceso espeluznante.

—No sabía que Ramos investigara también el caso.

—Ramos era unos de los mejores detectives del departamento, y uno de los profesionales más competentes que he conocido en toda mi vida, hasta que hace unos años la administración decidió suspenderlo y relegarlo a ayudante del jefe de policía.

—¿La administración?

—Más bien el alcalde —le aclaró.

—¿Qué sucedió?

—Problemas para contener la ira, supongo —respondió Dan. Sin embargo, cuando advirtió la expresión de sorpresa en el rostro de Kaila, añadió—: Eso sucedió bastante después de que Laura fuera asesinada. Y, francamente, puede que de haber estado en su lugar, hubiese actuado del mismo modo.

—¿Qué te hace pensar eso?

—Hace algunos años su exmujer denunció al hombre con el que salía por aquel entonces, un tal John, después de que este la golpeara y amenazara a sus hijos. Al enterarse de que el muy cerdo la había coaccionado para que retirase los cargos, Ramos se presentó en el lugar donde el tipo trabajaba y acabó perdiendo los estribos.

—¿Qué sucedió?

—Le dio tal paliza que lo envió directamente al hospital.

—¿Eran los hijos de Ramos? —adivinó Kaila.

Dan asintió.

—Ya puedes imaginarte lo que ocurrió después —explicó él—. La verdad es que Carlos Ramos tiene suerte de vestir todavía el uniforme de policía.

—Comprendo —respondió Kaila sin titubeos—. Aunque lo lógico hubiera sido que lo apartaran del cuerpo inmediatamente. ¿Intercediste por él?

—Por supuesto que lo hice. No iba a darle la espalda a un amigo, ni a dejar que lo expulsaran del cuerpo injustamente. Sé que debió hacer las cosas de otro modo, yo mismo se lo dije en su momento, pero aquel tipo era un maltratador y ya había estado arrestado anteriormente por agredir a otras mujeres. Con eso no quiero decir que apruebe lo que hizo Ramos o cómo lo hizo, pero después de saber la clase de tipo que era ese John, no me siento capaz de juzgarlo.

Dan abrió el primer cajón de su mesa y depositó el expediente sobre la muerte de Laura en su interior.

—¿Y tú? ¿Tienes algo nuevo? —le preguntó después a Kaila.

—Nolan y Olivia están liados —respondió con una marcada ironía—. Al menos eso es lo que deduje al verlos juntos en casa de ella.

—Eso no significa que estén otra vez liados. —Arrugó el ceño, sorprendido.

—Estaban follando, Dan, te lo aseguro. En mi mundo eso es estar liados no, liadísimos.

—¿Y cómo lo sabes?

—Porque los vi con mis propios ojos.

—¿Has seguido a Nolan?

—Encontré a Olivia en el centro comercial y decidí hacerlo, aunque no esperé en ningún momento que él estuviese también allí.

—¿Se te ha ocurrido, por un momento, que uno de esos dos podría ser el asesino?

—Claro que se me ha ocurrido. ¿Por qué si no iba a seguirlos?

—No quiero que vuelvas a arriesgarte de manera innecesaria. Podrías haberme llamado antes de decidir meterte en ese embrollo tú sola, maldita sea —dijo mientras se acercaba a ella—. ¿Y si las cosas hubieran ido mal? ¿Qué habrías hecho entonces?

—Lo sé —respondió sin apartar los ojos de él—. Pero tienes que entender que estoy acostumbrada a hacer las cosas a mi manera y…

—Olvidas que ahora somos compañeros —la interrumpió—. Yo te cubro la espalda y tú me la cubres a mí. Así funciona esto.

Kaila cerró la boca y dejó escapar un suave suspiro. Lo cierto es que se sentía complacida. Por lo general, nadie se preocupaba por ella de una forma tan vehemente, estaba acostumbrada a que Moe Siset le asignara los peores trabajos, esperando que en algún momento se diera por vencida, y a que sus compañeros de brigada apoyaran todo lo que hacía el director adjunto sin manifestar un ápice de desacuerdo. Lo que, a su vez, le creaba a ella cierto estado de ansiedad.

Dan volvió a sentarse y se dejó caer cansadamente contra el respaldo de su butaca.

—Lo siento... Pero no puedo evitar preocuparme por ti.

—No pasa nada, lo cierto es que tienes razón: no debí ir allí yo sola.

—En fin... —suspiró Dan—. ¿Pudiste averiguar algo más?

—Creo que les va el sexo duro; cuando llegué, Olivia llevaba puestos unos brazaletes de cuero o algo similar, que sujetaban sus muñecas al cabecero de la cama. Estaba gritando, y por un instante creí que realmente corría algún peligro. —Lanzó una mirada a Dan—. Aunque, ahora que lo pienso, supongo que eso ya lo sabes...

—De ninguna manera —respondió él—. Puede que para ellos esté bien, pero no creo que eso del sado vaya conmigo. ¿Alguna cosa más?

—Nada significativo.

—Muy bien, todo esto empieza a parecerme una locura. —Dan se llevó una mano a la cabeza y pasó los dedos por sus cabellos.

—A mí hace ya tiempo que me lo parece —opinó ella—. Y, sinceramente, supongo que, tal y como están ahora mismo las cosas, costará que esos dos admitan que están otra vez juntos.

—Descuida, no creo que Olivia oculte una cosa así durante mucho tiempo. A pesar de ser más joven que ella, no es ningún secreto que siempre ha estado enamorada de Nolan. Por lo demás, debemos tener en cuenta que es demasiado jactanciosa para mantener la boca cerrada, aunque abrirla signifique acabar encerrada en una celda.

—Confieso que la creí más inteligente —opinó

Kaila. Se sentó tras la mesa que Dan le había cedido unos días antes y extrajo una manzana de la bolsa de papel, antes de añadir—: pero por lo visto la he sobrevalorado.

Dan movió la cabeza negativamente cuando ella le ofreció una pieza de fruta.

—¿Has dejado de comer porquerías?

—Lo estoy intentando.

—Entonces puede que logres vivir hasta los noventa —bromeó él.

—La solución no es comer fruta, Dan, sino dar con ese loco antes de que mate a otra pobre chica, o decida llevar a cabo sus amenazas.

—¿Amenazas? —Arrugó el ceño—. ¿Ha vuelto a ponerse en contacto contigo?

—Dejó esto en el parabrisas de mi coche —respondió ella, entregándole la nota que había encontrado unas horas antes.

—¿Cuándo?

—Hace solo un rato.

—¿En el aparcamiento?

—En el de la morgue. —Kaila hizo una pausa antes de preguntar—: ¿Tenéis cámaras en esa zona?

—No.

—¿Por qué no?

—Supongo que porque nadie pensó que serían necesarias —explicó Dan, y luego le preguntó—: ¿Vas a enviarlo al laboratorio?

—Por supuesto. Aunque no creo que logren descubrir nada.

—¿Sospechas de Olivia?

—A estas alturas, ya no sé de quién sospechar.

Todo el mundo aquí parece esconder algún secreto: el médico forense, Nolan, Linette... —enumeró, pasándose una mano por el cabello—. Siento como si no avanzáramos nada en la investigación. Quiero que sepas que, al igual que tú, también me gustaría ofrecerle a Tyler Parsons un culpable que le ayude a pasar página y a cerrar de una maldita vez ese terrible episodio de su vida. Pero de seguir así, dudo que eso ocurra en un corto espacio de tiempo.

Kaila cruzó el despacho y se detuvo ante la pizarra donde los agentes del departamento habían estado colgando durante días las fotografías y esquemas del caso. Aquella pesadilla, documentada en imágenes, acuchilló su cerebro.

—Y esto es todo lo que tenemos por ahora... —reflexionó en voz alta—. Esas chicas no tenían nada en común, salvo que vivían en la misma ciudad e iban a casarse pronto. Ni siquiera la L o la K parecen tener un significado concreto, lo cual es bastante descorazonador. No hay coincidencias en la edad ni en el aspecto físico, y tampoco existen signos de que intentara forzarlas en ningún momento. Lo único que parece estar claro es que puede que posea un cierto gusto por lo fetichista, dado que a todas les amputó el dedo anular..., exceptuando a la primera.

Kaila parpadeó repetidamente, como si acabara de darse cuenta de un detalle crucial.

—¿Cómo no se me había ocurrido antes?

—¿Qué? —preguntó Dan.

—¿Qué ves en el tablero?

—¿Debo buscar algo en concreto, o todo en general?

Ella se acercó a la pizarra y situó el dedo sobre la fotografía de la primera víctima.

—El asesino conocía bien a Laura Heller —exclamó.

—Eso ya lo sabíamos. Tú misma explicaste que un predador acecha a sus víctimas durante bastante tiempo antes de abordarlas. El que la conociera no es nada extraño.

—No, Dan, quien mató a Laura también la quería; tal vez incluso la amara. Porque, al contrario que con las otras chicas, se negó a desfigurar su cuerpo.

—¿Qué quieres decir con lo de que se negó a desfigurarla? —Dan arrugó el ceño—. Ya has visto el expediente, el asesino no dejó de acuchillar su cuerpo hasta estar completamente seguro de que Laura no sobreviviría.

—Pero la autopsia, sin embargo, reveló que murió estrangulada —puntualizó ella—. ¿Y si no soportaba verla sufrir? Sus lesiones eran mortales de necesidad y lo sabía, el arma perforó la mayoría de órganos vitales y que muriese era cuestión de horas o de minutos. Quizá imaginó que todo iría bien, que sería rápido, y cuando se dio cuenta de que no era así se vio forzado a hacer algo al respecto.

—¿Y qué opciones tenemos? —preguntó Dan, inspirando una bocanada de aire—. ¿Tyler?

Kaila negó con la cabeza.

—Dudo que de ser el culpable insistiera en que no se cerrara el caso.

Dan entendió de repente lo que Kaila quería decir.

—Te equivocas, Laura Heller era una buena chica.

—¿Y eso le impedía tener un amante?

—¿Adónde quieres ir a parar? —le preguntó, movido por la curiosidad.

—A la verdad, Dan, solo a eso —respondió ella con decisión—. Seamos objetivos, tal vez a alguien le costó aceptar la idea de que Laura iba a casarse con Tyler y decidió poner fin a su vida antes de perderla para siempre.

—Por otra parte —comenzó a decir él—, el matrimonio no es un impedimento real para que alguien continúe conservando un amante, si es que en verdad existió uno.

Kaila chasqueó la lengua contra el paladar.

—Cierto. Aunque no podemos saber qué demonios tenía esa persona en su cabeza o por qué decidió matarla.

—En lo único que parece que estamos de acuerdo es en que fue un hombre.

—Yo no he dicho tal cosa. —Le lanzó una mirada perspicaz—. No podemos descartar nada por el momento.

—Laura era católica practicante, ayudaba los domingos en la iglesia y formaba parte del coro, me cuesta imaginarla con otra mujer. Sobre todo sabiendo que su propio padre era el párroco.

—¿Y eso qué tiene que ver? —Kaila enarcó una ceja con escepticismo—. Ya deberías saber que todo el mundo en esta ciudad parece albergar algún secreto. Además, las tendencias sexuales o sentimentales de cada cual nada tienen que ver con la religión. Una vez conocí a un sacerdote que pensaba estar haciendo una buena obra al ayudar a los mendigos a conseguir un pasaporte al otro barrio. Y, supuestamente, era un hombre de Dios. Así que no creo que el hecho de tener un amante de tu mismo sexo te convierta, en modo alguno, en ateo.

Dan frunció el ceño. Kaila tenía razón, desde que comenzara la investigación no había pasado un solo día en que no se sorprendiera al descubrir lo que ocultaban algunos habitantes de Ames. Pero, ¿cómo decírselo a Tyler? ¿De qué le serviría saber la verdad?

Suspiró largamente y su voz adoptó un tono serio.

—Está bien, no descartaremos ninguna posibilidad todavía.

Kaila se acomodó en la silla y abrió el cajón donde guardaba el expediente sobre la señorita Campbell.

—He quedado con Olivia dentro de un rato, en la sala de interrogatorios. Quizá deberías estar presente, dado que la conoces mejor que yo.

Dan emitió un gruñido de desagrado.

—Esa mujer es una lianta de cuidado.

—Lo único que sucede es que carece de la suficiente seguridad en ella misma.

—¿Y eso cuándo lo has deducido?

—Hace un rato, mientras compraba las manzanas —respondió Kaila, dando un buen mordisco a la pieza de fruta—. A decir verdad, he estado dándole vueltas a algo respecto a su extraño modo de actuar. No quiero adelantarme y afirmar antes de tiempo nada de lo que no esté al cien por ciento segura, pero el inestable carácter de Olivia podría estar motivado por un trastorno de personalidad.

—No voy a discutir eso —respondió Dan—. Siempre pensé que había algo en ella que no marchaba del todo bien.

—Sin embargo, por ahora es solo una hipótesis. Harían falta pruebas diagnósticas y médicas a las que seguramente se negará a someterse —le dijo a Dan.

—No lo hará, si cree que eso la perjudica.

—Querrás decir, si perjudica a su elevadísimo ego.

—Estoy seguro de que para Olivia eso sería peor que verse entre rejas y acusada de asesinato.

—Naturalmente —admitió Kaila, que se dejó caer en la silla antes de cruzarse de brazos—. En fin... ¿Sabemos algo del resultado de las pruebas que enviamos al laboratorio?

—No.

—¿Es que aquí siempre va todo tan lento? Dios mío, parece que estamos...

—¿En Ames? —Dan enarcó las cejas—. En estos momentos no disponemos aquí del material necesario para analizar nosotros mismos las pruebas. Pero el condado de Marshall nos enviará en breve el equipo y a un nuevo forense.

—¿Y qué hay del doctor Murray?

—Hace dos días que nadie sabe nada de él y de la esposa de Fred Allen —dijo Dan—. Parece como si a ambos se los hubiese tragado la tierra. Ramos y un par de agentes estuvieron registrando esta mañana el despacho del forense y encontraron los billetes de avión, justo donde tú indicaste. Aun así, llamamos al aeropuerto para asegurarnos de que no tomarían ningún otro vuelo, y desde allí nos confirmaron que no habían embarcado.

—Pero Brenda habrá dejado a Fred una nota o mensaje en el móvil...

—Nada de nada.

—No puedo creerlo...

—Llevaban años llevándose a matar.

—Deberíamos visitar a la señora Murray e intentar averiguar el paradero de su esposo.

—Ya lo hice —apuntó Dan.

—¿Y? —inquirió Kaila.

—Madeleine sostiene que hace dos días que Edward salió a dar un paseo con Tim, el perro de la familia, y que no lo ha visto desde entonces.

—¿Y el animal?

—Regresó solo a casa.

Kaila apoyó las manos en sus mejillas y tomó aire.

—Esto es una puta locura.

—Lo sé —manifestó él, antes de levantarse—. Yo tampoco entiendo qué demonios está ocurriendo últimamente en esta ciudad. Pero por ahora solo podemos centrarnos en lo que tenemos y tratar de averiguarlo.

—Tienes razón —dijo Kaila al cabo de un segundo. Arrojó el resto de la manzana a la papelera y se limpió las manos en una servilleta de papel. Tras agarrar la carpeta que contenía todos los datos que había estado recopilando a lo largo de la semana, preguntó a Dan—: ¿Vas a acompañarme?

Dan se puso en pie y, sin decir una palabra, puso una mano sobre el hombro de Kaila y la empujó suavemente hacia el corredor, con una sonrisa en los labios.

—¿Aún lo dudas?

Ella se giró para mirarlo.

—No hay necesidad de que te enfrentes a esto, si no quieres. Me basta con que estés presente y hagas una señal en el caso de que Olivia nos mienta.

—Quiero hacerlo —indicó, situando un dedo bajo su barbilla.

—Está bien... —Lanzó un suspiro—. Es mejor que nos demos prisa y acabemos con esto cuanto antes.

Kaila ya había estado antes en la sala de interrogatorios, y sabía que se trataba de un pequeño habitáculo de paredes blancas y cristales insonorizados que se hallaba al otro lado del edificio, junto a las taquillas del personal. En honor a la verdad, no difería demasiado de la mayoría de estancias, concebidas para la misma función, que había visto con anterioridad. Generalmente, destacaban por ser, sobre todo, espacios diáfanos y aburridos donde la comodidad brillaba por su ausencia.

A medida que avanzaban por el corredor, pudo ver los tres anticuados ventiladores de techo cuyas aspas agitaban innecesariamente el aire sobre sus cabezas. El sitio estaba extrañamente tranquilo, y Kaila levantó las solapas de su camisa en un intento de protegerse del frío.

Después de su encuentro con Olivia, esa misma mañana, se sentía bastante incómoda. Era plenamente consciente de que esa mujer no era ninguna tonta, y de que sabía cómo ponerla nerviosa. Lo había hecho antes, en el supermercado, y estaba segura de que lo intentaría hacer de nuevo.

Por supuesto, aquella reacción también era parte de la sintomatología que experimentaban los individuos afectados por la llamada personalidad límite.

Con lo cual, sus deducciones cobraban cada vez más fuerza. Los aquejados por la dolencia tenían la necesidad de hacerse notar; y podía decirse que a Olivia, eso, se le daba de maravilla.

Kaila echó un vistazo a través del cristal alojado en la parte superior de la puerta, eficaz como una guillotina, que le concedía el privilegio de observar sin ser vista. Allí estaba Olivia, con los brazos cruzados sobre el pecho, en una clara postura defensiva. Durante una fracción de segundo estudió sus manos. Parecía luchar por ocultarlas de la vista, lo que daba a entender que ya proyectaba la idea de mentir.

«Es de esperar que lo haga», pensó Kaila, recordando lo que había visto horas antes. Conseguía revolverle el estómago. Seguro que hacía tiempo que estaban liados, y aun así no alcanzaba a entender cómo Nolan podía estar con ella tras el asesinato de Cat. Lo cierto era que, no sabía por qué motivo, le estaba costando mucho asimilar aquello.

Kaila se reprendió a sí misma por olvidar la primera regla de toda investigación. «No te involucres emocionalmente», se repitió mentalmente, apartándose de la portilla. Las cosas habían cambiado desde su llegada a Ames, y se daba cuenta. Como también se daba cuenta de que si quería alcanzar el éxito en ese caso debía desprenderse del lastre que suponían la animadversión, la rabia y el miedo, o cualquier otro sentimiento que pudiera perturbarla.

Miró hacia Dan y, de pronto, observó que tenía los hombros y el cuello tensos. Pensar en él y en Olivia juntos le produjo escalofríos. Evidentemente, interrogarla le suponía un esfuerzo enorme. Y, en cierta medida, lo entendía. Todos en Ames estaban vinculados de algún modo: el doctor Murray era el superior de Olivia; Olivia había mantenido relaciones con Dan, Tyler y Nolan; el joven agente Clayton defendía a capa y espada a Catherine, la difunta prometida de este último, y Catherine era la mejor amiga de la segunda víctima, Linette Blackwell. La ciudad al completo era como una pequeña comparsa de actores en la que cada cual representaba un papel. Y, posiblemente, el asesino estaba representando el suyo en ese mismo teatrillo.

—Dan...

—Estoy perfectamente —respondió él, intuyendo lo que ella iba a decir.

—Comprendo. —Prefirió cerrar la boca y aceptar su respuesta.

Olivia Campbell, que en ese instante estaba sentada frente a una mesa de acero, ligeramente ovalada y roma en el borde, se volvió cuando Dan y Kaila entraron en la sala. Sus labios, pintados de un profundo tono rojo, esbozaron una sonrisa atrevida.

—¡Vaya! —dijo—. ¡Al fin llegaron Bonnie and Clyde!

—Te agradecería, Olivia, que reservaras tus sarcasmos para una ocasión menos inconveniente. —Dan la miró a la cara antes de ocupar su silla—. Te recuerdo que han muerto dos mujeres.

—¿Y qué se supone que tengo yo que ver con eso? —protestó ella.

Kaila no se molestó en replicar, se sentó en el asiento que quedaba libre, situó la carpeta que llevaba consigo sobre la mesa y le preguntó:

—¿Desde cuándo son amantes usted y Nolan Evans?

Dan miró de reojo a Kaila, sorprendido ante una pregunta tan clara y directa.

—¿Cómo lo ha...? —Abriendo ligeramente la boca, Olivia parpadeó reiteradamente.

—Eso no importa —interrumpió Dan—. Será mejor que no nos hagas perder el tiempo y respondas a la pregunta.

—¿Tú también crees que tengo algo que ver en todo esto?

—Ya le ha dicho mi compañero, señorita Campbell, que será mejor que responda —insistió Kaila con pausada calma.

Después de acribillarla con la mirada, Olivia desvió su atención hacia el jefe de policía.

—Desde hace tiempo —declaró con aspereza. Luego volvió a mirar a Kaila—. Y eso no me convierte en ninguna asesina.

—Tiene razón, no le convierte en una asesina, aunque sí la sitúa en una posición bastante embarazosa. —Kaila anotó algo en su libreta—. ¿Conocía a las dos víctimas?

—Pues claro que las conocía. Esto es Ames, por amor de Dios —Olivia miró al techo y puso los ojos en blanco—, aquí todo el mundo se conoce. Es el colmo del aburrimiento...

—¿Y a Laura Heller?

Kaila advirtió que las mejillas de Olivia palidecían de golpe.

—No —afirmó la joven con rotundidad, y luego apoyó las manos en su regazo, de manera que estas quedaran ocultas tras la mesa. Al ver el gesto, con el que estaba ya familiarizada, a Kaila le quedó claro que Olivia estaba mintiendo.

—Según creo, usted y ella estudiaron en el mismo instituto.

—No lo recuerdo.

—Pero seguro que se acordará de su prometido, el señor Tyler Parsons.

Ella asintió.

—Conozco a Tyler. Regenta un negocio de alquiler de coches, cerca del aeropuerto.

—Me da la impresión, señorita Campbell, que posee usted muy mala memoria —añadió Kaila—. Según he oído decir, antes de que Tyler se prometiera con Laura, usted y él estuvieron saliendo juntos una temporada.

—Eso sucedió hace siglos —dijo ella, relajando la expresión de su rostro con una facilidad pasmosa.

—Supongo que debió sentirse molesta cuando él decidió abandonarla e irse con otra mujer.

—Siento contradecirla, pero fui yo quien lo dejó a él. —Olivia alzó una mano y contempló embelesada su perfecta manicura francesa, antes de continuar—. Por aquel entonces, Tyler Parsons era un chico verdaderamente guapo. Quiero decir que no era como ahora; ahora está hecho polvo. Entonces tenía los cabellos largos y unos ojos que podían tumbarte con solo pestañear. No sé cómo lo hacía, pero sabía justo lo que había que decir para que te sintieras como una auténtica reina. Era atrevido, un verdadero conquistador, y tenía enamoradas a la mitad de las chicas del instituto.

—Y usted estaba en esa mitad —adivinó Kaila.

—No exactamente. Yo no me había propuesto buscar nada serio, aparte de un inocente coqueteo. Sin embargo, por alguna razón, él se fijó en mí. Lo que ocurrió a partir de ahí fue una tontería, el simple amor de dos adolescentes que únicamente piensan en experimentar cosas nuevas. ¿Quién no ha cometido a esa edad alguna locura? ¿Usted no las comete nunca, agente Henderson?

—No es de mí de quien estamos hablando —dijo Kaila, un tanto molesta por las licencias que se tomaba Olivia.

—Mi franqueza le incomoda —afirmó la ayudante del forense.

—En absoluto.

Por el rabillo del ojo, Kaila advirtió que Dan se movía en su silla, claramente inquieto.

—¿Por qué discutieron? —volvió a preguntar Kaila.

—¿Quiénes? —Olivia arqueó sus delicadas cejas sobre los ojos.

—Usted y Catherine.

—¡Nolan no le ha dicho tal cosa! —se apresuró a señalar, soltando una breve carcajada.

—Créame, se sorprendería de lo que es capaz de decir una persona dentro de una sala de interrogatorios.

Kaila advirtió el ligero cambio en las facciones de Olivia. Esta había desviado la vista un par de veces, mientras se tocaba la boca con el pulgar, y en su suave entrecejo había aparecido una profunda arruga, que permaneció allí más tiempo del necesario. Estaba pensándose hablar o no.

—Catherine no me tragaba —confesó finalmente.

—Sabía que tenías un romance con su prometido, presumo que esa es una razón de peso para no hacerlo —ironizó Dan.

Ella sonrió, mirándolo directamente a los ojos.

—No, supongo que no íbamos a llegar a ser nunca amigas del alma.

La frialdad de Olivia puso a Kaila los pelos de punta.

—¿Mató usted a Laura Heller?

Olivia dejó caer la mano sobre la mesa, emplazándola en medio de las dos, y la miró indignada.

—Es una pregunta rutinaria —añadió Kaila, sin dar mayor importancia a la reacción de ella.

—Bueno, la verdad es que no estoy muy segura; creo que unas dos o tres veces.

Kaila y Dan dejaron de escribir para mirarla.

—¡Vete a la mierda, Dan! —gritó entonces Olivia—. ¡Solo estaba bromeando! ¡Por supuesto que no la maté!

—Esto no es ninguna broma, Olivia —contestó él, furioso—. ¿Por qué no nos dijiste antes que tú y Tyler tenéis una relación?

—¿Por qué no se lo preguntáis a él?

—¡Te lo estamos preguntando a ti!

—¡Ya te he dicho que no me acordaba! —gritó.

—No me lo creo.

—¡Pues es cierto! ¿O acaso crees que llevo la cuenta de todos los tíos que me tiro?

Kaila observó que Dan la miraba fijamente mientras pronunciaba aquellas palabras. No tenía que ser adivina para saber que la lengua viperina de esa mujer había dado justo en el blanco. El silencio se había precipitado sobre sus cabezas como un verdugo y, durante un instante, no supo qué hacer o qué decir.

«¿Qué tipo de persona es Olivia? ¿Una capaz de matar?». Kaila se irguió en la silla, incómoda, preguntándose por la relación que había mantenido Dan con ella. La simple idea de imaginarla junto a él la ponía enferma. Deseaba preguntar y obtener todas las respuestas, pero dado que sus deseos tenían una nula conexión con el caso, había decidido cerrar la boca y hacer como si no fuera con ella.

Y posiblemente era cierto.

—¿Podías dejar a un lado tu cinismo y echar una mano para variar? —le reprochó Dan a Olivia, haciendo que Kaila dejara a un lado sus pensamientos y mirara a ambos con atención.

—¡Pero es cierto que no sé nada de esos asesinatos! —respondió ella al cabo de unos instantes.

—Bien, entonces háblanos de tu relación con Nolan —insistió Dan, ya más calmado.

Ella se inclinó ligeramente sobre la mesa y, acto seguido, exhaló un largo suspiro de cansancio.

—No es ningún secreto —comenzó Olivia—, todo el mundo en esta ciudad sabe lo mucho que me gusta Nolan.

—¿Estabais juntos antes de que Catherine Andrews fuera asesinada? —inquirió Dan.

—Sí. —Resopló entre dientes—. A pesar de que yo insistía en lo contrario, Nolan estaba decidido a dejarla. Decía que él y Cat habían llegado muy lejos con lo de la boda, y que cada día le costaba más romper su compromiso con ella.

—¿Crees que hablaba en serio?

—Claro que hablaba en serio. Me prometió que nos casaríamos en cuanto reuniera el valor suficiente para decírselo a Cat y a sus padres. Hablar con su familia era lo que más le estaba costando a Nolan. Odiaba hacerles daño, y sabía que cuando se enterasen de lo de su compromiso conmigo no tardarían en culparme a mí de lo sucedido.

Kaila observó a Dan por el rabillo del ojo, intuyendo cuál sería su siguiente pregunta. Estaba claro que deseaba, como cualquier hombre en su situación, conocer la respuesta. Sin embargo, se dio cuenta de que la profesionalidad de él iba más allá de su propio orgullo.

Kaila maldijo para sus adentros y preguntó:

—¿Estuvo con algún otro hombre durante el tiempo que mantuvo relaciones sexuales con Nolan?

—Por supuesto —respondió mirando a Dan—. No iba a quedarme vistiendo santos mientras Nolan se decidía a dar el paso. No soy ninguna tonta, agente Henderson, me gusta tener más de un frente abierto, por si acaso. Y Dan era una buena opción.

Los labios de Olivia se curvaron en una sonrisa cuando añadió:

—Aunque estoy segura de que ya se lo ha contado, ¿me equivoco?

En silencio, Dan clavó la punta del bolígrafo en la hoja de su libreta y garabateó algo en ella, tratando de que su rostro aparentara una total serenidad cuando volvió a mirar fijamente a Olivia.

—¿Dónde estuviste la noche en que asesinaron a Catherine? —le preguntó.

—Creo que es obvio que con Nolan.

—Reconoce que esa no es una buena coartada —contestó Dan.

—Es la única que tengo. Nolan y yo estuvimos en mi casa toda la noche —y agregó con una media sonrisa de satisfacción—, follando como locos.

—Está bien. —Dan se levantó de la silla, cerró la carpeta de golpe y la situó debajo de su brazo—. Cuando estés realmente dispuesta a colaborar con nosotros, háznoslo saber. Mientras tanto, será mejor que no salgas de la ciudad hasta que todo esto termine y atrapemos al asesino…, o asesina.

—¿Estás insinuando que soy sospechosa? —Abrió los ojos con indignación.

—Yo no insinúo nada, Olivia. Pero será mejor que por ahora no hagas ninguna tontería.

Intuyendo que la entrevista había llegado a su fin, Kaila recogió rápidamente los papeles esparcidos sobre la mesa, los metió en su carpeta y se levantó antes de que Dan abandonara la sala.

No dejaba de ser un alivio concluir el interrogatorio, aunque lo hiciera de una manera tan brusca. El poco tiempo que habían hablado con Olivia, esta le había demostrado que, tal y como esperaba, era una mujer infinitamente insufrible con una nula empatía hacia los demás. Desde el principio sabía que no colaboraría; lo cierto era que no había sido ninguna sorpresa. Ahora bien, lo que no había esperado en ningún momento de ella era que su propio narcisismo la llevara a soltar tantas estupideces por la boca.

Cuando por fin salieron al corredor y echaron a

andar en silencio hacia la oficina de Dan, situada al otro extremo del edificio, Kaila observó que los ojos de él refulgían llenos de rabia.

—¿Cómo te...?

—No es un buen momento, Kaila —la interrumpió Dan.

—Entiendo cómo te sientes —insistió ella—. Y lo que puedes haber sentido por ella. Pero tienes que dominarte y aceptar que cabe la posibilidad de que esté implicada en los crímenes.

Las palabras de Kaila le hicieron reflexionar un momento.

—Te equivocas, no la amo ni la he amado nunca. Al menos no cómo tú piensas.

—Pero..., ahí dentro...

—Lo que ha ocurrido ahí dentro es que no soporto que me tomen el pelo. —Dan se volvió para mirarla; aquellos seductores ojos verdes parecieron traspasarle el cráneo—. Creía que Olivia necesitaba alguien que se preocupase por ella, pero por lo visto me equivoqué al pensar que salir juntos le ayudaría a superar otras carencias afectivas; de lo que de verdad carece esa mujer es de corazón. No puedo creer que estuviese con los dos a la vez...

—Quizá le ayudaba a sentirse más segura.

—¡Y una mierda! ¿Y qué hay de Cat y Linette? ¿Cómo puede comportarse así después de lo que les ha sucedido a esas pobres chicas? Sinceramente, jamás creí que sería capaz de llegar a ser tan mezquina.

—Entonces, ¿no estabas enamorado de ella?

Dan se detuvo ante la puerta de la sala de archivos,

después de asegurarse de que nadie los observaba, agarró a Kaila del brazo y tironeó de ella suavemente hacia el interior del cubículo.

—No —aseveró una vez a solas.

—No debes culparte por...

—Mira —la interrumpió nuevamente—, no voy a mentirte, es cierto que antes creía sentir algo por ella, pero no lo que tú crees. No estaba enamorado de Olivia, si es lo que estás pensando. Sin embargo, no puedo negar que durante un tiempo me sentí muy atraído por ella. En fin, Olivia es una mujer atractiva, no hay más que verla, y cuando la conocí me pareció una persona extremadamente frágil.

—Olivia, ¿frágil? —dijo Kaila, como si la palabra misma le hiciera fruncir el ceño.

—Piensas que soy un idiota.

—Yo no he dicho tal cosa. —Kaila dejó la carpeta sobre un archivador metálico y se acercó a él para situarle una mano en la mejilla izquierda—. No puedo decir que conozca mucho a esa mujer, pero lo que he visto hasta el momento me hace suponer que todavía tiene un par de sorpresas que darnos.

—Pero en lo tocante a mi relación con ella...

—No tienes que explicarme nada —le dijo Kaila—. Ella te pareció una mujer interesante y guapa. Y realmente lo es. Así que es lógico que un hombre joven como tú decidiera salir con ella.

—Y a la vista está que fue el peor error de mi vida.

—No debes sentirte mal por ello. Seguramente pensaste que confiar en ella era la mejor forma de ayudarla.

—Me engañó, Kaila —frunció el ceño—. Eso es lo que realmente me enfurece, que estuviera conmigo y con Nolan al mismo tiempo.

—Las personas no siempre nos muestran lo que realmente son, hasta que llegamos a conocerlas más a fondo.

—He sido un idiota al preocuparme de sus sentimientos.

—Personalidad límite, ¿recuerdas? Cada vez parece más probable que la padezca. No debes sentirte culpable por cómo actúe. Es una adulta, y lo que hace o deja de hacer es solo asunto suyo. Que tenga o no la enfermedad es indiferente; todos somos capaces de elegir hacer una u otra cosa en cada momento, y diferenciar el bien del mal. Nadie nos pone un cuchillo en el cuello, y Olivia no es una excepción en este caso.

Las palabras de Kaila parecieron calmarlo al momento. Pero ¿podrían, también, hacerle olvidar que Olivia lo había tratado como a un idiota? Dan comenzaba a imaginar que sí. En ese momento lo único en lo que podía pensar era en continuar sintiendo la presión de aquellos dedos sobre su mejilla. Olivia, o lo que pudiera haber tenido con ella, carecía de importancia. Desde que Kaila llegara a Ames era un hombre nuevo. Se sentía capaz de hacer cualquier cosa por esa mujer, cualquier cosa por contemplar una sonrisa de sus labios.

—¿Ocurre algo? —preguntó Kaila, consciente del brillo de admiración que refulgía en la mirada de Dan.

—¿De dónde sales tú, Kaila Henderson? —le dijo él, pasando la yema del pulgar por la mejilla de ella.

Por la expresión de su rostro, Kaila comprendió que aquella pregunta no requería de una respuesta. Nerviosa, se esforzó en no soltar una carcajada.

—De Washington, según creo —respondió.

—Debe ser el mejor lugar del mundo... —murmuró, apartándole un mechón de la frente.

—No te creas —tragó saliva—, es una ciudad grande, tan iluminada que es imposible ver las estrellas una vez cae la noche.

—En Ames hay estrellas —susurró, deslizando el dedo índice bajo su barbilla, obligándola a alzar el rostro hacia él.

—No lo dudo —respondió ella, notando cómo se le aceleraba el pulso. La respiración de Kaila se hizo pesada y jadeante en cuanto los labios de él empezaron a acariciar los suyos. Ni siquiera advirtió el momento en que los fuertes dedos, que abarcaban la totalidad de su nuca, la despojaron del coletero hasta que el cabello le cayó alborotado sobre las mejillas. Apenas era capaz de pensar en algo que no fuera en el calor de la boca de ese hombre. Estaba gozando del suave tacto de aquella piel varonil, del sonido ahogado de su respiración y de los dedos que se entrelazaban entre sus cabellos.

Ese día sintió que le daba igual que cambiara de sitio el eje que sujetaba el mundo mientras él siguiera besándola de ese modo.

Capítulo 9

Ames,
viernes, día 22 de enero.

Muchas preguntas acudieron a la mente de Kaila durante los días que se sucedieron a su beso con Dan. Un mes atrás, habría considerado algo imposible encontrar a alguien que le resultase tan atractivo, física y mentalmente, por lo que conocer a O'Connell había supuesto para ella toda una sorpresa. Dan era un hombre realmente carismático e inteligente que no tenía nada que ver con los tipos, preocupados por sí mismos y el trabajo, que había conocido en el pasado. Nunca antes se le habría ocurrido besarse con alguien al poco de conocerlo. Pero con él era distinto; él avivaba algo en su interior que la impulsaba a hacer locuras. Era como si fuese su particular afrodisiaco, el pecho le oprimía y el corazón le palpitaba con fuerza cuando lo tenía cerca.

A pesar de saber que estaba cometiendo un error al dejarlo entrar en su vida en ese momento, en mitad de una investigación, había decidido no hacer nada para evitarlo. Era la primera vez que se encontraba tan a gusto con un hombre, y no quería ver cómo la oportunidad de conocerlo más a fondo se le escapaba de entre las manos. Estaba dispuesta a dejarse llevar. ¿Para qué pensar en ello, si hacía días que para ella la regla de oro, que consistía en olvidarse de todo y centrarse únicamente en el trabajo, empezaba a hacer aguas por todas partes?

—Ufff. Esto es agotador —dijo Kaila, alzando la vista al cielo.

Apuraban las últimas horas de la tarde y las nubes, tras días de intensa lluvia, parecían proporcionarles un transitorio descanso a ellos y a la veintena de agentes y voluntarios que se habían ofrecido a peinar el bosque en busca de Murray y Brenda Allen. No así el viento, que les abofeteaba el rostro con una gélida brutalidad.

Llevaban exactamente seis horas caminando campo a través y no había ni rastro de ellos, lo que parecía corroborar las sospechas de Kaila de que los amantes habían decidido abandonarlo todo y largarse lejos.

Tratando de recuperar el aliento, detuvo un instante la marcha para apartarse los cabellos de la frente. Al notar que las puntas de los dedos habían perdido la sensibilidad por efecto del frío, se quitó los guantes de lana y friccionó sus manos, la una contra la otra, hasta que volvieron a entrar en calor. Ramos se detuvo junto a ella y, sin pronunciar palabra, le hizo una señal indicándole la colina. En lo alto, Kaila vio que los arboles agitaban sus ramas al viento.

—Se acerca una tormenta —anunció Carlos.

—¿Una tormenta? ¿Y lo que ha hecho hasta ahora, qué es? —Exhaló una densa nube de vaho por la boca y, al inspirar de nuevo, el aire gélido de la tarde atacó sus pulmones sin piedad.

Kaila tosió.

—¿A cuántos grados estamos? —añadió con una mueca.

—A menos doce.

—¿Es lo habitual?

Ramos agitó la cabeza a los lados.

—Lo cierto es que este invierno está siendo más duro de lo normal. Por lo general, en estas fechas la temperatura no desciende más de dos o tres grados bajo cero. Sin embargo, solo era cuestión de tiempo que la ola de frío que azotó hace unos días Minneapolis llegara a Ames.

—Espero que Brenda y el doctor estén bien —pensó en voz alta mientras contemplaba el cielo gris sobre la cumbre.

—Todos esperamos lo mismo, agente Henderson —dijo Ramos.

Kaila asintió y experimentó un repentino estremecimiento al oír el alboroto de los perros que corrían ladera arriba, tironeando de los agentes con un renovado entusiasmo.

—¿Qué les ocurre? —preguntó a Ramos, uniendo las manos y llevándoselas a la boca para calentarlas con su propio aliento.

—Han olfateado algo.

Kaila, visiblemente nerviosa, deslizó los dedos en el interior de los guantes y se dispuso a emprender nuevamente el ascenso cuando, en su bolsillo, el teléfono emitió un zumbido.

La agitación le inundó el pecho al comprobar que se trataba de Joe, el agente con el que, unos días antes, había hablado para pedirle que localizara la procedencia de las llamadas que había estado recibiendo tras instalarse en aquel sitio.

—Hola, Joe. —Con la oreja pegada al aparato, Kaila levantó el mentón y observó que Dan volvía la cabeza hacia ella, antes de descender los veinte metros de ladera que les llevaba de ventaja. Sus pies, enfundados en unas gruesas botas impermeables, se hundían y emergían al momento en la nieve, levantando una densa nube blanca con cada paso.

Ramos alzó la vista e hizo un gesto hacia su compañero para indicarle que tomaría su puesto a la cabeza del destacamento.

—Gracias —dijo Dan, apoyando una mano en su hombro.

Cuando giró el rostro hacia Kaila y vio que la joven le devolvía una mirada ausente, decidió permanecer en silencio. Evidentemente, se trataba de algo importante, dedujo sin mucho esfuerzo al distinguir la preocupación reflejada en su rostro. Cuando contempló cómo el primer copo de nieve caía suavemente sobre la punta de su nariz, se olvidó de la gente que los rodeaba, del frío y de los perros que husmeaban en la nieve. No así de por qué estaban allí. Estaban allí porque esa misma tarde alguien les había enviado una nota con una serie de coordenadas geográficas cuya latitud y longitud correspondían con ese lugar. Quien fuera jugaba fuerte, había enviado la carta al departamento de policía, saltándose todos los controles de seguridad. El asesino evolucionaba, y no tenía ni remota idea de hacia dónde.

«Respira hondo», se dijo, «y todo irá bien».

Aunque a sus ojos, Kaila era la mujer más fascinante y capaz de cuidar de sí misma que había conocido nunca, no podía evitar experimentar una innegable preocupación por ella. Sentía que estaba completamente atado de pies y manos respecto a su seguridad.

«Bien», pensó para sí, no era el primer caso de asesinato al que ella se enfrentaba, rogaba porque tampoco fuera el último, sin embargo, la simple idea de que el asesino supiera su número y el lugar donde se alojaba conseguía que un estremecimiento frío y cargado de puro e indescriptible miedo se apoderase de él.

—¿Todo bien? —Dan gritó para hacerse oír por encima del aullido del viento, cada vez más violento.

Kaila alargó la mano y, sin soltar el teléfono, apretó un dedo contra los labios de Dan. Este se quedó sin palabras mientras, una tras otra, las neuronas de su cerebro se ponían en alerta. Su deseo por ella era tal que fue incapaz de disimular lo mucho que le afectaba el suave contacto de aquella piel contra su boca.

—¿Puedes repetir eso otra vez? —le pidió ella a Joe, dirigiéndole una mirada a O'Connell. En cuanto cayó en la cuenta de que tenía el dedo apoyado en sus labios, lo retiró—. ¿Estás completamente seguro?

Kaila murmuró algo en un tono que daba a entender su sorpresa, luego se despidió de Joe y colgó.

—¿Ocurre algo? —preguntó Dan.

Por un momento, Kaila sintió el temor burbujear en la sangre. No estaba lista para tal revelación. Cerró los ojos y escuchó el silbido irregular del viento, entendiendo que aquello iba a dar un nuevo giro a toda la investigación.

—¿Qué ocurre? —Dan O'Connell insistió en su pregunta, visiblemente alterado.

—Era Joe, uno de mis compañeros —respondió ella, guardando el aparato nuevamente en su bolsillo—. Ha conseguido localizar el origen de las llamadas.

Él asintió lentamente, presintiendo que algo iba mal.

—Las dos procedían del departamento de policía de Ames —reveló Kaila.

—Eso es ridículo —alegó él, arrugando el ceño.

—Cierto.

Dan apenas podía oírla, estaba tan sorprendido que lo único que se le ocurrió fue desviar la vista hacia el agente Ramos, que en ese momento dirigía a los hombres hacia el arbolado. El paisaje a su alrededor era blanco e infinito, lo había visto decenas de veces, pero ahora parecía como si esa misma estampa estuviera corrompida por la duda.

—Aún es pronto para señalar a nadie, Dan —argumentó Kaila, interrumpiendo la corriente de pensamientos de él—. No hay que olvidar que el doctor Murray tenía acceso libre a las oficinas del departamento, y que también lo tiene el oficial Paul Clayton, aunque pase la mayor parte del tiempo en la morgue. Además, me dio la impresión de que Clayton tenía que ver mucho más con Cat de lo que quiere hacernos creer.

Dan reflexionó un momento, calculando las diferentes alternativas. Aunque intentaba no perder el hilo de la investigación, todo se tornaba cada vez más confuso. A esas alturas, la cadena de televisión local ya se había atrevido a formular todo tipo de conjeturas sobre el asesino y, sin embargo, ellos no tenían todavía un perfil remotamente cercano de aquel psicópata. Quizá había llegado el momento de admitir que, cualquiera de las personas que creía conocer, cualquier habitante de Ames, podría estar involucrado en los crímenes.

—¡Aquí!

Dan y Kaila giraron la cabeza en redondo para mirar hacia el hombre que gritaba desde lo alto del montículo, zarandeando una mano para hacerse notar.

Kaila frunció el ceño y le dirigió a Dan una mirada tensa mientras uno de los agentes descendía rápidamente la colina.

—Los perros han descubierto algo allí arriba —aseguró el oficial cuando finalmente se detuvo junto a ellos.

Dan y Kaila se adelantaron y subieron el empinado sendero que conducía a un enorme claro en el bosque. Allí, los árboles, agitados furiosamente por el viento, crecían alrededor de un montón de piedras cinceladas que daban la impresión de haber pertenecido, en otro tiempo, a los cimientos y paredes de una casa.

A Kaila no le costó mucho distinguir las franjas amarillas y azules del anorak que, inflado por el viento, estaba atado con cuerdas a una improvisada cruz de madera en mitad de la explanada. Una extraña sensación de angustia se apoderó de ella al ver el modo en que la prenda era zarandeada por la creciente ventisca. Sus piernas dejaron de caminar, como si de pronto alguien le hubiera clavado una aguja en las rodillas.

—¿Estás bien?

Kaila volvió el rostro a un lado y miró a Dan.

—¿Qué opinas de esto? —le preguntó.

—Está jugando con nosotros —respondió él casi sin voz.

—Da la impresión de que, más que ocultarla, deseaba que diésemos con ella sin demasiado esfuerzo.

—Reconozco el anorak —señaló Dan agachándose para examinar la prenda—, y no me cabe duda de que pertenece al doctor.

—¿Por qué querría alguien matar a Murray? —preguntó Kaila.

—Aún no sabemos si está muerto.

—Esa persona ha asesinado a tres mujeres y nos ha dicho dónde encontrar la chaqueta del doctor, tenemos que considerar la posibilidad de que lo esté.

—Deberías tratar de ver las cosas bajo un prisma más optimista, Kaila.

—Trabajo con asesinos y psicópatas desde hace años, Dan, no hay nada positivo en eso.

—Lo sé... —Dan levantó la vista—. Pero si pensara como tú, no sería jefe de policía.

Los labios de Kaila se estiraron en un amago de sonrisa. Entendía lo que él quería decir, ella misma había tenido que insuflarse fuerzas más de una vez para no abandonar la brigada después de visitar la escena de un crimen. Le habría encantado poder cambiar y volver a creer en que todos sus pasos, por tristes que fueran, habían contribuido a nivelar esa balanza donde la vida y la muerte pujaban la una contra la otra por cobrar peso. Pero no era solo eso; no era la lucha entre el bien y el mal, entre la vida y la muerte, entre la calma y la desesperación, Kaila entendía que, ante todo, debía recuperar la confianza en sí misma.

Aturdida por la fuerza de sus propios pensamientos, abrió los ojos y soltó un largo suspiro. Era extraño que no se hubiera dado cuenta antes de que, algo tan simple como aquello, fuera la respuesta a todas las preguntas que se había estado haciendo durante todo ese tiempo.

El timbre de la voz de Dan, que en ese instante extendía una mano hacia ella, le hizo regresar a la tierra.

—¿Qué...?

—Los perros —indicó él—. Dame una bolsa o acabarán metiendo los hocicos en las pruebas.

Kaila se apresuró a quitarse la mochila que portaba colgada en la espalda y la abrió para buscar una bolsa de pruebas lo bastante grande para meter en ella el anorak.

—Ramos dice que se acerca una tormenta —comentó, entregándosela a Dan.

—Sí, eso parece.

—Entonces es mejor que nos demos prisa o nos será difícil recabar alguna prueba que merezca la pena —opinó ella tras echar un vistazo a las oscuras nubes que se cernían sobre sus cabezas. Se daba cuenta de que si Ramos estaba en lo cierto, no tardaría mucho en sobrevenir la tormenta, y que con ella desaparecerían las huellas o epiteliales que pudieran existir.

Media hora después de que un fuerte temporal se precipitara sobre las calles de Ames, Kaila y Dan decidieron detenerse en una pequeña taberna, en la avenida Grand, con el propósito de tomar algo que les calentara el cuerpo. Se sentía satisfecha del trabajo realizado, y de haber podido examinar el terreno antes de que la tormenta se hiciera presente. Las pruebas y el anorak habían sido enviadas al laboratorio, los hombres habían regresado a sus casas y los agentes al departamento.

En cuanto tomaron asiento, junto a una enorme chimenea revestida de ladrillo rojo, el camarero, un joven cuyo rostro estaba minado de cicatrices del sarampión, les sirvió sendos vasos de ponche caliente.

—Gracias, Quinn —dijo Dan al muchacho.

Kaila tomó un sorbo que le suavizó instantáneamente la garganta, luego hizo girar la silla y dirigió la mirada hacia el televisor y hacia la cabecera del canal informativo. La reportera, un raro combinado de *top model* y periodista, informaba del hallazgo de la prenda en una zona apartada de Ames, atreviéndose, acto seguido, a realizar conjeturas sobre el nefasto destino de su propietario.

—No han perdido el tiempo… —suspiró Kaila—. ¿Quién los ha informado?

—Quién sabe, tal vez el chico del servicio postal, el de los recados… Estaban todos allí.

Kaila giró la silla hacia él y tomó un nuevo sorbo de ponche.

—Mmm...

—Lo sé, Quinn hace el mejor ponche caliente del condado. —Sonrió mientras agregaba al suyo un poco de miel.

—No sé por qué pensaba que en Ames no se daban este tipo de temporales. —Kaila, con los hombros encogidos por el frío, se quedó mirando el sinuoso baile de las llamas que chisporroteaban en el interior de la chimenea.

—Será mejor que te quites el anorak, o cogerás una pulmonía —le recordó él.

—Tienes razón —respondió al darse cuenta de que el plumón estaba completamente empapado. Tras levantarse de la silla para quitárselo, fue a sentarse junto a Dan.

Definitivamente, pensó Kaila, se sentía cien veces mejor cerca de él.

—Me pregunto qué estarán haciendo en estos momentos.

—¿Murray y Brenda?

Ella asintió con un movimiento de cabeza.

—Espero que gastándose los ahorros en algún casino de Nevada —respondió Dan.

Kaila respiró profundamente un par de veces, preparándose antes de hablar.

—Todavía no crees que estén involucrados en los crímenes, ¿no es cierto? —le preguntó.

—¿Acaso tú lo crees?

—Podríamos debatir sobre esto toda la noche, y no llegaríamos a saber la verdad —le dijo ella a Dan antes de llevarse el vaso de ponche nuevamente a los labios—. De hecho, no creo que lo hagamos hasta que aparezcan.

Dan frunció el ceño.

—Lo harán.

—Estás muy seguro de eso. —Alzó una ceja.

—Puede que Murray sea infiel y un idiota, pero dudo que haya tenido algo que ver con las muertes de esas chicas. Y Brenda... —Respiró profundamente—. En fin, creo que pensar, siquiera, en que pudiera estar involucrada en todo esto es bastante ridículo.

—Tal vez tengas razón, no lo sé. Pero, entonces, ¿por qué desaparecer justo ahora?

—¿Y si no lo han hecho? —dijo él después de un momento—. ¿Y si estamos dando por sentado algo que no ha sucedido realmente?

—¿Qué quieres decir?

—Que tal vez alguien se los llevó.

—¿A los dos? —Kaila lo miró, algo escéptica.

—¿Y por qué no? —A continuación, Dan bajó la voz—: El doctor desapareció cuando paseaba a su perro. ¿Quién en su sano juicio elegiría precisamente esa circunstancia para largarse?

—¿Y qué me dices de Brenda? —objetó ella—. Podría haber acordado con Murray que pasaría a buscarla en algún momento entre las diez y las once. En fin, era ya tarde; la mejor hora para esfumarse sin suscitar las sospechas de su esposo.

—Un esposo que habría celebrado por todo lo alto su huida —apuntó él—. Lo siento, pero no me lo creo.

Kaila exhaló un suspiro.

—Es un poco tarde para hacer conjeturas.

—Tal vez tengas razón. —Dan se llevó el ponche a los labios y la contempló por encima del cristal de su vaso. Después de lanzarle una sonrisa, golpeó con su zapato el suelo y se puso en pie—. Soy un idiota. Tendría que haberme dado cuenta mucho antes de lo cansada que estás. Pero a veces disfruto tanto de hablar contigo, que olvido que también somos humanos.

—Razón de más para que descansemos.

Dan observó atentamente a Kaila. A pesar del gesto cansado de su rostro, continuaba siendo la mujer más atractiva que había conocido nunca. Sin el anorak y con la cabeza descubierta, podía distinguirse el brillo sedoso de los cabellos que se deslizaban por la espalda de su jersey de cuello alto. Llevaba puestos unos vaqueros, desgastados a la altura de las rodillas, y unas botas rojas de montaña. Aunque se trataba de un atuendo cómodo y para nada sofisticado, marcaba las formas de su cuerpo con una insolente naturalidad.

Durante varios minutos el jefe de policía mantuvo los ojos puestos en ella. Notaba todos los miembros de su cuerpo en tensión. Lo más probable era que, de seguir mirándola, acabara haciendo o diciendo algo que no quería. Desde su altura, ver el delicioso modo en que sus densas pestañas agitaban el aire con cada parpadeo, hacía que el corazón le latiera con tal fuerza que parecía que se le saldría del pecho.

—Parece que la tormenta se ha debilitado un poco.

—Entonces, será mejor que vayamos a casa antes de que vuelva a recrudecerse.

Un sudor frío mojó su espalda cuando Kaila alargó los brazos y apoyó las manos en las suyas para levantarse. A pesar de todo, su mente se recreó en aquel contacto, tan breve, que solo se prolongó hasta que ella se puso completamente de pie. Fue entonces cuando notó el aroma embriagador de su perfume.

Ambos estaban tan cerca que podía advertir la suave caricia del aliento de Kaila contra las mejillas. Dan se sentía como un hombre al que hubieran obligado a oler cloroformo.

Ella lo miró.

—Vámonos —dijo Dan con una fingida calma, e inspiró profundamente, provocando que, de camino a la puerta, caminara como en un trance.

Más tarde, en el coche de alquiler de Kaila, se preguntó cómo demonios había logrado no besarla. Kaila era una mujer extraordinaria, no tenía que representar ningún papel para parecer interesante, y tal vez eso mismo era lo que tanto le atraía de ella: su naturalidad. Hablaba, miraba y se movía sin artificios. Cuando tenía que decir algo lo hacía sin rodeos, y estaba seguro de que en ningún momento había planeado seducirlo.

Dan no fue consciente de que hacía rato que ella se había percatado de que la estaba observando, hasta que le dijo:

—¿Por qué me miras así?

—Lo siento —respondió.

—Vamos, puedes decírmelo —le animó—. No creo que a estas alturas vaya a oír nada que me sorprenda.

—Me estaba preguntando qué harás cuando todo esto termine.

Kaila inspiró lentamente el aire.

—Según mi experiencia, todo esto puede tardar años en terminar —respondió—. Aunque, supongo, que no es a eso a lo que te referías al formular la pregunta.

—No, no es a eso.

La respuesta se quedó suspendida en el aire unos minutos, como el silencio que acontece en el ojo de un huracán.

—Puede que decida regresar a Washington y a la brigada criminal —dijo ella al fin, antes de mirarlo por el rabillo del ojo. Luego se encogió de hombros y añadió—: lo cierto es que aún no lo he decidido.

—¿Has pensado en quedarte?

La respiración de ella se hizo dificultosa al oír la pregunta. Desde el día en que sacó el billete de avión a Ames no se había planteado en serio la posibilidad de establecerse definitivamente en otro lugar que no fuera Washington, y pensar en dar en ese momento una respuesta le causaba cierto nerviosismo.

Kaila notó que le comenzaba a arder la cara. Los músculos de los dedos, aferrados al volante, se le habían puesto tensos, y trató de no mirarlo mientras recorría los últimos metros que quedaban hasta el bloque de apartamentos. Después de estacionar el auto en la plaza que le correspondía en el aparcamiento, apagó el motor y se quedó en silencio.

—No has respondido a mi pregunta.

—¿Te gustaría que lo hiciera…? —vaciló antes de hablar—. Digo, quedarme.

—¿Lo dudas?

—Sí…, bueno, no —rectificó rápidamente—. Quiero decir que no lo dudo, y que sí que me gustaría quedarme, solo que es pronto para decidirlo.

Dan se dio cuenta de que ella tenía razón.

—Es posible que me haya precipitado al preguntártelo.

—No pasa nada —respondió Kaila—. No hace mucho estaba deseando dejarlo todo y comenzar de cero, pero lo cierto es que me cuesta decidir dar un paso tan grande sin una buena razón.

—Siset es una buena razón.

—Una de tantas. Aunque en estos momentos los motivos por los que debería regresar pesan más que los que me invitarían a quedarme definitivamente en este lugar.

En ese momento, bajo la tenue luz de las farolas que alumbraban el aparcamiento, el cerebro de Dan se vio abordado por una pregunta que no se le había ocurrido antes.

—¿Alguien especial esperándote?

—Si por especial te refieres a mi madre, sí, supongo que así es.

Dan no respondió, en cuanto Kaila terminó de decir aquello, la atrajo hacia él y la besó con vehemencia en los labios.

Hubo un tiempo en que habría dado un paso atrás y rechazado un acercamiento tan inesperado. Pero conocer a Dan había operado un cambio muy positivo en ella. La mirada de él decía que aquello no era un juego; y ella estaba cansada de jugar. Aunque había algo más, algo que crecía en su interior, anegándole el pecho. Algo que no podía ignorar. Lo supo desde el instante en que él la besó por primera vez:

no tenía más alternativa que dejar a un lado todos sus prejuicios y permitir que todos aquellos sentimientos que crecían en su interior siguieran su curso.

Los minutos siguientes fueron bastante extraños. La nieve parecía desplazarse a los lados, etérea y menuda, cuando abandonaron el coche en completo silencio para dirigirse hacia el apartamento de Kaila. Dan tosió un par de veces mientras ella buscaba las llaves en los bolsillos de su anorak, como si con aquel gesto estuviese tratando de aplacar sus propios nervios. Tras cerrar la puerta, en silencio, atravesaron el salón y se dirigieron al dormitorio para dejar sus cosas. Al entrar, se quitaron los zapatos y se miraron una fracción de segundo, antes de clavar los ojos en la enorme cama de Kaila.

—Creo que cogeré un par de mantas y me iré al sofá... —dijo Dan tras aclararse la garganta.

—La calefacción aún no está encendida, puede que la casa tarde bastante tiempo en calentarse —contestó ella al momento.

—Eso nos pone en una situación difícil.

—Somos adultos —dijo Kaila, tratando de reprimir el cosquilleo que sentía en su vientre—, podemos compartir una cama sin que eso nos cree un trauma.

A manera de respuesta, él se quitó la chaqueta y dejó su mochila en el suelo. De repente, la posibilidad de hacer el amor con ella le resultó enloquecedora. Se acercó a Kaila, le quitó los guantes lentamente y después le abrió la cremallera del anorak, sin apartar los ojos de los suyos en ningún momento. Completamente inmóvil, Kaila dejó que él le sacara de un tirón el grueso jersey de lana por la cabeza. A continuación se quitó el coletero y sacudió la cabeza para liberar los cabellos. Los ojos de él, brillantes de deseo, se deslizaron por las facciones de su exótico rostro.

Entonces notó la respiración entrecortada de Dan. Saber que él se esforzaba por mantener el control la complacía. Por primera vez en mucho tiempo se sentía deseada, sexy y viva.

La boca de Dan acarició la suya durante una milésima de segundo.

—¿Estás segura de esto? —le susurró.

Con solo los vaqueros y el sujetador puestos, Kaila reculó unos pasos y se tumbó encima de la cama. El cerebro de Dan pareció detenerse en seco al verla allí tumbada, esperando a que se uniera a ella. Adoraba el carácter de esa mujer, su feminidad y su fuerza. Dan respiró hondo mientras se tendía a su lado. Todavía vestidos, se quedaron quietos, mirándose el uno al otro, sintiendo la satisfacción que les reportaba hacerlo. Era como si no supieran qué decir. Deberían hablar de algo; de lo que fuera. Y, sin embargo, allí estaban, inmóviles como dos estatuas de sal.

Los ojos de Kaila reflejaban el resplandor de la luz de la lamparilla y, en silencio, Dan le acarició suavemente la mejilla con los nudillos de la mano. Apenas oían ya el silbido del viento que golpeaba las ventanas. El pelo castaño de Kaila caía sobre la almohada como un chal; y sus ojos, brillantes de deseo, mostraban curiosidad mientras lo miraban con interés.

—Háblame de ti —pidió él de pronto, respirando profundamente e inhalando el maravilloso aroma de ella.

Kaila soltó una desenvuelta carcajada.

—¿Qué es lo que quieres saber? —suspiró al cabo de un instante.

—Lo que sea; cuál es tu comida favorita, qué haces en tu tiempo libre, tus manías...

—¿Y luego qué, nos ducharemos juntos? —bromeó ella.

—Puede que para entonces haya entre los dos la suficiente confianza como para que compartamos el champú —dijo Dan, deslizando la yema del dedo por el puente de su nariz.

—Está bien... —comenzó a decir con expresión pensativa—. Me encantan los nachos con queso. Y sé que engorda un montón, pero no puedo evitar rociarlos con un tropel de guacamole fresco. Ya sabes, en cuestión de nachos, más siempre es mejor.

—Oh, sí... —suspiró Dan con satisfacción.

—Ni siquiera sé por qué te cuento esto. —Rio ella—. ¿Y la tuya?

—¿La mía, qué?

—¡No te hagas el tonto! —Sonrió Kaila—. ¿Cuál es tu comida favorita?

—Pues antes creía que eran las hamburguesas.

—¿Y ahora?

Él se aproximó un poco más a ella.

—Ahora he probado los labios de cierta mujer que me está volviendo loco.

Dan soltó un suave shhh... al ver que Kaila se disponía a responder. En ese instante, lo único que deseaba era rodearla con los brazos y besarla.

—¡Espera! —Kaila detuvo el beso—. ¿Qué estamos haciendo?

—Creo que besarnos —respondió Dan, sintiéndose por un instante fuera de juego.

—No, en serio... ¿Esto es porque yo también te parezco una mujer frágil?

Dan no pudo evitar soltar una carcajada.

—¿Te has visto bien? Kaila, eres la mujer más fuerte e indómita que he conocido en toda mi vida. Y por eso me gustas. Bueno, por eso, y por esos felinos ojazos que tienes en la cara y que parecen desnudarme el alma cada vez que me miran.

—Así que el alma... —aceptó ella con la respiración acelerada. Se abrazó a su cuello y prosiguió con el beso—. Por ahora, me conformo.

—Además, eres increíblemente impulsiva —le susurró él contra la boca.

—Será mejor que vuelvas a decirme eso por la mañana.

—¿Es eso una invitación?

—Posiblemente.

Dan cerró los ojos y se concentró en corresponder a las sedosas caricias de la lengua de Kaila mientras se sumergían, paulatinamente, en una cálida laguna de placer. Posó las manos en sus caderas, sorprendido de lo cómodo y natural que le resultaba hacerlo, y soltó el primer botón de sus pantalones vaqueros. El cuerpo de Kaila, el mismo que él ahora recorría centímetro a centímetro con la yema de los dedos, se flexionó bajo sus manos, maleable y dócil como una rama de cerezo. Aunque no pudo evitar estremecerse ante la desenvuelta respuesta de ella a sus caricias, sí trató de no perder el control. Sus lenguas continuaban explorándose mutuamente, no solo buscando la excitación o el placer de los cuerpos, sino también proveerlos del sosiego que apagara las devoradoras llamas que incendiaban sus arterias.

Dan estaba a punto de estallar. Kaila era una mujer hermosa que gozaba de un cuerpo bello y bien proporcionado, lleno de vitalidad y atrevimiento. Le parecía perfecto y asombroso, e incluso llegó a pensar que las dos cicatrices que se distinguían en la cadera y en el muslo, producto ambas de sendos disparos, poseían cierto encanto. Las dos formaban parte de la historia de esa mujer y, por consiguiente, también eran una fracción de los cimientos que habían forjado su identidad.

Kaila alargó las manos y le ayudó a quitarse la camisa. El temblor de sus dedos delataba su creciente nerviosismo. Respiraba entrecortadamente, presintiendo que, a esas alturas, ya tendría las mejillas encendidas por el calor.

Al deslizar las manos por los pectorales de Dan, Kaila se dio cuenta de que no había sentido tanto deseo por nadie desde hacía mucho tiempo. Estaba segura de que iba a costarle mantenerlo a raya. Especialmente si él continuaba metiendo la nariz en el cálido hueco situado detrás de su oreja. En esa zona del cuerpo el tórrido aliento que manaba de su boca le provocaba una serie de placenteros escalofríos.

Dan inspiró el aire e inhaló el aroma a jabón y a lilas recién cortadas que brotaba de su piel. Era un perfume fresco y femenino, con un ligero toque picante que cosquilleaba en su nariz. Casi sin darse cuenta, intensificó el beso hasta convertirlo en mucho más que en el simple contacto de dos lenguas.

Era algo más profundo e íntimo. Algo que no había experimentado antes y que le gustaba.

Dan agradeció que el meter la mano en el bolsillo para sacar la ristra de preservativos, que había comprado esa misma mañana, le resultara algo tan natural.

Cuando Kaila se quedó en ropa interior, volvió el rostro hacia él, que en ese instante se estaba quitando los pantalones para arrojarlos después al suelo. La prueba de su deseo era irrefutable, advirtió cuando clavó la mirada en el miembro, grueso y firme, que presionaba contra el boxer como si estuviese decidido a escapar de la prenda interior. Con unas ganas irrefrenables de hacerlo, situó una mano encima de su palpitante erección y la acarició a través del calzoncillo. Esta reaccionó de inmediato al roce de sus dedos, aumentando su ya de por sí considerable tamaño. Kaila comenzó a sentir que el deseo y la excitación le inundaban el cuerpo a toda prisa. Giró, para situarse sobre Dan y, de improviso y sin saber muy bien cómo, se encontraron al borde del colchón. Entonces él, sin darle a Kaila tiempo para reaccionar, la rodeó con los brazos y giró con ella pegada al cuerpo hasta situarla debajo de él, en mitad de la cama.

—Muy considerado. —Emitió un suspiro.

Se sentía increíblemente viva después de años sin experimentar lo que estaba sintiendo en ese instante, la impresión de que él podía hacer con ella lo que quisiera era más fuerte de lo que había imaginado. Por primera vez en mucho tiempo no era dueña de su propio cuerpo ni controlaba la situación. Circunstancia que resultaba bastante liberadora.

La manera en que los labios de Dan acariciaban sus pechos, lenta y sosegadamente, la hizo sentir muy femenina. La boca de él succionaba y lamía con tal intensidad esa zona, que parecía como si el calor de esos labios penetrase hasta lo más hondo de sus senos. Adoraba sentir el tacto de los blancos dientes que mordisqueaban las exquisitas aureolas de sus pezones. Tener a O'Connell a su lado era como llenar un inmenso vacío. Su cerebro ya no se hacía preguntas, no existían las dudas ni la incertidumbre. Solo él.

Esa noche, cuando le quitó las braguitas y se introdujo en ella, Dan pensó que Kaila era la mujer perfecta para él. No solo por lo bien que encajaban sus cuerpos o por cómo se sucedían las descargas eléctricas con cada embestida de sus caderas, sino por la conexión que crecía entre ellos.

Cerró los ojos y se concentró en el fascinante tacto de su dureza contra la suave carne que anidaba en mitad de los bronceados muslos de esa mujer. Mujer con mayúsculas, con curvas donde debía tenerlas y piel caliente.

Ella le cogió la cara entre las manos y besó sus labios mientras sentía cómo se deslizaba generosamente en su interior. Las acometidas, largas y pausadas, le inducían a apretar las nalgas y alzar las caderas. Se sentía completamente invadida por él, dominada e hipnotizada. Su cuerpo recibía sus acometidas, una y otra vez, entre gemidos de placer, y la sangre le hervía en el interior de las venas como la lava de un volcán. Sin necesidad de preguntárselo, rodó abrazada a su cintura y se situó encima de Dan, a horcajadas. De esa manera, la intensidad de las embestidas era mucho mayor. Empezó a mover las caderas al compás de las arremetidas de él mientras que un calor líquido comenzaba a invadirle el cuerpo. El instinto le dijo que pronto llegaría el primer orgasmo, así que apretó los músculos de la ingle, provocándole a él un espasmo de placer, y se dejó llevar por la marea de sacudidas que asaltó las terminaciones nerviosas de su cerebro.

El miembro de Dan la llenaba por completo, el sudor perlaba su cuerpo desnudo y notó que una huidiza gota se deslizaba entre sus pechos. Bajó la cabeza y topó con la intensidad de la mirada de Dan.

—Eres preciosa —le susurró él, sujetándole las caderas con ambas manos y acelerando las embestidas.

—¡No te pares! —suplicó Kaila, tensa, a punto de tocar el cielo. Echó la cabeza hacia atrás y ambos se sumergieron en una vorágine de placer que sacudió sus cuerpos de arriba abajo.

En medio de una espesa bruma de plenitud, Kaila oyó a Dan pronunciar su nombre dos segundos antes de que se sumergieran en un intenso e irrepetible clímax.

Capítulo 10

Ames,
sábado, día 23 de enero,
en los apartamentos de la calle Oakwood.

Las primeras luces del amanecer se proyectaron perezosamente sobre la inmaculada capa de nieve. La ventisca de la noche anterior había dejado a su paso ramas, hojas y algún que otro árbol caído, y hacía más de una hora que se podía oír el alboroto de los camiones y motosierras del equipo de limpieza.

Kaila llevaba un buen rato despierta, tumbada en la cama, escuchando el entrechocar de cacharros en la cocina. Sabía que Dan se había levantado hacía unos minutos; el chisporroteo del aceite hirviendo en la sartén le indicaba que estaba preparando el desayuno. Sin embargo, su mente estaba a kilómetros de allí, en algún lugar cerca de Washington, donde su madre y su trabajo la estaban esperando.

Kaila apartó el edredón a un lado y lo dejó caer al suelo, se peinó con los dedos el largo cabello oscuro y miró el reloj. Todavía faltaba una hora para que empezara su turno en el departamento, así que embutió los pies en las zapatillas, se puso unas braguitas de algodón y agarró una camisa del armario. De camino a la cocina, por el rabillo del ojo, reparó en que su maletín estaba situado sobre la mesa del salón, junto al ordenador portátil.

Aunque en ningún momento se había percatado de que Dan se levantara para ir a buscarlo al coche, agradeció que le hubiese ahorrado el tedio de vestirse e ir ella misma a por él.

Kaila desvió la mirada hacia la cocina y distinguió el color gris oscuro de los pantalones de Dan. Durante un instante lo observó en silencio. Tenía el cabello despeinado y aplastado en el lado de la cabeza que había reposado sobre la almohada, el torso desnudo y una rala barba de dos o tres días que le ensombrecía la mandíbula.

Amanecer junto a un hombre no era nada nuevo para ella, lo había hecho en otras ocasiones, aunque más por considerarlo algo corriente que por otra cosa. Pero hacerlo con Dan era completamente distinto. Él hacía que todo pareciera fácil.

—Buenos días. —Los ojos de Kaila se abrieron desmesuradamente al contemplar el plato de tortitas, bañadas en caramelo, y el café recién hecho que burbujeaba sobre el fogón—. Dime la verdad, ¿de qué planeta eres?

—No puedo decírtelo —sonrió ampliamente mientras derramaba un poco de café en una taza—, eres del FBI, ¿recuerdas?

—Has visto demasiados capítulos de *Expediente X*.

En el FBI no nos interesa si hay o no vida en Plutón. Créeme, tenemos cosas mejores en las que pensar.

—Muy bien —dijo—, entonces ¿qué pasa con los hombres de negro?

—Una leyenda urbana.

—¿Y el expediente Roswell?

—La fantasía de algún adolescente con demasiado tiempo libre.

—¿Y el incidente en la isla de Maury?

—¿Hombres de negro? ¿En serio?

—Joder, pues los buscadores de ovnis van listos.

—Sí, pero los dejamos creer en marcianos, así no investigan a los seres de otras dimensiones que viven entre nosotros —bromeó Kaila, provocando la risa de Dan.

—He visto que has traído mi maletín —recordó de pronto, mientras sorbía un poco de café—. Gracias, lo cierto es que me apetecía muy poco salir anoche durante la tormenta.

—¿Maletín? ¿Qué maletín? —Arrugó el ceño mientras le servía las tortitas.

—El que estaba dentro del portaequipajes del coche —comentó agarrando el tenedor—. Acabo de verlo sobre la mesa.

—No sé de qué estás hablando, yo no he sacado nada de ningún coche. Es más, cuando lo vi esta mañana deduje que lo habrías puesto ahí tú misma.

Los ojos dorados de Kaila se encontraron con los de Dan, y ambos se mantuvieron la mirada un instante sin poder creer lo que comportaba aquello. Ninguno se atrevió a mover un solo músculo hasta que el tenedor de Kaila se deslizó de entre sus dedos y cayó sobre el plato de tortitas. En ese instante, saltaron de sus respectivos asientos y se lanzaron en busca del maletín.

—¿Crees que deberíamos avisar a alguien antes de abrirlo?

Kaila agitó ligeramente la cabeza a los lados.

—Si quisiera hacernos daño, ya lo habría hecho —dijo—. Ha tenido muchas oportunidades, no es eso lo que pretende.

—Entonces, ¿qué es lo que quiere?

—Comunicarse —aseguró.

—¿Qué crees que hay dentro? —inquirió Dan, frunciendo el ceño con inquietud.

—Espero que algo que nos ayude a dar con él.

Dan agarró el maletín y le dio media vuelta sobre la mesa, de modo que los cierres metálicos quedaron frente a él.

—¿Preparada?

Kaila asintió con nerviosismo.

—Adelante.

Tras unos momentos de silencio, el clic de los cerrojos inundó el salón.

—No lo entiendo… ¿A qué está jugando? —preguntó Kaila en cuanto Dan terminó de abrir el maletín—. Los botes y las sustancias están tal y como yo los dejé; no falta nada.

—Tal vez quiere que sepas que puede entrar en tu apartamento y salir de él cuando le dé la gana. En fin, es probable que perdieras de vista tus llaves en algún momento o las dejaras olvidadas en algún lugar. Tiene que haber alguna razón que explique por qué puede entrar en tu casa o acceder a tu coche.

De camino al dormitorio, Kaila negó aquella suposición con rotundidad.

—Siempre llevo las llaves en el bolsillo del anorak, y el único momento en que me desprendo de ellas es cuando estoy en tu oficina o aquí, en mi apartamento —le aclaró mientras se ponía unos pantalones, un grueso jersey de lana y sus botas forradas de borreguillo—. Además, recuerda que Joe dijo que las llamadas se realizaron desde algún punto del departamento de policía. ¿Y si el asesino se hizo con las llaves allí?

—Quizá. Aunque creo que estamos precipitándonos un poco al suponer que el que hizo esto es el asesino.

—Es posible, pero también cabe la posibilidad de que esté tratando de dejarnos otro mensaje.

El semblante de Dan reflejó preocupación.

—Entonces, si el mensaje no está en ese maletín, ¿dónde demonios está?

Kaila respondió lo primero que le vino a la cabeza.

—¡El portaequipajes! —Apenas terminó de decir la palabra, agarró el maletín, abandonaron la casa y siguió a Dan por el estrecho camino nevado que conducía hasta el aparcamiento. El manto de nieve, de casi diez centímetros de grosor, había sido retirado del pavimento antes de que este fuese convenientemente cubierto de sal.

Kaila desvió brevemente la mirada hacia Dan y lo miró con el ceño fruncido al percatarse de que el maletero del coche estaba ligeramente abierto. Dada la situación, ambos se sentían ansiosos por saber si realmente hallarían un nuevo mensaje. El error fue pensar que se trataría de una nota o cualquier otra evidencia similar. Kaila tuvo que esforzarse para que el maletín no se le escapara de entre los dedos cuando Dan abrió la portilla por completo y hallaron el cuerpo de Murray en el interior, en calzoncillos y con las piernas encogidas sobre su propio estómago.

Ella hizo lo primero que se le ocurrió y situó dos dedos en el cuello del doctor, tratando de hallarle el pulso. Cuando se percató de lo helado que estaba, apartó rápidamente la mano.

—Está congelado.

—¿Quieres decir que puede que lleve horas aquí fuera?

Ella negó con la cabeza.

—Quiero decir que está congelado… Literalmente.

Capítulo 11

*Ames,
sábado, día 23 de enero, 15:30,
en el depósito forense.*

Aún no habían conectado la calefacción cuando varios agentes llegaron al depósito y situaron el cuerpo del doctor sobre la reluciente mesa de acero. Sin embargo, aquello no desanimó a Kaila, que se apresuró a ponerse una bata, los guantes y a examinar el cuerpo, que presentaba ya los primeros signos de descongelación.

—Nos será difícil saber cuándo fue asesinado exactamente —dedujo—. Pero por ahora se puede advertir, por la compresión del cartílago tiroides, que no fue el ahorcamiento lo que provocó su muerte, sino el estrangulamiento.

—¿Estás segura?

—Si fuera al contrario, las marcas de compresión serían inclinadas y estarían situadas sobre la laringe. El doctor Murray fue estrangulado antes de que alguien decidiera congelarlo, posiblemente con la intención de conservar los tejidos y ocultar la hora de su muerte.

—¿Es posible averiguar cuándo ocurrió?

—El día será relativamente fácil, en cuanto los músculos y la piel recuperen parte de su elasticidad, pero dudo que podamos saber la hora exacta en que murió. —Kaila contempló el cuerpo encogido sobre la mesa de autopsias—. Alguien debería decírselo a su esposa.

Recostado contra la pared, Dan asintió.

—¿Sabe Madeleine Murray lo de Brenda Allen? —se le ocurrió de pronto a ella.

—Mucho me temo que sí —respondió Dan—. Pero eso no cambia el hecho de que Edward Murray fuera su esposo y tuvieran dos hijos en común.

—No, supongo que no —dijo Kaila—. Pobre Madeleine, no quiero imaginarme lo mucho que sufrirá su familia cuando todo esto salga a la luz.

—Estarán bien —deseó Dan de todo corazón—. Sin embargo, ahora quien me preocupa es Brenda.

Kaila se esforzó en decir algo positivo.

—Quizá continúe todavía con vida.

—¿De veras lo crees?

—¿Por qué no?

—Porque después de lo que ha pasado no creo que ese tipo se detenga.

—Brenda se aparta totalmente del perfil de las víctimas que ha estado buscando hasta ahora.

—Y Murray también, y sin embargo ahí lo tienes, descongelándose sobre su propia mesa de autopsias.

—¿Y por qué? —Kaila parpadeó una fracción de segundo.

—¿Por qué? —Dan la miró desconcertado.

—Sí, eso es, ¿por qué? —reiteró la pregunta, como si en realidad se la estuviera planteando a sí misma—. ¿Por qué matar a un hombre que nada tiene que ver con el resto de las víctimas? Está claro que Brenda y él no iban a casarse.

—Además, está lo de la cruz que hallamos en lo alto de la colina —añadió O'Connell.

—Una vez más, aparece un símbolo religioso —reflexionó Kaila—. Además, no debemos olvidar que Laura, Catherine y Linette eran mujeres muy jóvenes, de constitución mediana y, por tanto, relativamente fáciles de dominar para un hombre o mujer adultos. Sin embargo, Edward debió ofrecer mucha resistencia. A no ser...

—Que conociera a su asesino y no lo considerase una amenaza —dedujo Dan.

Kaila asintió, recordando lo que le había dicho Joe el día anterior.

—¿Y si fuera alguien del departamento? —preguntó—. Admite que esa posibilidad se hace cada vez más verosímil.

—Lo siento, pero me cuesta creer que alguien con quien he trabajado codo con codo sea el responsable de todo este sinsentido.

—Pero, ¿y si fuera cierto?

—Si es así, daremos con él y tendrá que responder de lo que ha hecho ante las autoridades, sea quien sea.

—Bien. Mientras tanto, opino que sería una imprudencia hablar de esto con los demás agentes. De hacerlo, es obvio que pondríamos sobre aviso al culpable, y no podemos permitirnos que cambie su conducta nuevamente ante el temor de que lo atrapemos. Es mejor que nadie esté al corriente, así nos será más fácil proseguir con las pesquisas y tener los ojos bien abiertos ante cualquier situación que se salga de lo normal. Si el culpable trabaja en el departamento de policía no debe, en ningún caso, imaginarse que nosotros lo sabemos.

—¿Y cómo vamos a lograrlo?

—Actuando con cautela, y seleccionando únicamente a oficiales en los que poder confiar. No podemos hacer esto solos, la gente de Ames empezaría a sospechar que ocurre algo malo en las entrañas del propio departamento, y eso suscitaría el pánico.

—¿Y qué hay de Ramos? —preguntó Dan mientras se pasaba los dedos por el rostro cansado.

—¿Confías plenamente en él?

—Le confiaría mi propia vida, de ser necesario.

—Está bien —le dijo sin dejar de mirar el cuerpo sin vida de Murray—. Entonces, encárgate de reunir a los hombres que juzgues apropiados y diles que les pondremos al corriente de todo esta misma tarde. Mientras tanto, trataré de examinar el cuerpo del doctor. Quién sabe, quizá encuentre algo significativo en el cadáver una vez se descongele por completo. Algo que nos ayude a dar con el culpable de todo esto.

Kaila apartó los ojos del cuerpo del doctor cuando notó los dedos de Dan bajo su barbilla.

—Trata de relajarte —le pidió él—. Te prometo que atraparemos al asesino.

Ella se humedeció los labios, situando una mano sobre la de él. Aunque el temor a que eso no sucediera aleteaba aún en su estómago, mirar directamente a Dan a los ojos le dio la fuerza necesaria para seguir adelante.

—Lo sé —respondió.

Kaila se esforzó en creer aquello cuando practicó la autopsia al cadáver de Murray, mientras extraía muestras de debajo de sus uñas, y hasta cuando taladró la parte superior del cráneo para determinar cuántos días llevaba congelado. Pero no fue hasta las cuatro y media de la tarde, después de que alguien llamara al depósito para decirle que Brenda había sido encontrada con vida, que lo creyó realmente.

Con los párpados cerrados, echó la cabeza hacia atrás y lanzó un suspiro cuyo eco se extendió por toda la morgue. La situación cambiaba continuamente, al igual que ella. Ya no veía la aparición de la mujer únicamente como una posibilidad más de atrapar al asesino; sentía un alivio real. Por supuesto, según lo aprendido en Cuántico, aquello no era bueno. No debería dejar que sus propios sentimientos, buenos o malos, se involucraran con la investigación.

—Hola.

Cuando oyó la voz a su espalda, Kaila volvió el rostro y se quedó paralizada al contemplar a la mujer que estaba de pie junto a la puerta. Era menuda, tenía los cabellos peinados hacia atrás y sujetos en un moño alto y conservador. Llevaba puesto un vestido gris oscuro, mucho más conservador que su peinado, y calzaba zapatos planos de una reconocida diseñadora.

—Lo siento —comenzó a decir mientras cubría rápidamente el cadáver con la sábana—, pero en esta sala solo puede entrar el personal autorizado.

—Lo sé. —La mujer, de unos cuarenta y dos o cuarenta y tres años, pareció vacilar al mirar hacia el lugar donde se encontraba el cuerpo de Murray.

—Disculpe, pero ¿quién es usted? —preguntó Kaila.

—Mi nombre es Madeleine.

—Oh... —exclamó, quitándose al momento los guantes de látex—. Lamento mucho lo ocurrido, señora Murray.

—¿El qué? ¿Que mi esposo tuviese una amante o que alguien lo asesinara? —condenó con amargura.

—Ambas cosas, supongo —respondió honestamente.

Madeleine se mordió el labio inferior al echar un vistazo hacia la sábana que cubría el cuerpo.

—Lo siento —dijo, visiblemente afectada—. Yo... No sé qué me ocurre...

—No importa —la disculpó Kaila—. Supongo que esto no debe ser fácil para usted.

Madeleine agitó la cabeza a los lados.

—¿Ha sido ella?

—¿Quién? —Kaila arrugó el ceño.

—Quien lo ha matado... ¿Ha sido Brenda?

—No lo sé. Aunque no es probable. —Kaila giró el rostro una fracción de segundo hacia la mesa de autopsias—. Yo... No creo que deba ver el cuerpo de su esposo en este momento.

—Sí, ya lo imagino —respondió Madeleine con entereza—. Solo venía a traerles unos cuantos documentos. Son cosas que mi esposo guardaba en casa, en su despacho. Pensé que podrían serles de alguna utilidad y…, bueno, no sabía qué hacer con todos esos papeles y carpetas, así que los he dejado en su oficina.

—Se lo agradezco. —Kaila observó el gesto hundido de la mujer—. ¿Se encuentra bien? Quiero decir… Si necesita que alguien la acompañe a casa, yo misma podría...

—No importa. —Contuvo las lágrimas—. Mi hijo está esperándome en el coche. Usted debe quedarse aquí y averiguar quién le hizo esto a su padre.

Después de que Kaila asintiera, la mujer, mostrando una determinación fuera de lo común, se dio la vuelta y enfiló el corredor que conducía a la salida. Kaila se quedó quieta hasta que el eco de los pasos de Madeleine se desvaneció tras la puerta.

¡Santo cielo! Por la manera de actuar, era probable que supiese lo de Brenda desde hacía tiempo, recapacitó mientras se despojaba del mandil de plástico y la bata. Después de arrojarlos al cubo de la ropa fue hasta la oficina y recogió la caja que la esposa de Murray había dejado sobre la mesa. Una rápida mirada le bastó para comprobar que contenía la copia de la carpeta con las muertes de Laura y Catherine, breves estudios de anatomía, libros de cuentas en los que se exponía el material adquirido cada año y otras carpetas que carecían de importancia a primera vista.

A las cinco y diez de la tarde salió del depósito y caminó calle abajo hasta el departamento de policía. Cuando llegó al edificio, lo rodeó y se abrió paso entre la masa de abrigos de las personas que se habían congregado en la entrada con el objetivo de conocer dónde y en qué estado había sido encontrada la esposa de Fred Allen. En cuanto cruzó la puerta, Ramos se acercó a ella y se apresuró a agarrar la enorme caja que acarreaba entre los brazos.

—Gracias —le dijo Kaila, antes de preguntar—: ¿Dónde está ella?

—En la oficina del jefe O'Connell —le comunicó Carlos, contemplando pensativo el contenido de la caja—. Hace más de media hora que llamamos al hospital para pedirles que enviasen una ambulancia; no creo que los técnicos de emergencias tarden mucho en llegar.

—Bien. Mientras tanto, ¿podría ayudarme a llevar todas estas cosas al despacho de O'Connell? Me las entregó hace media hora Madeleine Murray. Puede que encontremos algo importante en alguna de esas carpetas.

—Por supuesto —dijo Ramos, acompañándola al interior del edificio. Cuando, dos minutos más tarde, alcanzaron el final del corredor, el agente que estaba sentado junto a la puerta de la oficina los miró, se levantó y les abrió la puerta al reconocerlos.

Mientras se deshacía de los guantes de lana y la bufanda, Kaila pensó en el barullo y el caos que reinaba en la entrada. Lo cierto era que distaba mucho de parecerse a la quietud que se respiraba en aquella habitación, donde todo el mundo permanecía en silencio, observándose los unos a los otros como si temiesen moverse muy deprisa.

Kaila observó al grupo, compuesto por seis agentes uniformados y dos detectives que exhibían con orgullo el arma y la placa, colgadas del cinturón. La mayoría estaba de pie con los brazos en jarras, mirando hacia el lugar donde Dan y Brenda permanecían sentados. La mujer, alta y delgada, se balanceaba en su silla de atrás hacia delante sin cesar. Kaila se dio cuenta de que tenía la ropa sucia y muy arrugada, también se fijó en que mantenía los puños de ambas manos fuertemente cerrados sobre el regazo, de tal manera que le servían de resorte cuando sus hombros caían hacia delante. Su rostro, pequeño y en forma de corazón, estaba intensamente pálido y sus cabellos adheridos a la parte posterior del cuello.

Kaila, que estaba acostumbrada a ver situaciones similares, sabía que Brenda se encontraba en estado de *shock*. No obstante, eso no le ayudaba de ningún modo, aunque conocía perfectamente el procedimiento a seguir, qué debía decir y cómo, las palabras no acababan de brotar de su boca.

—¿Cómo está? —terminó preguntando a Dan.

—Está así desde que la encontraron esta tarde deambulando cerca del parque Lee. Lo único que hemos podido sacar en claro, a juzgar por su deplorable aspecto físico y el estado de sus ropas, es que la mantuvieron encerrada en un lugar muy pequeño, en el que apenas podía moverse. —Luego la miró—. ¿Has descubierto algo en el cadáver?

—Hallé restos de la misma sustancia que encontré en el cuello de Linette, adheridos a su ropa interior.

—¿Ninguna letra?

—Ninguna.

El corazón de Kaila dio un vuelco cuando, inesperadamente, Brenda se movió y la sujetó fuertemente por la muñeca. Kaila la observó tensa, advertir un pánico tan profundo en los ojos de otro ser humano le provocó un indescriptible escalofrío.

Cogido por sorpresa, Dan saltó de su asiento y agarró a Brenda. La mujer no tardó en reaccionar, sorprendiendo a todos al prorrumpir en gritos y llantos.

—Usted... —aulló Brenda, abriendo el puño y depositando varios pedazos de papel en el interior de la mano de Kaila—. Él me dio esto para usted.

—¡Basta! —intentó tranquilizarla Dan.

—Él me dio un mensaje... —gimió la mujer.

—¿Qué mensaje? —preguntó Kaila con nerviosismo.

—Me dijo que le dijera que todo va según lo previsto. —Apenas terminó de repetir el mensaje, la mujer trastabilló y cayó hacia delante.

El primer impulso de Dan fue sujetar a Brenda para impedir que cayera de bruces al suelo. Parecía exhausta y deshidratada, tenía los ojos cerrados fuertemente, y se negó a continuar hablando cuando O'Connell le preguntó por la persona que la había tenido retenida en contra de su voluntad.

—La ambulancia llegará en cinco minutos —les informó un agente.

Dan, con el tembloroso cuerpo de Brenda todavía entre los brazos, alzó el rostro hacia Kaila y observó sus rasgos, un poco confuso.

Ella le devolvió la mirada. Tenía un vacío en el estómago, un pellizco que no le permitía abrir el puño y echar un vistazo a lo que le había entregado la mujer. No necesitaba verlo para saber que en el interior de su mano se encontraban las iniciales de las siguientes víctimas. Lo supo incluso antes de abrir el puño y mostrárselas a Dan.

—La I y la A —comentó él tras echarles un vistazo.

De pronto, Kaila se vio asaltada por un mal presentimiento. Aún no había aparecido ninguna víctima cuyo nombre comenzara por la letra K. Y eso excluía, de momento, a Murray.

¿Podrían el doctor y Brenda Allen haber sido simples errores? ¿Sujetos al azar, que estaban en el lugar y momento inadecuados? Aquella nueva vuelta de tuerca mostraba una evidente falta de prudencia. El asesino, probablemente agotado, comenzaba a perder la paciencia, y eso lo empujaba a cometer errores. Unas equivocaciones que, posiblemente, se sucederían con más frecuencia con el paso del tiempo.

Estaba a punto de comentárselo a O'Connell cuando, de súbito, los servicios de emergencias irrumpieron en la habitación y rodearon a Dan y a Brenda, provocando que una marea humana arrastrase a todos los presentes fuera del despacho mientras varios agentes emitían exclamaciones de protesta al verse empujados sin miramientos hacia el corredor.

Por mucho que lo intentaba, a Kaila le era imposible ver algo sobre el mar de cabezas que se había amontonado frente a la puerta. Comprendiendo que iban a necesitar la ropa y zapatos que Brenda llevaba puestos, hizo un gesto hacia Dan, agarrándose la camisa, para que este captara el significado.

El jefe de policía frunció el ceño al verla.

—¡Las ropas! —gritó, inclinándose hacia delante hasta que su cabeza despuntó sobre las demás.

Nerviosa, Kaila observó que Dan cruzaba unas palabras con el enfermero que mantenía una mascarilla de oxígeno pegada a las vías respiratorias de Brenda. Cuando vio que este último asentía, y que el jefe de policía se apartaba de la mujer para permitir que los paramédicos se ocupasen de ella, Kaila se abrió paso entre los agentes y avanzó hacia él por el pasillo.

—Esto no tiene ningún sentido —dijo cuando lo tuvo frente a ella.

—¿Qué quieres decir? —preguntó él.

—¿Por qué ha dejado que Brenda Allen se fuera sin más? ¡Es totalmente ilógico! ¿Por qué asesinar a Murray y dejarla a ella en paz?

—Puede que la conozca —especuló rápidamente Dan.

Ella hizo un gesto afirmativo.

—O al doctor —sugirió.

—Brenda ha mencionado que era un hombre.

—Su amante está en el depósito y ella viva; podría estar involucrada en esto hasta las cejas.

—A ver si te he entendido bien: ¿me estás diciendo que esa mujer, la misma que ahora mismo está en estado de *shock* ahí dentro, está fingiendo?

Kaila contempló durante un instante a la mujer que los paramédicos trataban de reanimar.

—No —aceptó, abatida.

—¿Y qué hacemos ahora?

—No lo sé —admitió—. Ni siquiera sé por qué ha asesinado a esas chicas o al doctor. No he visto nunca un caso así, en el que el asesino variase tanto de conducta.

—Necesito un perfil, Kaila. Y lo necesito ahora. Solo intenta concentrarte.

Kaila se lo quedó mirando un instante, tratando de luchar contra el bloqueo mental que sufría. Tragó saliva, deslizó las manos por sus cabellos, apartándoselos de la cara, y luego lanzó un suspiro.

—Está bien... —Cerró los párpados, pensativa, uniendo las manos y plantando la punta de los dedos sobre su labio superior—. Está claro que se trata de un hombre. Es fuerte y posiblemente joven; tuvo que serlo para mover él solo a Murray y meterlo en el maletero. El anillo significa algo importante para él; quitárselo a las víctimas, una vez muertas, es casi un ritual. Cabe la posibilidad de que esté prometido o lo haya estado en el pasado. Puede que se sienta engañado o traicionado por una mujer. Tiene algo que decirnos, pero por alguna razón no quiere hacerlo directamente, primero necesita llamar nuestra atención.

—Pero, ¿para qué?

—Para que sepamos algo que él sabe y que le atormenta.

—¿Y si ha tomado conciencia de lo que está haciendo? Quizá esté buscando que lo atrapemos —teorizó Dan—. De ser así, ¿cuánto tiempo más puede seguir asesinando a personas inocentes?

—Me temo que demasiado —respondió Kaila.

Dan suspiró una vez, luego se apoyó en la pared del corredor, se desabrochó el cuello de la camisa y suspiró de nuevo.

—Voy a pillar a ese cabrón. Y cuando lo haga...

Kaila movió la cabeza afirmativamente.

—No me cabe duda de que lo harás. Pero, mientras tanto, no debemos dejar que esto nos afecte hasta el punto de perder la objetividad. Es necesario tener la cabeza fría, ser imparciales y no actuar sin tener una buena razón que lo justifique. Ya no queda mucho para que recibamos los resultados de las pruebas que enviamos al laboratorio. Entonces tendremos suficiente material para hacernos una idea de quién asesinó a esas mujeres.

—Mientras tanto, haríamos bien en confeccionar una lista de sospechosos —respondió a su comentario.

La boca de Kaila se estiró ligeramente en una media sonrisa. Permaneció unos instantes con los ojos puestos en él, antes de echar un vistazo hacia el despacho y hacia los paramédicos que en ese momento comenzaban a abandonar la sala, llevándose consigo a la esposa de Fred Allen.

Fue entonces cuando se le ocurrió.

—¿Y si mató a Murray por celos?

—Dejó el cadáver en tu coche —dijo Dan—. Está claro que es la misma persona que asesinó a esas chicas.

—Efectivamente —ella asintió—. Pero, ¿y si su asesinato, a diferencia de los otros, fue tan solo producto de un ataque de celos?

—¿Estás pensando en Fred?

Aunque Dan parecía contrariado, Kaila asintió.

—Vale, veámoslo de este modo: Ames es una ciudad pequeña donde todos se conocen; llevo oyendo eso mismo desde que llegué aquí. Por consiguiente, es más que probable que Fred estuviese desde hace tiempo al tanto de la relación que Brenda mantenía con Murray. Lo que, evidentemente, habría hecho que se sintiera engañado por ella. Brenda es el arquetipo de mujer que los hombres desean: reina del baile de fin de curso, guapa y sexy. Quizá, tras ver que su matrimonio se había convertido en un inmenso fracaso, comenzó a considerar a las mujeres como una maldición, y al matrimonio como una condena de por vida.

—Pero Brenda es, al fin y al cabo, su esposa —concluyó él—. Esa es una buena razón para dejarla con vida.

—Aprendes rápido. —Chasqueó la lengua contra el paladar.

—Sin embargo, te recuerdo que Fred Allen estaba encerrado en el calabozo cuando encontraron a Linette, y borracho como una cuba el día que Sophie y Jeremiah se toparon con el cadáver de Catherine en mitad del bosque.

Naturalmente, Dan tenía razón. Kaila se cruzó de brazos y lo miró con el ceño fruncido.

—Continúo pensando que hay alguien más involucrado en los crímenes. Nolan, por ejemplo.

Él sopesó esa posibilidad y se encogió de hombros.

—Quién sabe...

Pensativa, Kaila se mordió el labio inferior. «¿Cómo averiguar si todo aquello era la obra de uno o más individuos?». No dejaba de ser una posibilidad. Sin embargo, no había forma de saberlo hasta que en el hospital les permitiesen hablar con Brenda. Algo que, considerando el lamentable estado en que se encontraba la mujer, iba a tardar algún tiempo en suceder.

Kaila se volvió hacia Dan y encogió los hombros cuando, súbitamente, un escalofrío atravesó su espina dorsal.

—Hace frío —comentó frotándose ambos brazos con las manos—. ¿No han encendido hoy las calderas?

—Ufff. Tienes razón. Será mejor que vaya a ver qué ocurre —reconoció Dan, antes de proponer—: Luego podríamos acercarnos al hospital y averiguar cómo está Brenda. Puede que para entonces se encuentre en condiciones de hablar.

Aunque tenía serias dudas al respecto, Kaila asintió con la cabeza. Estaba a punto de acompañarlo hasta el sótano del departamento, donde se ubicaba el aparato encargado de suministrar calor al inmueble, cuando Carlos Ramos se acercó a ella para entregarle un abultado sobre.

Intrigada, Kaila le dio las gracias, rompió el precinto que aludía a la confidencialidad del documento y se quedó atónita al comprobar que contenía los resultados del laboratorio.

—Ha llegado el forense del condado de Marshall —le informó Ramos.

Kaila apartó la mirada del sobre.

—¿Dónde está?

—En el depósito —dijo Carlos de inmediato—. Me pidió que le dijera que estaría esperándola allí.

Kaila echó un rápido vistazo a la espalda de Dan, que en ese instante se desvanecía tras las puertas metálicas del ascensor. «¿Debería ir tras él para comunicarle la noticia?», se preguntó, vacilando un instante.

—Está bien —decidió. Por mucho que le sedujera la idea de ir con él hasta el cuarto de calderas sabía que era imperativo hablar con el forense antes de que este pidiera examinar el cuerpo de Murray. Alguien debía prevenirle sobre las extrañas circunstancias que rodeaban el hallazgo del cadáver, de lo contrario podría tardar demasiado tiempo en darse cuenta de que había sido sometido a un proceso de descongelación, y llevar a cabo una exploración que pusiera en riesgo la toma de ciertas muestras.

Aunque volvió la cabeza varias veces tratando de decidir qué hacer, acabó poniéndose la chaqueta mientras le devolvía a Ramos el sobre.

—¿Tendría la amabilidad de dejar esto sobre mi mesa? Volveré en diez o quince minutos. No creo que hablar con el forense me lleve mucho más tiempo.

—Por supuesto —respondió él, solícito.

Mientras abandonaba el inmueble, Kaila volvió la cabeza en más de una ocasión, con la inquietante sensación de que alguien la estaba observando. Nerviosa, aminoró la marcha y se detuvo frente a la máquina de refrescos. Por el rabillo del ojo vio que Ramos la seguía a pocos metros de distancia, de modo que fingió estar buscando unas monedas en el interior de su bolso mientras el agente, con el sobre que ella le había entregado aún en la mano, pasaba por su lado sin detenerse, para luego desaparecer tras la puerta de la sala donde se conservaban los registros de los casos todavía en vigor.

Cuando la puerta se cerró a espaldas del hombre, ella se miró las manos y se regañó mentalmente al darse cuenta de que temblaban ligeramente.

Quizá lo más prudente sería quedarse en el edificio y esperar a que Dan regresara del sótano, recapacitó durante una fracción de segundo.

«¿Pero qué demonios te pasa?», suspiró antes de continuar su camino. Una vez en la calle, el cortante frío le abofeteó violentamente la cara. Por un segundo pensó en entrar de nuevo y agarrar la bufanda que había dejado minutos antes olvidada sobre la mesa de Dan. No obstante, era tarde, no sabía cuánto tiempo hacía que el forense de Marshall la esperaba en la morgue, y no iba a permitir que sus temores le impidieran hacer bien su trabajo.

Al igual que había hecho un rato antes, caminó calle arriba hacia el instituto forense. Casi por inercia, suspiró y barrió con la mirada el cielo, preguntándose cuándo comenzaría a llover de nuevo. Empezaba a acostumbrarse al duro invierno de Ames. En realidad, incluso le gustaba, aunque no sabía si lo suficiente como para quedarse allí definitivamente.

Siempre había considerado su vida como un asunto únicamente suyo, y le costaba tomar decisiones sobre la misma mientras en ella hubiese otra persona. No quería pronunciarse; ni quedarse ni marcharse, y en esos momentos le era difícil decidir sobre su futuro, a pesar de que, varias semanas atrás, se había sentido lo suficientemente motivada para romper con su antigua vida y comenzar una nueva.

Pero, por lo visto, la cosa no era tan sencilla como había supuesto en un primer momento, no bastaba con cambiar de piso, de ciudad y de condado; en esos instantes toda su vida estaba en juego.

Cuando, diez minutos más tarde, llegó al depósito forense, saludó a Paul Clayton, que como de costumbre se encontraba de pie junto a la puerta con la mirada fija al frente y la actitud del soldado al que encomiendan la protección del fuerte. El chico, pillado esta vez por sorpresa, se irguió y, raudo, cerró los botones abiertos de la camisa de su uniforme. Luego, como ya hiciera el día en que Kaila llegó a la ciudad, se ofreció a acompañarla.

Aunque a ella no le hacía mucha gracia tener a Clayton pegado a su trasero cada vez que visitaba la morgue, aceptó su compañía hasta que llegaron al despacho de Murray. Una vez allí dejó el bolso sobre la mesa del facultativo, deslizó una inquisitiva mirada por las estanterías, ahora precintadas con una llamativa cinta amarilla que al parecer prohibía husmear en ellas, y exhaló un largo suspiro de cansancio.

A pesar de no haber tenido la oportunidad de conocer mejor al doctor, no podía dejar de experimentar cierta sensación de melancolía al ver todos aquellos estantes despojados de sus libros, expedientes y objetos personales de Murray, que habían sido empaquetados en cajas de cartón y apilados junto a la puerta.

Kaila se sorprendió del poco espacio que ocupaba toda una vida de conocimientos y dedicación.

—¿Quiere que le traiga algo caliente? —preguntó Clayton.

Ella negó con la cabeza, carraspeó y lo miró fijamente. Un silencio flotó en la sala cuando preguntó al muchacho por el nuevo médico forense.

—Creí que había venido a examinar el cadáver del doctor —respondió, ligeramente confuso.

—Ya lo hice esta mañana —le recordó Kaila—. He venido a hablar con el forense.

—¿Se refiere al que van a enviarnos desde el condado de Marshall?

—Me refiero al que ya está aquí, agente Clayton.

—Siento contradecirla, agente Henderson, pero le aseguro que aquí no hay ningún forense, ni de Marshall ni de ningún otro sitio.

—¿Está completamente seguro?

—Llevo toda la mañana de pie junto a la puerta, ¿no cree que me habría dado cuenta?

—No lo entiendo, en el departamento me dijeron que estaba esperándome.

—Pues la persona con la que habló está mal informada.

De camino a la salida, Kaila deslizó una mano dentro del anorak y la situó bajo su axila, sobre la sobaquera en la que transportaba su Glock 21.

Aunque llevar consigo el arma reglamentaria, en cierta medida, conseguía relajarla, estaba muy lejos de sentirse realmente a salvo. Sabía que algo no iba bien, podía notarlo en cada fibra de su ser. Eso sin contar, por supuesto, con la evidencia de que Ramos le había mentido.

A Kaila le costaba aceptar aquello. Dan confiaba plenamente en ese hombre, habría puesto una mano en el fuego por él y confiado su vida. Ella deseaba con todo el corazón poder hacer lo mismo, sin embargo, cada vez tenía más dudas respecto al ayudante de O'Connell.

Kaila sintió una punzada de remordimiento, se subió en el coche, cerró la puerta y, tras echar el seguro, se contempló un buen rato en el espejo retrovisor. Al examinar con atención su rostro, su mirada cansada y la tez apagada, se sintió extenuada, agotada de tanto pensar y debatirse entre lo que quería o debía hacer. La cabeza, en esos momentos, no le daba para tanto. No mientras tuviese puestos los cinco sentidos en capturar al hombre que estaba cometiendo aquellos horribles crímenes.

«Help Calm», se repitió mentalmente, prometiéndose a sí misma pensar en ello en cuanto todo terminase. Después, casi sin darse cuenta, deslizó la mirada por el espejo retrovisor y la detuvo en la parte posterior del coche, en el maletero donde horas antes habían encontrado el cadáver de Murray.

Un pellizco, fruto de la ansiedad, le retorció el estómago.

Sin pensárselo dos veces, empujó el cuerpo contra el respaldo, desplazó el asiento hacia atrás, cerró los ojos, respiró hondo y palpó con la mano la culata del revólver, diciéndose a sí misma que el asesino le había dado suficientes razones para desconfiar. Una extraña mezcla de temor y excitación se apoderó de su cuerpo cuando bajó del vehículo. Después de lo ocurrido las últimas horas, no pensaba moverse de allí sin antes echar un vistazo dentro del portaequipajes.

—¿En serio? —refunfuñó mirando al cielo y a la lluvia que volvía a precipitarse sobre el coche mientras lo rodeaba para abrir el maletero. Cuando en el interior halló únicamente su maletín de trabajo, no pudo evitar pasarse las manos por los cabellos, como si el apartarlos del rostro pudiera despejarle también la mente.

—Joder. —Por lo visto, el hallazgo del doctor, en su propio vehículo, le había afectado más de lo que deseaba reconocer. «Tal vez debería cambiar de coche», recapacitó con un suspiro. Justo cuando se disponía a cerrar el maletero y regresar a su asiento, algo atrajo su atención.

La frente de Kaila se contrajo cuando después de inclinarse hacia delante alargó la mano y la puso sobre la mancha que ensombrecía una buena parte de la moqueta. La sustancia, untuosa y resbaladiza, engrasó rápidamente la yema de sus dedos.

—¿Qué demonios…? —Alzó ligeramente la vista, con la cabeza todavía metida en el maletero, y advirtió que la grasa fluía desde una especie de bolsa de tela que se encontraba al fondo del angosto habitáculo. Sabía que era la misma sustancia que había descubierto adherida a la ropa interior de Murray, por lo que era lógico encontrarla en el maletero, lo que no le parecía tan normal era que también estuviera en el cuello de Linette Blackwell.

Un pánico paralizante le recorrió el cuerpo cuando oyó un sonido tras ella.

—¡Mierda! —masculló cuando debido a los nervios y las prisas se golpeó la cabeza contra el techo del maletero. Pero aquello no fue nada comparado con el latigazo de dolor que a continuación azotó violentamente su nuca. Irremisiblemente, Kaila resbaló sobre sus propias manos hasta que su cuerpo acabó metido hasta la mitad en el maletero. Fue entonces, mareada e incapaz de saber qué estaba pasando, cuando notó que unas manos la empujaban dentro del portaequipajes.

El sonido de la puerta al cerrarse le acuchilló los oídos. De pronto, se vio a sí misma sumida en una oscuridad absoluta. Tenía ganas de vomitar, le dolía una barbaridad la cabeza. Intentó gritar, pero se sentía tan mareada que el solo hecho de mover la mandíbula para hacerlo le provocaba náuseas. Kaila cerró los ojos y respiró hondo tratando de no perder la conciencia. No obstante, a los pocos segundos, un velo tupido y oscuro se cernió sobre su mente.

Capítulo 12

*Ames,
sábado, día 23 de enero, 20:00,
dos horas después de la desaparición de Kaila
Henderson.*

El desconcierto y la preocupación se habían instalado en el departamento de policía de Ames después de que, dos horas antes, Dan O'Connell encontrase el cadáver de Karen Wells colgado de una de las vigas maestras en el sótano del inmueble. A O'Connell no se le escapó que la intención del asesino al liberar a Brenda había sido desviar la atención de su verdadero objetivo: la trabajadora social que prestaba sus servicios en una de las oficinas de la primera planta.

Fue poco después que Ramos le comunicó que Kaila había abandonado el inmueble y se había dirigido a la morgue, donde la esperaba el forense llegado desde el condado vecino. Después de aquello, Dan no le dio mayor importancia a que ella no respondiera a sus llamadas; había observado cómo trabajaba y sabía que no era una mujer dispuesta a dejarlo todo para atender el teléfono. No obstante, trascurrido todo ese tiempo, comenzaba a preocuparse.

Los periodistas, apiñados en la entrada del edificio, vociferaban preguntas a todo aquel que entraba al inmueble. Salir era algo más difícil; Dan había ordenado detener a cualquier persona que tratara de hacerlo hasta que su equipo terminase de visualizar las cintas del sistema de seguridad.

Después de colgar por décima vez el teléfono sin obtener respuesta, O'Connell sintió deseos de servirse un buen vaso del vodka al que Kaila llamaba quitapenas. El corazón le retumbaba inquieto en el pecho con cada segundo que pasaba sentado tras la mesa de aquel despacho. La sala parecía cada vez más pequeña y falta de oxígeno.

Pasaban pocos minutos de las ocho de la tarde cuando dos policías informaron a Dan de la dificultad de ver algo en aquellas imágenes, ya que al parecer alguien había manipulado las cámaras varios días antes.

Dan esperaba algo así. Fue hasta el despacho donde estaban repasando las cintas y pidió verlas. Una de las cámaras había captado un primerísimo plano del rostro del asesino. Por desgracia, las lentes habían sido embadurnadas con spray de color negro, y era imposible adivinar su aspecto.

—Dan, es sábado y los hombres quieren regresar a sus casas —le dijo Ramos señalando hacia las personas que esperaban sentadas a que él les permitiera abandonar el edificio.

La verdad, aunque amarga, era que poco o nada

podrían hacer para averiguar la identidad de la persona que aparecía en las imágenes, pensó Dan, mirando hacia toda aquella gente que lo contemplaba expectante.

—Pueden irse a casa —ordenó repentinamente agotado.

—Los chicos del depósito han venido a llevarse el cadáver —le hizo saber Ramos.

—¿Y la agente Henderson?

Ramos negó con un movimiento de la cabeza.

—Quizá deberíamos acercarnos nosotros también al instituto forense y averiguar lo que ocurre —opinó Dan al tiempo que un zumbido sordo en los oídos le impedía oír con claridad la respuesta de su compañero. Solo se trataba de echar un vistazo, de asegurarse de que ella estaba a salvo. Aunque quería creer que todo estaba bien, necesitaba comprobarlo por sí mismo.

—Relájate —le dijo Ramos—. Kaila estará perfectamente.

Cogido por sorpresa, Dan levantó la mirada y la clavó en él.

—Admite que no sois, que digamos, muy discretos —continuó diciendo Ramos—. No todas las cámaras del edificio están tan inservibles como las del entresuelo. Las de la sala de archivos funcionan perfectamente.

Los ojos de Dan se agrandaron por la sorpresa al recordar el beso que había compartido con Kaila en ese sitio.

—¿Desde cuándo te dedicas a espiar lo que hago? —gruñó.

—Desde que te da por meterte en camisa de once varas, amigo —respondió—. Sabes que tarde o temprano esa mujer tendrá que marcharse, ¿verdad?

—No creo que eso tenga mucho que ver con el caso. —Agitó la cabeza a los lados—. No, de ningún modo.

—Yo no he dicho tal cosa.

—Ya... —susurró mientras agarraba las fotografías tomadas en la sala de calderas y las colgaba en la pizarra, junto al resto—. Mira, te lo agradezco muchísimo, pero no deberías preocuparte de eso. Entiendo que este no es el lugar de esa mujer, y estoy preparado para cuando decida que ha llegado el momento de marcharse.

—¿Tú crees?

Dan apartó los ojos de la pizarra para mirarlo. Evidentemente, no estaba muy seguro de lo que acababa de decir, sin embargo, no quería pensar en el asunto. Comprendía que si lo hacía le dolería más de lo que estaba dispuesto a admitir. Y por el momento no era lo que deseaba; ya habría tiempo de lamentarse cuando todo acabara. Mientras tanto, les quedaba un largo camino que recorrer antes de atrapar al asesino.

—¿Encontraste una nueva letra en el cadáver de Karen Wells?

—Otra A —respondió, prendiendo la misma en el tablero.

—¿Y qué hay del simbolismo religioso? No había ninguno cerca de su cuerpo —comentó Ramos.

—No era necesario; lo llevaba colgado del cuello. —Dan retrocedió unos pasos para sentarse en el borde de la mesa, observando atentamente las pruebas y fotografías tomadas en la sala de calderas—. Sin duda, el asesino la conocía bien, sabía que llevaría puesto el colgante con esa cruz.

—Posiblemente —reconoció Ramos.

—Esto es siniestro... —O'Connell se pasó una mano por el rostro cansado.

—¡Dios! Sí, desde luego que lo es... —exclamó Carlos Ramos, acercándose a la pizarra—. ¿Ves lo mismo que yo?

Dan arrugó el ceño.

—No lo entiendo. ¿Qué se supone que tengo que ver?

Ante sus ojos, su ayudante comenzó a cambiar la disposición de los papelitos. Las letras empezaron a cobrar sentido para Dan.

—K-a-i-l-a —susurró lentamente—. No tiene ningún sentido, el asesino nos entregó la letra L antes de que el FBI decidiera enviarla a Ames. De ningún modo podía saber el nombre del agente que iban a enviar desde Washington.

—¿Casualidad?

Dan no se lo pensó demasiado.

—No lo descarto... —susurró con el corazón en un puño.

—¿Crees que lo decidió después?

—¿Tú qué crees? —preguntó Dan—. Ha estado jugando con nosotros desde el principio, no ha hecho más que variar su conducta constantemente, llevándonos por donde quería.

—Me cuesta creer que la razón de que matara a esas personas fuese reunir esas letras.

—¿Por qué crees, si no, que eligió a sus víctimas?

—¡Maldito desequilibrado! —masculló Ramos, no sin cierto temor.

—Tenemos que valorar la idea de que él o ella sea una persona bien relacionada con la comunidad; quizá un clérigo o una organizadora de bodas. Alguien que sabía que esas chicas iban a casarse pronto, que tenía la posibilidad de saber dónde estarían el día de su muerte.

—Sigo sin comprender qué papel juega en todo esto el doctor Murray.

—En ese psicópata nada es fruto de la casualidad, exceptuando Kaila. Es cuestión de tiempo que averigüemos por qué decidió asesinarlo.

—¿Crees que el doctor sabía algo?

—Ni lo sé ni me importa; lo que realmente me preocupa en estos momentos es que Kaila lleva más de dos horas sin dar señales de vida y, después de esto —dijo señalando la pizarra—, pienso ir ahora mismo al depósito de cadáveres y averiguar qué demonios está ocurriendo.

Dan se detuvo un instante al ver a Ramos coger su propio abrigo.

—No me mires así —refunfuñó mientras se lo ponía—. Dios sabe lo poco que me gustaría, pero si ocurre de verdad algo malo, vas a necesitar mi ayuda. ¿O es que tenías en la cabeza enfrentarte tú solo a ese psicópata?

Dan asintió en silencio. Carlos tenía razón, si Kaila estaba en apuros le sería más fácil contar con el apoyo de otra persona.

—Está bien. ¿Llevas contigo tu arma?

—Espero no tener motivos para usarla, pero sí, la

llevo preparada y cargada desde el día en que comenzaron a aparecer cadáveres en Ames.

—Esa es la razón por la que debemos acabar con esto cuanto antes: estamos perdiendo la tranquilidad y la confianza en nuestros propios vecinos.

—Uno desearía que no fuese así, pero... —resopló con resignación.

La lluvia, una vez más, había cesado y el suelo estaba resbaladizo cuando Carlos Ramos y Dan O'Connell cruzaron la avenida en dirección a la morgue. Los grandes árboles que crecían a los lados de la carretera balanceaban sus ramas augurando nuevamente un cambio atmosférico.

Dan movió la palanca de marchas y redujo la velocidad a medida que se acercaban al depósito. El sonido de los neumáticos, adheridos al asfalto, rompió el velo de silencio que flotaba en el aparcamiento cuando el coche de policía franqueó la reja metálica que rodeaba el inmueble, en busca del automóvil de Kaila. En esos momentos había pocos vehículos aparcados, era sábado por la tarde y de haber estado allí les habría resultado relativamente fácil dar con él.

—Puede que esté todavía en la morgue —aventuró Carlos.

—Sí, es posible.

Dan condujo el vehículo hasta el edificio, lo detuvo frente a la puerta principal y se abrochó la cazadora dos segundos después de salir del coche.

—Me pregunto cuándo demonios remitirá el maldito temporal —masculló Carlos Ramos mirando al cielo justo antes de alcanzar la puerta. En ese momento esta se abrió y ambos se toparon de frente con el agente Clayton.

—¿Jefe O'Connell? —El chico los miró sorprendido.

Dan dedujo rápidamente que no esperaba verlos por allí esa tarde. El muchacho tenía la punta de la nariz y las mejillas enrojecidas a causa del frío, los cabellos despeinados y la cremallera de su cazadora a medio cerrar, por lo que era probable que hubiese abandonado su puesto fuera del edificio tratando de calentarse.

En realidad, pensó Dan, sabía muy poco sobre aquel chico, salvo que vivía a tres manzanas de distancia de Carlos Ramos y trabajaba en la morgue desde que él y su anciana madre decidieran instalarse en Ames, seis años atrás. A pesar de que aparentaba ser un buen muchacho, recordaba perfectamente las dudas de Kaila respecto a él.

Por un momento, Dan sintió el irracional temor de que fuese a sacar su arma para dispararla contra ellos. Pero en lugar de eso, Clayton se acercó a ambos y los saludó con un enérgico apretón de manos.

—Buenas tardes —dijo, con el brillo de la curiosidad reflejado en sus ojos azules—. ¿Vienen a ver al doctor?

—A él y a la agente Henderson —respondió Dan.

—Verá, ver a Murray es posible; nadie ha cambiado el cuerpo de sitio desde que la agente Henderson acabó de examinarlo. Sin embargo, ella se marchó hace un par de horas y no ha vuelto por aquí desde entonces.

—¿Le dijo adónde iba?

—No —afirmó, abriéndoles la puerta e invitándolos a pasar—. Pero si quiere saber mi opinión, creo que se sorprendió mucho al saber que el forense del condado de Marshall no estaba aquí.

—¿Qué quieres decir con lo de que no estaba aquí?

—Bueno, no digo que no estuviese esperándola en cualquier otro sitio, pero desde luego no en este. Desde ayer no han visitado el edificio más de cuatro personas, y dos de ellas son la agente Henderson y usted.

—¿Y quiénes eran las otras dos?

—La esposa del doctor Murray, Madeleine, y Tyler Parsons, si mal no recuerdo.

—¿Tyler? —Arrugó el ceño—. ¿Te dijo él qué quería?

—Lo cierto es que no —recordó pensativo mientras seguía a los dos hombres hasta el interior del edificio—. Fue algo muy raro. Tyler preguntó por ella y, cuando le dije que en ese momento se encontraba examinando el cuerpo del doctor, dio media vuelta y se largó por donde había venido. La verdad, siempre pensé que a ese tipo le faltaba un tornillo.

—Y no te pareció extraño... —le dijo Dan al abrir la puerta del despacho de Murray.

—¿Qué se largara? —Encogió los hombros mientras los veía examinar el interior de la oficina—. No es la primera vez que Tyler Parsons hace ese tipo de cosas, capitán O'Connell. Hace un par de semanas pidió hablar con el doctor, y cuando este dijo no tener tiempo para hacerlo, decidió quedarse de pie frente a la entrada del inmueble y esperar a que Murray saliera.

—¿Discutieron?

—Una media hora —respondió Clayton—. Luego, Tyler subió a su coche y se largó. Parecía muy cabreado.

—¿Sobre qué discutieron?

—Ni idea —agitó la cabeza ligeramente a los lados—. Murray agarró a Tyler por el brazo y lo condujo al otro lado de la carretera. Por lo visto era algo personal entre ellos y no querían que nadie escuchara lo que tenían que decirse. Tyler estaba nervioso, de vez en cuando gritaba, pero Murray le insistía, constantemente, en que bajara la voz.

—¿Regresó el doctor al edificio una vez acabaron de discutir?

—No. Se fue hacia el aparcamiento. Después de eso no volví a ver a ninguno de los dos hasta esta tarde, cuando se presentó aquí Tyler preguntando por la agente del FBI.

—Deberías habernos llamado. ¿Acaso no te pareció extraño lo del forense de Marshall?

—Bueno... lo cierto es que sí —Clayton se alisó los cabellos con la mano, visiblemente nervioso—, pero supuse que después de eso la agente Henderson se dirigiría directamente al departamento de policía. Así que no creí necesario...

Sin esperar a que el muchacho terminara de justificarse, Dan enfiló de nuevo el corredor, salió del edificio y descendió velozmente la escalera para dirigirse hacia el coche.

—¿Adónde vas? —inquirió Carlos.

—A su apartamento.

—Contrólate —le pidió—. Tienes que mantener la calma.

—Ha desaparecido, Carlos. Me cago en... ¿Qué demonios quieres que haga?

—Mira —lo detuvo cuando llegaron junto al vehículo—, así no vas a arreglar nada, tienes que tranquilizarte. Si ese tipo tiene a Kaila...

Dan bufó entre dientes.

—Si ese tipo la tiene retenida en algún sitio —insistió Ramos—, daremos con ella. Pero, hasta entonces, lo principal es que te calmes y tengas la cabeza despejada para poder pensar con claridad. Es necesario que lo hagas, Dan.

—Vale... —aceptó, cerrando los párpados e inspirando lentamente el aire.

—Todo irá bien.

Dan asintió lentamente.

—Nunca te había visto así por una mujer, compañero —dijo, y le abrió rápidamente la puerta del copiloto—. Será mejor que sea yo quien conduzca hasta que te tranquilices un poco.

Dan rodeó el coche y, después de sentarse tras el volante, le dijo:

—Gracias por el ofrecimiento, pero soy totalmente capaz de conducir.

—Lamento si te ha molestado lo que he dicho antes —se disculpó Ramos tras ocupar su propio asiento.

—No importa —contestó Dan—. Lo cierto es que tienes razón, creo que es evidente que siento algo por esa mujer.

—Ese no es motivo para que pierdas el sentido común.

—Lo sé.

Carlos se frotó el puente de la nariz y, transcurrido un segundo, preguntó:

—¿Crees, en serio, que podría estar en su apartamento?

—Me lo habría dicho —aceptó con pesimismo—. Kaila es una mujer que sabe bien lo que hace, y no desaparecería de buenas a primeras sin decir nada a nadie.

—¿Sospechas de alguien?

—No lo sé —le dijo—. En estos momentos no estoy seguro de nada.

—No creas que no te entiendo, pero ahora todo depende de lo rápido que actuemos.

—¡Mierda! ¿Cómo he podido permitir que suceda una cosa así?

—No es culpa tuya —exclamó Carlos—, y lo sabes.

Dan soltó el aire bruscamente por la nariz.

—Las gentes de esta ciudad confían en nosotros, Carlos, están convencidos de que podremos protegerlos.

—Y dime, ¿cómo demonios íbamos a saberlo? —repuso Ramos—. Ese demente, por llamarlo de alguna manera, está consiguiendo que demos vueltas, como si fuéramos gilipollas, sin llegar a ninguna parte.

—Y ahora tiene a uno de los nuestros.

—Kaila es una mujer fuerte y un agente muy competente. Estoy seguro de que encontrará una manera de salir de todo esto.

Después de poner el motor en marcha, Dan se entretuvo un instante en barrer el lugar con la mirada.

—Crees que nos vigila, ¿no es cierto? —le preguntó Ramos.

—Estoy completamente seguro de que es así. Quien sea, sabía la hora y el lugar donde estaría Kaila. Además, es probable que también estuviera al tanto de que estaba sola.

—Será mejor que regresemos al departamento y echemos otro vistazo a lo que tenemos —dijo Carlos a Dan—. Nadie puede asegurarlo, pero puede que descubramos algo importante en esas pruebas. Además, están los resultados del laboratorio.

—¿Han llegado?

Carlos asintió.

—Kaila me pidió que los dejara sobre la mesa, en tu despacho.

Capítulo 13

*Ames,
sábado, día 23 de enero, 22:00,
cuatro horas después de la desaparición de Kaila Henderson.*

En cierta ocasión, durante una redada, recibió un golpe en la frente que la dejó inconsciente durante algo más de tres horas. Tras aquello, lo único que recordaba era haber despertado en una habitación de hospital experimentando un horrible dolor de cabeza, con los cabellos aplastados contra las mejillas sudorosas y unas terribles ganas de vomitar que aumentaron cuando trató de moverse para avanzar hacia el cuarto de baño. En ese instante el dolor se intensificó hasta el punto de que le dio miedo moverse.

Así, exactamente, era como volvía a sentirse en ese momento. Con la diferencia de que esta vez también tenía la zona lumbar rígida y dolorida de estar sentada con las manos atadas al respaldo de la silla durante demasiado tiempo. Los hombros, echados hacia atrás, le ardían como dos pedazos de carne situados sobre las brasas, y después de haberlo intentado, repetidamente, había acabado por aceptar que no iba a serle nada fácil soltar el nudo de la cuerda que le rodeaba las muñecas.

Kaila se estremeció. La luz era casi inexistente. La única que había se colaba bajo la puerta que se encontraba en lo alto de una escalera de madera sin tapizar, irradiando un pálido brillo sobre los desnudos muros de ladrillo, y no era mucha.

Cuando oyó los pasos que hacían crujir los listones de la planta superior, se preguntó quién se encontraría tras aquella puerta. Quizá cuando alguien la abriese ella descubriría a Olivia, a Ramos o al bueno de Nolan. En realidad, basándose en lo que había descubierto sobre algunos habitantes de Ames hasta el momento, podía ser cualquiera.

Tiritó de arriba abajo, la humedad se le estaba metiendo en los huesos y los dientes no cesaban de castañearle de frío. Le quedarían pocas opciones si no encontraba pronto el modo de salir de allí.

—Estoy en un sótano —reflexionó en voz baja, y al mover los labios advirtió que algo pegajoso se deslizaba desde su ceja izquierda y le recorría la mejilla hasta la comisura de la boca.

«Sangre», sospechó de inmediato.

Kaila trató de calcular cuánto tiempo había estado inconsciente. La sangre de su mejilla se había secado por completo, claro indicio de que habrían transcurrido al menos dos horas. Era obvio que, además, estaba en algún lugar aislado, quizá en el campo o en mitad del bosque, de lo contrario estaría amordazada.

«Está bien, estás sola y tienes que encontrar la manera de salir de aquí», pensó cerrando los ojos fuertemente y tratando de concentrarse en idear un plan de fuga. Podía empujarse con los pies y dejarse caer a un lado, pero, evidentemente, el sonido de la silla al chocar contra el suelo alertaría a quien estuviese en la casa.

«Mala idea», le recordó su propio sentido común, «piensa con claridad, Kaila». Cabía la posibilidad de que el asesino tuviera la intención de dejarla allí abajo hasta que muriese de hambre o de frío, de modo que estar maniatada y tumbada en el suelo le sería de poca ayuda.

Kaila se quedó petrificada cuando el sonido inconfundible de una tos interrumpió sus pensamientos. Al darse cuenta de que no estaba sola en ese sótano, con esfuerzo, fijó los ojos al frente y pudo ver a través de las sombras otra silueta.

—¿Quién anda ahí? —inquirió Kaila.

Aunque su mirada iba habituándose paulatinamente a la penumbra, todavía era incapaz de vislumbrar algo más que sombras y contornos. La persona que estaba sentada a pocos metros de ella alzó la cabeza al oírla y se agitó bruscamente en su propia silla. Su rostro estaba tan pálido que Kaila no tuvo dificultad en reconocerla a pesar de la escasez de luz.

—¿Olivia?

—¿Agente Henderson? —respondió ella rápidamente—. ¿Qué hace aquí?

Kaila arrugó el ceño ante la pregunta.

—Lo mismo que usted. Supongo que las dos estamos metidas en un buen aprieto.

—Tiene que sacarnos de aquí antes de que él regrese.

—¿A quién se refiere? —Kaila se inclinó hacia delante y su rostro se contrajo en una mueca de dolor, estirar los hombros fue como clavar un hierro candente en sus doloridos músculos.

—Al asesino —respondió la mujer en voz baja.

—¿Sabe quién es? —preguntó Kaila.

—Sí.

Kaila abrió los ojos de par en par, pero antes de que pudiera decir algo el sonido del picaporte rompió el silencio en el que ambas estaban sumidas. La puerta se abrió y, justo sobre sus cabezas, la bombilla se encendió. Una punzada de dolor hizo que Kaila cerrase un instante los párpados. Cuando los abrió, advirtió que, como había supuesto en un principio, estaban encerradas en un sótano.

Era amplio y sucio, y al fondo podía distinguirse, junto a un juego de poleas, un largo tablero de madera sobre el que descansaban varias herramientas metálicas y piezas de desguace. Kaila inspiró el aire viciado con un ligero olor a petróleo. Estaba lo suficientemente acostumbrada al trabajo de su hermano como para reconocer el taller de un mecánico.

Una ráfaga de aire frío le agitó los cabellos cuando la puerta volvió a cerrarse de golpe. Como en un trance, Kaila se quedó mirando las botas de montaña que comenzaban a descender lentamente los peldaños de la escalera.

—Escucha lo suficiente a esta zorra, y acabarás pensando que es una pobre mujer desamparada.

Los dedos de Kaila se aferraron fuertemente a la silla al reconocer la voz.

Capítulo 14

Ames,
sábado, día 23 de enero, 22:30,
cuatro horas y media después de la desaparición de Kaila Henderson.

Dan agarró una botella de agua de la máquina expendedora que se encontraba en la sala de descanso del personal y se dirigió de nuevo a la oficina. Después de cuatro horas sentado tras su mesa, tratando de encontrar algo que les condujese hasta Kaila, estaba cansado y emocionalmente acabado.

No hacía más que dar vueltas, una y otra vez, al mismo asunto sin sacar nada en claro. Sabía que el tiempo jugaba en su contra, que las primeras doce horas, tras un secuestro, eran decisivas, por eso le enfurecía tanto no saber por dónde empezar a buscar.

Desde que se conocían, él y Kaila habían desarrollado una especie de conexión muy estrecha. Ahora, sin embargo, su mente estaba en blanco. Era como si la tierra misma se la hubiera tragado. Las pruebas del laboratorio no mostraban nada nuevo, salvo la similitud de la sustancia encontrada en el cuello de la segunda víctima con la hallada en la ropa interior de Murray. En ambos casos, se trataba de grasa para rodamientos y piezas de metal. Y eso reducía la búsqueda a la mitad de Ames.

Dan dio un sorbo de su botella y la dejó junto a la caja que Kaila había traído consigo desde la morgue. Solo entonces se dio cuenta de que ese día había pasado varias veces por delante sin prestarle atención. Intrigado, agarró una de las carpetas y miró a Ramos.

—¿Qué contienen?

—Supongo que expedientes y notas del doctor —respondió sin apartar los ojos de la pantalla del ordenador.

—¿Y es normal que un forense tenga todo esto almacenado en el despacho de su casa? —preguntó Dan, levantando las cejas.

—Depende de a qué te refieras.

—La carpeta con la muerte de Laura Heller, las pruebas halladas en su cadáver...

Los dedos de Carlos se detuvieron sobre el teclado.

—Ese caso lleva cerrado mucho tiempo.

—Lo sé. Por eso me parece tan extraño que el doctor guardara todo esto en el despacho de su casa.

—Quizá solo se trata de copias.

—No hay nada en la carpeta que lo indique.

Ramos enarcó una ceja.

—¿No se supone que eras tú quien tenía el documento original de esa autopsia?

De pronto, Dan tuvo un mal presentimiento. ¿Y si la autopsia reveló algo que el doctor deseaba ocultar? ¿Podría ser Murray cómplice del asesinato de Laura Heller? Aquel era un buen motivo para que alguien, tal vez un segundo implicado en el crimen, decidiera quitarlo de en medio; los cadáveres no hablaban.

Dan O'Connell se sentó en su silla, abrió el cajón de su mesa y sacó el expediente de la muerte de la joven. En cuanto los situó uno al lado del otro se percató de que algo no cuadraba.

—¿Qué ocurre? —preguntó Ramos, levantándose de la silla al advertir la profunda arruga que cruzaba la frente de su compañero.

—Son diferentes.

—No es posible.

Dan se apartó ligeramente para que Ramos pudiera comprobarlo por sí mismo.

—Es imposible —volvió a murmurar Carlos—, según esto, las incisiones, aunque mortales, fueron ejecutadas varias veces, ante la imposibilidad del asesino de profundizarlas... —Alzó la vista hacia Dan—. No lo entiendo, se suponía que debíamos buscar a un varón con mucha fuerza.

—Todo el expediente es una auténtica farsa —masculló entre dientes.

—¿Y qué opinas?

—Que era una mujer, por eso la acuchilló tantísimas veces. Quería asegurarse de que no sobreviviría.

—Eso no explica por qué Laura Heller no se defendió.

Dan deslizó el dedo sobre el documento hasta hallar la causa.

—Oxicodone —confirmó—. Su asesino le administró una buena dosis antes de acabar con ella.

—¿Por qué iba a ocultar Murray una cosa así?

—Quizá porque tenía acceso a ese medicamento.

—¿Crees que él mató a la chica?

—No —aseveró—. De ser así, la profundidad de las heridas habría sido mucho mayor. Sin embargo, estoy seguro de que, por algún motivo, ayudó a quien lo hizo.

—Y eso le costó la vida —declaró Ramos.

—Mucho me temo que así es.

—Y ahora, ¿qué sugieres que hagamos?

—Cruzar los dedos para que encontremos las respuestas en esa caja.

Apenas cerró el expediente, un sobre se deslizó de entre las páginas y terminó chocando contra la mano que Ramos tenía apoyada en la mesa.

—¿Haces los honores? —le preguntó Carlos tras recogerlo.

Dan lo abrió y extrajo de él varias fotografías. No eran de una calidad muy alta, pero era fácil reconocer a las dos personas que aparecían en ellas, en una cama, sonriendo a la cámara con los cabellos alborotados y las mejillas sonrojadas.

De repente, las piezas del puzle encajaron.

—Quién lo hubiese imaginado… Edward Murray y Olivia Campbell, juntos —dijo Ramos, alzando las cejas.

—Está claro que por fin tenemos un móvil.

—¿Crees que coaccionó a Murray para que cambiase el expediente?

—Sin duda. O puede que llevaran algún tiempo viéndose y lo hiciera por voluntad propia. Además, ambos tenían acceso a la Oxicodone. Y ella, aunque carece de la fuerza necesaria, posee los conocimientos anatómicos suficientes para asegurarse de que esa chica no sobreviviera.

—¿Y por qué acabar con las otras mujeres?

—¿Quién sabe? Kaila cree que padece algún tipo de trastorno mental. No me dijo exactamente cuál, pero está convencida de que la forma de actuar de Olivia se aparta de los parámetros normales. Además, sabemos lo que esa mujer siente por Nolan...

—Una viuda negra.

—Es posible —dijo Dan antes de agarrar su cazadora. Sacó un instante el revólver del cinturón, asegurándose de que estaba cargado, y después de ocultarlo en la cartuchera añadió—: Reúne a todos los hombres disponibles y diles que tomen las precauciones necesarias para asaltar su casa. Nos vemos allí en diez minutos.

Capítulo 15

Ames,
domingo, día 23 de enero, 1:30.

Kaila se sintió palidecer. La situación era desesperada, lo sabía, pero debía superar su miedo si quería salir de allí con vida. Una vez más, trató de deshacer el nudo que mantenía sus manos atadas tras la espalda. Rotó las muñecas sobre sí mismas, con el único objetivo de escapar de ese sótano, y reprimió un grito al sentir que la cuerda le arrancaba la piel sin aflojar un ápice.

«Mierda». Tenía los dedos fríos, las palmas de las manos resbaladizas y la impresión de que la postura de los hombros no iba a tardar mucho en adormecerle los brazos. Los cabellos se le pegaban a la nuca mientras un sudor helado le empapaba la espalda.

Pese a la dureza que siempre esperaba mostrar ante los demás, el cuerpo le tembló de pies a cabeza. No acababa de comprender qué pasaba, dónde estaba o por qué Olivia se encontraba también allí, encerrada junto a ella en aquel inmundo agujero. Lo único que ahora tenía claro, como el agua de un manantial, era que él había sabido engañarla desde el principio.

¿Cómo había podido dejar que sucediera? ¿Por qué no lo había visto venir? ¿Tan dormida había estado como para no sospecharlo?

Su mente se debatió en una vorágine de preguntas cuando Tyler Parsons, lanzándole una mirada llena de inquina, se detuvo frente a ella.

Kaila contuvo la respiración, consciente de que carecía de sentido enfrentarse a él en esa situación, inmovilizada a una silla y completamente desarmada. Aunque había advertido que la sobaquera continuaba en el mismo sitio, se había percatado de que su Glock 21 había desaparecido del interior.

Delante de ella, con las manos en los bolsillos, Tyler se irguió con toda su imponente estatura antes de volver ligeramente el rostro hacia Olivia

—Parece tan vulnerable... —Chasqueó la lengua contra el paladar. Sus labios, torcidos en una inquietante media sonrisa, temblaron ligeramente mientras extraía un rollo de cinta adhesiva del interior del bolsillo de su pantalón.

En ese momento no había nada que deseara más que poder soltarse y abalanzarse sobre ese hombre, sin embargo, no tuvo más remedio que quedarse quieta y observar impasible cómo Olivia agitaba la cabeza a los lados, luchando por evitar que él le cubriera la boca con aquella pegajosa banda plateada.

Cuando, finalmente, consiguió su objetivo, Tyler desvió la vista hacia ella.

—¿No es adorable?

Durante medio segundo, pensó en no responder.

—¿Cómo quiere que yo lo sepa?

—Ese es su trabajo.

—Mi trabajo es atrapar delincuentes —replicó ella.

—Entonces, solo estoy ayudándola.

—No entiendo cómo —discrepó, furiosa.

—A veces, agente Henderson, hay que servir el cerdo con la manzana en la boca.

Aunque Kaila intuía que esas palabras tenían un significado que a ella se le escapaba, tuvo la certeza de que echar leña al fuego de esa hoguera en particular, haría que las cosas se descontrolasen aún más. Parpadeó un par de veces, sintiendo que la sangre le subía a la cabeza, agolpándose en ella. El pulso, desbocado, comenzó a latirle en la sien.

—¿Por qué hace esto? —preguntó—. ¿Por qué asesinar a esas chicas?

—Preguntas y más preguntas. —Tyler emitió un suspiro de cansancio—. Eso es lo único que saben hacer en la policía: preguntar. ¿Es que no les enseñan otra cosa en la academia?

—Mató a Laura —aseguró Kaila.

El pánico le oprimió el pecho cuando Tyler se dio la vuelta y acercó su rostro al de ella. El tiritar de un músculo en su mandíbula, ensombrecida por una barba áspera y rala, le concedía un aspecto aterrador.

—No, creo que esa vileza le corresponde a otra persona. —Sin dejar de mirar a Kaila a los ojos, preguntó en voz alta—: ¿No es así, Olivia?

Kaila advirtió que, a espaldas de Tyler, la mujer se estremecía en su silla.

—Olivia... —murmuró asombrada.

—Así es. —Él se incorporó, poniendo algo de distancia entre ambos—. Fue ella quien mató a Laura.

—Y si lo sabía, ¿por qué no dijo nada?

—Porque ya era tarde cuando me enteré de que Murray había falsificado los documentos sobre la autopsia. ¿Qué iba a hacer, presentarme en el departamento de policía y dejar que me arrestaran por la muerte de esas dos chicas?

—¿Y qué me dice del doctor?

—Le ofrecí la oportunidad de confesarlo todo, y la rechazó. El muy imbécil creyó que podría largarse con la esposa de Fred sin que nadie se diera cuenta. Y lo habría hecho esa misma tarde, si yo no hubiese secuestrado a Brenda. Lo demás fue coser y cantar; le dije dónde podía encontrarla, y él vino hasta mí como un perrito faldero.

—¿Por qué congelar su cuerpo? ¿Se proponía ocultar pruebas?

—Lo cierto es que me pareció lo más práctico, el cuerpo iba a permanecer, aquí mismo, más de dos semanas. Ya puede imaginarse lo desagradable que eso habría sido.

—¿Y las otras chicas?

—¿Tenía otra opción? —Apretó los dientes—. El caso se había cerrado y a nadie parecía importarle ya Laura. Tenía que hacer algo para cambiar eso, la situación requería de un suceso que agitara nuevamente el caso.

—Por eso les amputó el dedo —dedujo.

—Debían existir similitudes entre ambas muertes.

—¿Ambas?

—No pretendía que fueran tantas —aseguró, agitando la cabeza a los lados—. Pero la policía no hacía más que hacer preguntas, una y otra vez, y todo volvía a repetirse. Nadie relacionaba el asesinato de Laura con el de esa chica. ¡Nadie!

—Hasta que yo lo hice.

—¡Sí! —exclamó—. Pero, entonces…, entonces me di cuenta.

—¿De qué?

—De cómo la miraba el jefe de policía.

—¿Dan? —Kaila arrugó el ceño, sorprendida.

—Al principio, mi único objetivo era hallar al responsable. Solo quería ver a quien lo hizo pudriéndose en la cárcel el resto de su miserable vida. Pero, de pronto, supe que podía hacer algo más. Podía hacer que alguien sintiera lo que yo sentí cuando me la arrebataron. O'Connell era el principal responsable de todo, fue él quien dirigió la investigación sin hallar una sola pista. Ni siquiera se esforzó en hacerlo. Era justo que fuese él quien pagase por ello.

—¡Eso no es cierto! —le gritó, furiosa—. Dan continúa obsesionado con el caso. Se niega a archivarlo hasta que…

Kaila sintió como si el sótano entero se desplazara a un lado cuando la mano de Tyler impactó violentamente contra su mejilla.

A unos pocos metros, Olivia estalló en sollozos.

—¡Cállate! —gritó Tyler, acercándose a la mujer.

Kaila abrió los ojos y gritó aún más fuerte.

—Cálmate de una puñetera vez, ¿quieres? —gritó nuevamente cuando él se dio la vuelta para mirarla—.

Por amor de Dios…, ya tienes lo que querías. Nos tienes a las dos aquí abajo, encerradas, no es necesario que también te comportes como un animal.

Tyler la miró con furia. Sus ojos brillaban de ira.

—¿De veras quieres protegerla?

Kaila respiró agitadamente, saboreando el sabor de su propia sangre en la boca.

—Es la justicia quien debe decidir su destino, no nosotros.

—Ni te imaginas lo que hizo.

—Sé lo que hizo: mató a Laura. Pero también sé lo que piensas hacer tú, y vas a ponerte a su nivel.

—Hizo mucho más que quitarle la vida. —Tyler se acercó a Olivia, situó una mano sobre sus labios y tiró de la cinta adhesiva con firmeza, arrancando de la muchacha un alarido de dolor. Los labios de Olivia, hinchados, comenzaron a sangrar ante la mirada horrorizada de Kaila—. ¿Por qué no se lo cuentas, Olivia? ¿Por qué no le cuentas qué hiciste para asegurarte de que la agonía de Laura fuera muy lenta? O mejor aún, cuéntale cómo tuve que acabar con ese dolor con mis propias manos.

La sorpresa de Kaila superó a su miedo cuando clavó los ojos en Olivia y vio las lágrimas, envueltas en silencio, que humedecían su rostro enrojecido.

—Le arrebataste la vida… —lo acusó Kaila, estupefacta.

El cuerpo de Tyler tembló al recordar.

—Ya estaba muerta —afirmó—. Había perdido demasiada sangre; ella lo sabía y yo también, y esa noche me suplicó que acortara su agonía.

—Podías haber llamado a emergencias.

—No habrían llegado a tiempo y Laura habría sufrido sin motivo.

—No puedes estar seguro.

—Tú no estabas allí, no viste el modo en que ella me miraba, suplicándome, rogándome que acabara de una vez con su dolor. —Tyler agitó la cabeza a los lados, furioso—. ¿Cómo puedes decir que no estoy seguro? ¡La habitación, al completo, olía a muerte!

De repente, Tyler se dio la vuelta y remontó los peldaños de la escalera.

—¡Un momento! —lo detuvo Kaila.

Deteniendo los pies, Tyler se volvió para mirarla.

—¿Puedo hacerte otra pregunta? —ante el silencio del hombre, Kaila prosiguió—: las iglesias…

—Laura era creyente —la interrumpió—, no me habría perdonado el dejar que muriesen sin un Dios al que aferrarse.

—Esas mujeres no murieron, las asesinaste, que es muy distinto. Laura no va a perdonártelo de todos modos.

—Entonces, mi alma se quemará en el infierno eternamente, agente Henderson.

Sin esperar una respuesta, Tyler salió del sótano y cerró la puerta.

Olivia, que aparentaba estar sumida en sus pensamientos y aislada de lo que estaba sucediendo a su alrededor, continuaba sollozando en su silla.

—Haz el favor de callarte y déjame pensar —masculló Kaila en voz baja.

—Va a matarme —aulló sorbiendo las lágrimas.

—Puede que después de todo exista el Karma —respondió con vehemencia.

—Yo no quería hacerlo...

Kaila alzó la mirada hacia el techo y puso los ojos en blanco.

—Ya, claro, por eso la acuchillaste... ¿cuántas veces? ¿Quince?

—Estaba fuera de mí. Era como si nada de aquello estuviera sucediendo realmente.

—Dios santo... ¿Por qué demonios no te ha tapado esa bocaza de nuevo?

El timbre de un teléfono las sobresaltó, Olivia dirigió a Kaila una mirada interrogativa.

—Quizá, si gritamos...

—El teléfono está demasiado lejos para que alguien pueda oírnos —dedujo.

—Tú puedes hacer lo que quieras, pero yo voy a gritar con todas mis fuerzas en cuanto ese capullo descuelgue el auricular.

Kaila se la quedó mirando cuando en el piso de arriba rugió un motor, seguido de un fuerte sonido metálico.

—¿Qué puñetas es eso?

—Cadenas —afirmó Kaila—. No es ningún tonto, ha encendido la polea para elevar motores antes de coger el teléfono.

—¿Estamos en su taller?

Hubo un breve silencio.

—Creo que sí... —Arrugó el ceño—. ¿Sabes dónde está?

—Si eso es cierto, en las afueras de Ames, cerca del lugar donde hallaron a Cat.

Kaila paseó su mirada por el sótano cuando, de pronto, la sala volvió a quedarse en penumbras. No se sorprendió. Era consciente de que retenerlas allí, a oscuras, limitaba enormemente sus posibilidades de huir.

Olivia frunció el ceño.

—¿Y ahora qué?

—Supongo que debemos confiar en que O'Connell y los demás den con nuestro paradero.

—Seguro... —dudó Olivia.

Kaila percibió la falta de emoción en su voz.

—¿Por qué lo haces?

—¿Por qué hago qué?

—Comportarte así, como si no te importasen los sentimientos de los demás.

—Me importan —respondió—. Siempre y cuando estén relacionados conmigo.

—Trastorno de personalidad límite —señaló Kaila—. ¿Desde cuándo lo padeces?

—Eres muy lista... —respondió Olivia, respirando hondo y expulsando el aire lentamente—. Me lo diagnosticaron a los quince años.

—¿Cómo es posible? No hay nada sobre ello en tu expediente.

—Supongo que es la suerte de tener una familia rica —continuó la joven—; los Campbell no iban a permitir que se supiera que tenían una hija tarada.

—Tener un trastorno de personalidad no te convierte en una tarada.

—Pero sí que lo hace matar a una persona.

Kaila sentía como si su mente estuviese sobrecargada de información.

—¿Por qué lo hiciste?

—No quería matar a Laura, y no tengo ni idea de

por qué lo hice. Apenas la conocía, pero cuando me enteré de su compromiso con Tyler me puse furiosa. Sabía que él estaba fuera, y fui a su casa aquella noche, no sé con qué propósito exactamente. Fue muy amable, me invitó a sentarme con ella y a tomar el té en la cocina.

—Y la cosa se descontroló.

—Se me fue de las manos por completo —afirmó Olivia—. Solo quería asegurarme de que supiera que había estado conmigo antes que con ella. Necesitaba tiempo, y aproveché un instante en que se despistó para administrarle un fármaco que la calmase, así que la Oxicodone era una buena opción.

—Oxicodone…

—Sé cómo suena todo esto, pero necesitaba sentir que yo era la mejor de las dos. Entonces Laura se enfureció, comenzó a gritarme, me dijo que me largara de su casa, que no me atreviese a volver nunca. Dijo que ella y Tyler se amaban, que estaban hechos el uno para el otro y no sé cuántas tonterías más —explicó, e intercambió una mirada con Kaila—. Ni siquiera advertí que había agarrado el cuchillo de cocina hasta que me di cuenta de que estaba hundiendo la hoja en su cuerpo. Ya puede imaginarse lo que sucedió después; yo poseía los conocimientos médicos necesarios para impedir que contara lo que había hecho y los utilicé.

—Con esa parrafada no vas a lograr que piense mejor de ti —dijo Kaila—. Te cercioraste de que su muerte fuese lenta y dolorosa, eso no vas a cambiarlo diciéndome que no era esa tu intención.

—No esperaba que Tyler nos interrumpiera —

contestó Olivia—. Tuve que ocultarme en el armario para que no me viese. Salir de la casa fue bastante fácil, estaba demasiado abatido como para darse cuenta de que yo estaba también allí.

—Eres peor que una rata de cloaca.

—Estoy enferma.

—Tanto como el propio Tyler —la acusó—. Te estaría bien empleado si acabase contigo. Al fin y al cabo, a ese monstruo lo has creado tú.

«¿Una asesina?». A Dan O'Connell le costaba asimilar que la joven ayudante del forense, la misma chica que en el pasado había creído una persona tímida e insegura, fuese capaz de matar a nadie. No obstante, ahora, medio año después de que su relación con ella finalizara, no podía dejar de preguntarse si él también habría terminado criando malvas, bajo la losa de un cementerio, de haber aplazado esa ruptura.

Pese a que en un primer momento, en parte porque en algún punto dentro de él conocía la respuesta, se había mostrado algo escéptico sobre la relación de Olivia con el caso, las pruebas que corroboraban su culpabilidad parecían irrefutables. Y, lo que era aún peor, seguían creciendo con el paso de las horas.

El manto oscuro de la noche ya había caído sobre Ames cuando Dan y varios agentes decidieron echar abajo la puerta del hogar de Olivia Campbell. Aunque la casa estaba completamente desierta, pronto se dieron cuenta de que existían signos claros de violencia. En el salón principal había una mesa de cristal rota y un par de sillas tumbadas en el suelo.

Además, la puerta del baño estaba prácticamente destrozada.

Sin saber muy bien qué esperar, Dan avanzó hacia el jardín trasero, donde los perros habían comenzado a ladrar con súbita energía. Cuando se volvió hacia Ramos, este señaló con su linterna hacia el rincón donde los canes estaban hundiendo la nariz en la tierra. Bajo sus hocicos, cientos de diminutas flores se confundían con la oscura superficie de compost.

Dan contempló la escena, inmóvil, mientras un escalofrío le recorría la columna vertebral. Permaneció en silencio unos instantes mientras Carlos Ramos esperaba la orden de que los hombres empezaran a cavar.

—Está claro que no está ahí enterrada —dijo Ramos—. Las flores están bien arraigadas y la tierra demasiado firme.

Dan asintió.

—Di a los agentes que procedan con cuidado. Sea lo que sea lo que hayan olisqueado los perros, debemos recuperarlo intacto.

—Esos perros están adiestrados para hallar cadáveres, Dan —recalcó Carlos.

—Entonces, que recuperen lo que sea posible.

Fue cuestión de minutos que los agentes echaran las macetas a un lado y excavaran con las palas para ahondar el casi medio metro que necesitaron para dar con lo que estaban buscando. Después de ordenarles que se detuvieran, Carlos hincó las rodillas en el suelo y comenzó a apartar el barro con las manos, enfundadas en unos gruesos guantes de trabajo, hasta arrancar el objeto del légamo. Cuando lo depositó cerca del borde del hoyo, los perros, nuevamente exaltados, empezaron a ladrar.

Dan dejó la linterna en el suelo y comenzó a desdoblar las múltiples capas de tela que lo envolvían.

—Parece sangre —aventuró Ramos.

—Por eso los perros están tan nerviosos —corroboró Dan, quien a medida que apartaba la tela advertía que la mancha se hacía más grande y oscura—. Hay mucha.

—¿Crees que se trata de…? —Carlos tragó saliva.

—¿De los dedos? —Dan negó con la cabeza—. No lo creo, esto lleva mucho más tiempo aquí enterrado. La tela ha empezado a descomponerse por los lados y a endurecerse.

De repente, como si brotara de la nada, el haz de luz de la linterna alumbró un cuchillo.

Dan soltó el aire, con la sensación de haber alcanzado finalmente la meta tras muchos kilómetros de carrera.

—El arma con la que mataron a Laura Heller —intuyó Carlos.

—No puedo creer que haya estado aquí durante todo este tiempo —confirmó Dan, observando detenidamente el arma. Pidió una bolsa de plástico a uno de los agentes e introdujo el cuchillo en ella.

—No lo entiendo —vaciló tras entregársela al oficial.

—Quizá se deshizo de las demás pruebas —reflexionó Ramos, refiriéndose a los dedos y anillos de las jóvenes asesinadas.

—No lo creo —respondió Dan—. Ha ocultado durante años el cuchillo con el que mató a Laura, como si lo creyera un trofeo. Esa mujer está loca, y me es difícil creer que pudo deshacerse de todo. A no ser que...

Carlos Ramos lo observó, meditabundo.

—¿En qué estás pensando?

—Más bien, en quién —respondió sin apartar la vista del cuchillo—. Quizá, después de todo, hayamos estado buscando en el lugar equivocado. Kaila dijo que el asesino sabía, de algún modo, dónde estarían esas muchachas en cada momento.

—Pero no tenían nada en común, salvo esta ciudad y que iban a casarse pronto.

—Piensa, Carlos... ¿Qué cosas son las que necesita una novia?

Ramos no entendía nada.

—Un vestido de novia, una tarta de bodas, una iglesia, un coche de alquiler... —Los ojos de Carlos Ramos se abrieron como platos al comprender lo que Dan trataba de decirle—. ¡Tyler!

—¿Y si Tyler descubrió la carpeta que ocultaba Murray en su casa? Aparte de que sabía dónde estarían esas mujeres porque se comunicaba con ellas; posiblemente las llamase con algún pretexto. Además, visita con frecuencia el departamento y las oficinas de la primera planta, donde trabajaba la última víctima.

—¿Pudo hacer las llamadas desde allí?

—Karen Wells cooperaba como psicóloga, prestando apoyo en accidentes con víctimas mortales y personas que habían vivido una experiencia traumática. Si no recuerdo mal, su labor conllevaba dos o tres guardias nocturnas por semana —explicó Dan—. Es completamente probable que las hiciera entonces.

—Ha estado tomándonos el pelo todo este tiempo.

—Está claro que sí —dijo, agarrando el teléfono.

—¿Qué estás haciendo?

—Averiguar dónde está —respondió.

—¿Piensas llamarlo? —se inquietó.

—Tyler no tiene ni idea de que sabemos que Olivia asesinó a Laura.

—¿Crees que son cómplices?

—Quién sabe... —dijo Dan, echando un vistazo a la puerta que daba al salón—. Quizá todo esto se les fue en algún momento de las manos y acabaron enzarzados en una pelea.

Dan movió la cabeza a los lados, se dio la vuelta y le informó de regreso al coche:

—Salta el contestador.

—Deberíamos enviar a varios hombres a su casa.

—Hazlo, aunque no creo que lo encontremos allí.

Ramos, mirándolo con la inquietud reflejada en el rostro, aceleró el paso tras él.

Ames,
domingo, día 23 de enero, 3;02.

Kaila llevaba algo más de media hora en silencio, concentrada en traer a su memoria lo poco que había visto del lugar donde estaban encerradas antes de que Tyler Parsons decidiera dejarlas de nuevo a oscuras.

Podía recordar con bastante claridad el suelo gris

de cemento, las vigas de madera que cruzaban el techo de lado a lado y la compleja red de cañerías que discurría sobre sus cabezas. Los muros de ladrillo estaban llenos de moho, y el paso del tiempo se había encargado de oxidar su particular tono rojo. Daba la impresión de que eran relativamente fáciles de romper, especialmente estando en tan mal estado. Extraer de esas paredes un pedazo con el que cortar la cuerda, que mantenía sus muñecas atadas tras la espalda, sería una misión ciertamente sencilla, de no ser porque la única luz con la que contaban provenía del interruptor que estaba junto a la puerta, al final de la escalera, y que la herramienta para extraer ese fragmento se encontraba más cerca de Olivia que de ella misma.

Kaila apretó los brazos contra el cuerpo y probó a dar un saltito sobre la silla. Cuando esta avanzó varios centímetros, se detuvo, miró al suelo que tenía bajo sus pies y calculó el tiempo que transcurriría antes de que Olivia o ella consiguieran llegar hasta el mueble sobre el que un rato antes había visto varias piezas de recambio.

—Olivia… —la llamó en voz baja.

—¿Qué quieres? —Soltó el aire con fastidio.

—Intentar algo.

—¿Acaso has encontrado la forma de sacarnos a las dos de aquí?

—Puede. Pero necesito que intentes moverte.

—¿Estás de broma? —resopló—. Te recuerdo que estoy atada a esta silla.

—Está bien. Entonces será mejor que te quedes quieta y no hagas nada para evitar que te maten —concluyó.

Kaila oyó a Olivia soltar de nuevo el aire.

—¿Qué quieres que haga?

—Detrás de ti hay una mesa, puede que a unos dos metros y medio de distancia —susurró—. Necesito que trates de llegar hasta ella y agarres cualquier objeto que encuentres encima.

—¿Por qué no lo haces tú misma?

—Porque tú está más cerca; a mí me llevaría demasiado tiempo.

—Estás loca, ¿lo sabías? —le dijo Olivia.

Kaila estaba a punto de responder cuando oyó que Olivia arrastraba la silla, tal y como ella le había indicado.

—No veo nada —se quejó Olivia.

—Trata de no desplazarte a los lados, está justo detrás de ti.

—Van a matarnos —dijo, sin dejar de dar pequeños saltitos sobre su silla, impulsándose hacia atrás—, y tú serás quien tenga la culpa.

Kaila retuvo el aliento cuando, diez minutos más tarde, oyó cómo el respaldo de la silla de Olivia impactaba contra la mesa.

—Y ahora, ¿qué?

—No es un mueble muy alto, te costará poco hacer que alguna pieza de metal caiga al suelo.

—¿Y si él lo oye?

—Creo que tendremos que arriesgarnos a eso.

Durante un eterno minuto, Kaila oyó cómo la silla de Olivia chocaba repetidamente contra el mueble.

—¡Lo tengo!

—No lo he oído caer —le dijo Kaila.

—Ha caído en mis manos.

—¿Puedes decirme qué es?

—Creo que un destornillador.

—Estupendo, ahora arrójalo al suelo, junto a tus pies, y empújalo hacia aquí.

Olivia agitó la cabeza a los lados con vehemencia.

—Estás loca si crees que vamos a poder enfrentarnos a Tyler con solo un estúpido destornillador.

—No vamos a enfrentarnos a nadie con una maldita herramienta —masculló Kaila, expulsando el aire—. Tú solo dámelo.

—No.

—Olivia, no es el momento de discutir sobre esto.

—Antes, dime para qué lo quieres —exigió saber—. Está claro que no es para defenderte de Tyler.

Kaila soltó un suspiro.

—Está bien —accedió—. Lo necesitamos para salir de aquí.

—¿Y cómo va ayudarnos este trasto a salir de aquí?

—No es el destornillador, sino los muros de este sitio.

—Explícate.

—No sé si te has fijado, estabas demasiado ocupada lloriqueando por tu vida para hacerlo, pero las paredes están muy deterioradas, la mayoría de los ladrillos están agrietados y llenos de aristas afiladas.

—Piensas romper un pedazo y cortar con él las cuerdas —dedujo Olivia.

—Exactamente —respondió Kaila—. Y ahora, dámelo.

—No seas tonta, yo estoy más cerca de la pared que tú y tengo el destornillador en las manos. ¿Quién nos asegura que, una vez lo arroje al suelo, una de las dos pueda hacerse de nuevo con él?

Kaila experimentó una súbita desconfianza. Aunque le costara admitirlo, Olivia tenía razón, lo más lógico era dejar que fuese ella quien se hiciera con el pedazo.

—Está bien —aceptó antes de indicarle—, justo a tu derecha, a dos metros, hay una pared. Una vez llegues a ella, tendrás que alargar todo lo que puedas los brazos, que no será mucho mientras tengas las manos atadas a la espalda, y golpearla con la herramienta con todas tus fuerzas. Hazlo deprisa; no sabemos si él oirá los golpes desde la planta superior. Si eso ocurre, ten la seguridad de que bajará a averiguar qué pasa.

Kaila volvió a oír el sonido de la silla de Olivia al desplazarse, esta vez hacia un lado. Un minuto después escuchó el golpe y el sonido de pequeños trozos de ladrillo que se precipitaban hasta el suelo.

Transcurridos tres minutos, todo se quedó en silencio.

—¿Ocurre algo? —preguntó sin obtener respuesta—. Olivia, ¿qué sucede? ¿Estás bien?

Kaila entornó los párpados cuando, al cabo de unos minutos, la luz se encendió.

—No es de mí de quien deberías preocuparte —le dijo Olivia, descendiendo la escalera lentamente—. ¿En serio creías que te dejaría escapar de aquí después de todo lo que sabes?

Kaila mantuvo la respiración al clavar los ojos en el afilado trozo de ladrillo que Olivia empuñaba en la mano. Mantenía los dedos apretados con tanta fuerza alrededor de él que apenas parecía ser consciente del hilillo de sangre que brotaba del interior de su puño, deslizándose entre sus dedos.

—La pregunta es si lo haré yo misma o dejaré que sea Tyler quien lo haga —añadió sin dejar de mirar a Kaila—. Podría matarte ahora mismo y nadie se enteraría jamás de que he estado encerrada aquí contigo.

—Eres la persona más mezquina que he conocido nunca.

—Deberías estarme agradecida, cortarte el cuello será más rápido de lo que piensas. Imagina lo que pasará si te dejo en manos de Tyler. ¿Prefieres que Dan O'Connell te encuentre colgada de la copa de un árbol? —dijo, con la mayor frialdad que Kaila había visto—. Creo que no. Y a decir verdad, esto va a gustarme.

Kaila retuvo una exclamación en su garganta cuando advirtió, por el rabillo del ojo, que la puerta del sótano volvía a abrirse. Cuando vio que Tyler descendía la escalera con el sigilo de un felino, desvió la mirada y se concentró en no apartarla de Olivia, entendiendo que en ese momento no hacerlo era la única oportunidad de mantenerse con vida.

Los minutos se prorrogaron, de forma que tuvo tiempo de ver cómo Tyler se detenía a solo dos pasos de Olivia, sin que esta fuera consciente de tenerlo cerca hasta que finalmente este le asestó un fuerte puñetazo en el rostro.

La oleada de pánico que sintió Kaila al ver que el cuerpo inconsciente de Olivia se precipitaba sobre el suyo, fue rápidamente remplazada por la esperanza cuando la fuerza del impacto la hizo caer hacia un lado, atada aún a la silla, y el fragmento de ladrillo, con el que Olivia estaba dispuesta a degollarla, quedó cerca de sus manos.

Sin pensárselo dos veces, Kaila alargó los dedos, agarró el pedazo y lo restregó a toda prisa contra las cuerdas mientras alzaba la mirada para clavarla en Tyler, que en ese momento estaba tratando de inmovilizar a Olivia otra vez en su silla.

Al notar que sus ligaduras cedían, Kaila echó los brazos hacia delante y desató las cuerdas que aprisionaban sus tobillos a las patas de la silla. «Es ahora o nunca», pensó un segundo antes de levantarse y echar a correr hacia la escalera que conducía al piso superior.

Sintió cómo el corazón le latía en el pecho a toda prisa al oír las pisadas de Tyler a su espalda. Estaba ya cerca de la puerta cuando notó unos dedos que se cerraban en torno a su tobillo izquierdo.

Kaila tuvo la impresión de que el tiempo se detenía cuando su pie resbaló hacia abajo, haciéndola caer a plomo sobre los desvencijados peldaños de madera. Se retorció de dolor, notando cómo se le aceleraba el pulso. Despreciaba sentirse tan indefensa, estaba totalmente convencida de que si no hacía algo que lo evitara, tarde o temprano él la dejaría tan inconsciente como a la propia Olivia.

Tyler continuaba acercándose. Las cosas estaban sucediendo tan rápido que difícilmente tendría tiempo para pensar en cómo salir de allí. Por fortuna, recordaba que en ese momento la posición del cuerpo era crucial, así que aguardó hasta que casi lo tuvo encima para inclinar el hombro ligeramente hacia delante, darse la vuelta y asestarle en la cara una fuerte patada con el pie que aún tenía libre.

Kaila casi sintió ganas de gritar de alegría cuando los dedos de Tyler se abrieron y liberaron su tobillo. Sin embargo, cuando lo oyó soltar el aire en forma de gruñido, echó una rodilla hacia delante y trató de trepar a gatas los cinco escalones que la separaban de la libertad.

Tenía los ojos clavados en la puerta cuando oyó un sonido.

«¡Jesús!». Kaila se quedó paralizada al reconocer su procedencia. Había olvidado el dolor que sentía en los brazos y las piernas, la ansiedad le recorrió todo el cuerpo, instalándose en su estómago. Con la boca seca, giró el rostro hacia Tyler Parsons.

Él había amartillado un arma.

—Buena chica —susurró Tyler—. Y ahora, será mejor que regreses aquí abajo antes de que me enfade.

Ella vaciló un instante, segura de que la mataría antes de que tuviese tiempo de huir.

—Es fácil echarle cojones cuando se tiene un arma en las manos —le dijo, percatándose de que se trataba de su pistola.

—No niego que me hace sentir cierta sensación de poder.

—No te engañes, el poder no te lo da ningún revólver, sino tener una vida en las manos y elegir no disparar. Eso es el verdadero poder.

—Te crees muy lista, ¿verdad?

—Lo suficiente para saber que no vas a utilizar esa arma.

Tyler frunció el ceño antes de contestar.

—No sé qué te hace pensar eso, te recuerdo que ya he matado a tres chicas.

—Al menos admites tu parte de culpa en la muerte de Laura.

—No estaba refiriéndome a ella.

Kaila contuvo la respiración en los pulmones.

—Creí que eran dos —Se sentía como si estuviera adentrándose en terreno pantanoso—: Catherine y Linette.

—¡Ups! —Tyler se llevó una mano a la boca y se tapó los labios con tres dedos—. Olvidé que te largaste del departamento de policía antes de que tu amorcito y sus hombres encontraran a Karen Wells en la sala de calderas.

—¿Karen Wells?

—La sicóloga a la que visitaba dos veces por semana.

—¿Por qué? —le preguntó ella.

—¿Y por qué no? —respondió Tyler, encogiéndose de hombros—. En fin, la tenía relativamente a mano, era tan adecuada como cualquier otra. Además, tras años de tratamiento, esa comecocos empezaba a sospechar algo. Comenzó a hacerme demasiadas preguntas comprometidas sobre la muerte de Laura.

—Y decidiste matarla.

—Ni siquiera hizo falta amputarle un dedo —resopló—, Karen no tenía previsto casarse. Al menos que yo sepa.

—Respóndeme a una cosa, ¿qué harás cuando nos mates a Olivia y a mí? ¿Acaso crees que te será fácil seguir mintiendo a todo el mundo después de esto?

—¿Por qué no iba a serlo? Lo he hecho hasta ahora y me ha ido genial —indicó muy satisfecho de sí mismo—. Cuando el cadáver de Olivia aparezca en el bosque, supondrán que es una víctima más. Nadie va a relacionarla conmigo o con el doctor Murray.

Kaila echó una ojeada al cuerpo de Olivia, que comenzaba a retorcerse en el suelo. Un instante de distracción que él aprovechó para asestarle un fuerte golpe en la frente con la culata del revólver.

La habitación al completo empezó a girar mientras las piernas de Kaila descendían los peldaños a trompicones. Con cada paso que daba, intentaba agarrarse al astillado pasamano de madera sin conseguir en ningún momento atraparlo. Cuando sus pies tocaron otra vez el suelo del sótano, las rodillas le fallaron y cayó con las palmas de las manos hacia delante. Notaba un peso enorme en los brazos y ganas de vomitar.

Con aquella sensación, Kaila se dejó caer al suelo, respirando entrecortadamente, mientras sentía que todo el sótano comenzaba a girar en torno a ella. Cerró los ojos dos segundos, tratando de contener las náuseas, y cuando los abrió vio cómo Tyler aferraba a Olivia por los cabellos y tiraba de ella hacia el fondo de aquel pestilente agujero.

Un estremecimiento convulsionó su estómago al comprender lo que pretendía hacer. Trató de incorporarse para detenerlo, pero el mareo era tan fuerte que no le dejó más alternativa que observarlo mientras agarraba una gruesa cuerda y la situaba alrededor del cuello de Olivia.

—No... —La voz sonó en su garganta como un penoso quejido.

Al otro lado del sótano, Tyler, haciendo oídos sordos a su ruego, lanzó el extremo de la cuerda por encima de una de las vigas del techo. Luego, ante la mirada aterrorizada de una Kaila tan aturdida como indefensa, tiró de ella y alzó en volandas el cuerpo de Olivia, quien al verse suspendida en el aire empezó a sacudir las piernas con una angustiosa desesperación.

—¡Maldito cabrón!

El grito de Kaila hizo que Tyler dejara de mirar a su víctima durante un segundo. Un corto instante que Olivia aprovechó para sacar algo del bolsillo de sus pantalones y asestarle un contundente golpe en el mentón.

Kaila se dio cuenta de que aquel golpe había dejado a Tyler totalmente asombrado. Lo vio abrir los ojos, llevarse una mano al cuello y presionar con los dedos esa zona mientras, libre, la cuerda retrocedía rápidamente sobre la viga.

Sin embargo, el ver a Olivia otra vez en el suelo no supuso ningún alivio para ella. El reguero de sangre que brotaba a borbotones de entre los dedos de Tyler indicaba que le quedaba poco tiempo de vida. Kaila sintió una inmensa angustia. No podía creer lo que estaba ocurriendo, daba igual quién de los dos sobreviviera a esa noche, de una manera u otra ella estaba condenada.

Cuando Olivia se sintió lo suficientemente recuperada para quitarse la soga ella misma, la arrojó a un lado y comenzó a respirar aceleradamente, tratando de recuperar el aliento perdido. En sus manos, el destornillador, manchado con la sangre de Tyler, lanzó un encarnado destello.

Kaila dejó de pensar. «¡Tienes que salir de aquí ahora mismo!». A pesar de que el pánico comenzaba a cebarse en ella, trató de ponerse en pie. Se sacudió e intentó apoyar el peso de su cuerpo en las rodillas, pero al mover la cabeza un sudor frío le empañó la frente.

Al darse cuenta de que Kaila intentaba huir, Olivia se inclinó sobre el cuerpo de Tyler y le arrebató el revólver que tenía oculto en el cinturón. Lo sujetó entre las manos y lo amartilló.

Kaila se quedó quieta cuando vio el dedo presionar con firmeza el gatillo. En ese instante algo se movió cerca de ellas y, antes de que alguna de las dos pudiera reaccionar, una bala impactó contra el codo de Olivia, destrozándoselo casi por completo.

Kaila giró el rostro y vio que Dan O'Connell se encontraba junto a la escalera, con un revólver en las manos. A continuación, se dejó caer sobre el frío cemento, soltando un largo suspiro de alivio mientras veía a varios agentes entrar en el sótano y rodear a Olivia.

—¿Te encuentras bien? —le preguntó Dan al llegar junto a ella.

—Has tardado.

—Nos ha costado un poco dar con este sitio. —Le sonrió.

—¿Cómo has averiguado dónde encontrarme?

—Llamé hace horas para hablar con Tyler y oí el sonido de la grúa que utiliza para elevar los motores. Los resultados del laboratorio indicaban que la sustancia que encontraste en los cadáveres de Linette y del doctor era grasa para rodamientos, así que sumé dos más dos y me puse a buscar el lugar donde arreglaba sus coches.

Kaila se incorporó.

—Olivia...

—Lo sé —la interrumpió Dan—. Encontramos el arma que utilizó para asesinar a Laura Heller enterrada en su casa.

—Bajo las flores del jardín trasero —adivinó Kaila.

—Sí. Aunque llevaba mucho tiempo allí sepultada, a los perros no les costó mucho encontrarla.

—Lo ha confesado todo... —Miró el cuerpo inerte de Tyler, que aún mantenía los dedos de la mano alrededor del cuello—. Ambos lo han hecho.

—¿Por qué demonios mataría a esas chicas?

—Necesitaba algo que reactivara el caso, y pensó que debía tener alguna similitud con la muerte de Laura, de ahí que les quitara el anillo.

—Podría habérselo quitado sin más.

—Quizá temía que no nos diéramos cuenta. Amputarles el dedo era mucho más efectivo para sus propósitos. Sin embargo —continuó diciendo—, sigo sin saber cómo pudo tener acceso a mi apartamento.

—Cuando comenzamos a sospechar de él, Ramos y yo nos acercamos al inmueble para tratar de averiguar qué relación existía entre Tyler y ese lugar. El encargado nos confirmó que hace años, tras la muerte de Laura, Tyler se alojó en el mismo apartamento que tú, ante la imposibilidad de regresar a su propia casa tras el crimen. Fue entonces cuando comenzó a visitar a Karen Wells.

—La mujer que encontrasteis en la sala de calderas —afirmó.

Él asintió con la cabeza.

—Deberíamos hablar de todo esto en otro lugar, ¿no crees? —añadió Kaila.

—Claro —respondió él, agarrando su mano y pasándosela sobre los hombros para ayudarla a ponerse en pie.

—Dime una cosa, Dan —le dijo Kaila cuando ambos salieron del taller—. ¿Cuándo tienes previsto besarme?

—¿Qué te parece ahora mismo?

Dan no se lo pensó dos veces, acercó su boca a la de ella y la besó hasta agotar el aliento.

—Dan... —Kaila apartó sus labios de los de él y lo miró a los ojos. Durante un instante había olvidado que una vez resuelto el caso tendría que regresar a casa y, por un segundo, tuvo ganas de decirle que había decidido quedarse en Ames. Sin embargo, únicamente fue capaz de desviar la mirada a un lado antes de decir—: me duele el labio.

Ames,
día 30 de febrero.

Después de lo sucedido, Ames parecía haber recuperado la normalidad. El frío había comenzado a remitir ante la proximidad de la serena primavera y los habitantes volvían a pasear por el bosque y a hacer *footing* a primera hora de la mañana por los alrededores del campus de la universidad. Después de la turbación que había generado al principio la noticia, transcurridos treinta días ya nadie parecía acordarse de Olivia Campbell y Tyler Parsons.

Todo volvía poco a poco a su cauce, las familias habían enterrado a sus seres queridos y llorado su perdida, en Ames se había instaurado un día oficial de luto para conmemorar el final del suceso que la prensa local ya había bautizado como «El juego del ahorcado», por razones claramente obvias.

Todo volvía a la normalidad.

Todo, menos ella.

Kaila era consciente de que algo había cambiado en su interior, no sabía hasta qué punto, pero estaba convencida de que antes o después lo descubriría. Era como si tuviera miedo de que algo saliera mal, como si no estuviera segura de lo que debía hacer. Desde que el caso se resolviera no había hecho más que pensar en Dan y en su relación con él. Habían pasado las últimas semanas juntos, en la casita de campo que él poseía en las afueras, habían compartido unos instantes inolvidables y disfrutado de un sexo maravilloso, e incluso hubo momentos en que casi se sintió segura de querer quedarse.

Y luego, ocurrió lo del telegrama.

Kaila inspiró una buena bocanada de aire al recordarlo. De nuevo, sentada frente a una de las mesas de la cafetería que había visitado el día en que llegó a la ciudad, se sintió desanimada.

«Puedes hacerlo», decidió, podía hablar con Dan y decirle que se marcharía en solo seis horas; podía hacerlo sin romper a llorar, sin herirlo y sin mentirle.

«¡Oh, mierda! ¿A quién quiero engañar?». No tenía sentido continuar negando que le dolía, ningún sentido. Le dolía el alma cada vez que pensaba en alejarse de él, pero ¿cómo abandonar a su madre sin primero arreglar las cosas con ella? ¿Y si no lo conseguía nunca?

Era una sensación extraña, le dolía todo y nada a la vez. Las preguntas rebotaban en el interior de su cabeza en busca de una respuesta, y la única que se le ocurría era que iba a echarlo de menos. Echaría de menos sus caricias, el verde de sus ojos, la suavidad de su pelo, el tacto de sus músculos bajo las palmas de sus manos. Echaría de menos algo que ni siquiera sabía definir.

—¿Desea más galletas, señorita Henderson?

Kaila interrumpió la corriente de pensamientos en la que estaba sumergida y alzó la cabeza para mirar a Sabrina.

—¿Qué?

—Galletas... —La camarera, que portaba un recipiente de café caliente en las manos, le regaló una afable sonrisa.

—Sí, gracias, y un poco más de café.

Sabrina la miró en silencio mientras le servía una nueva taza.

—He oído que piensa dejarnos muy pronto —le dijo—. Por aquí vamos a echarla de menos.

—Gracias, Sabrina, yo también.

—Voy a decirle una cosa —añadió la camarera sin dejar de sonreír—. No encontrará unas galletas como las mías en ningún otro sitio.

—Puede estar segura de eso —afirmó, devolviéndole la sonrisa.

—¿Y qué hay del jefe O'Connell? ¿Van a seguir juntos después de que usted se vaya? —Kaila se había quedado muda, situación que Sabrina aprovechó para argumentar—: los idilios a distancia están muy de moda hoy día. Hay parejas que siguen estando en contacto sin que eso afecte lo más mínimo a su relación.

—La verdad es que no he pensado todavía en eso —confesó ella—. ¿Quién más lo sabe?

—¿Que están juntos? —preguntó Sabrina—. Casi todo el mundo en Ames.

Kaila tosió repetidamente al notar que el café se le iba por otro lado.

—Disculpe, pero no creí que fuera un secreto —aclaró la camarera con franqueza, antes de añadir—: será mejor que le traiga un poco de agua.

Justo cuando Sabrina regresó, portando un vaso en las manos, una ráfaga de viento entró en la cafetería y Kaila alzó la cabeza para mirar hacia la puerta.

—Bueno, si necesita algo más, estaré en la cocina —indicó Sabrina cuando ambas vieron a Dan O'Connell entrar en el local.

Según se aproximaba, el pulso de Kaila se aceleró. Aunque ella misma le había pedido quedar en esa cafetería para hablar, no podía evitar que los dedos le temblaran ligeramente alrededor del vaso de cristal al pensar qué iba a decir.

—Hola.

—Hola —respondió, haciéndole un gesto para que se sentara a la mesa.

—¿Otra vez galletas? —dijo mirando el plato.

—Soy incapaz de decir no a las pastas de Sabrina.

—¿Y qué hay de lo de comer sano y todo eso?

—¿Qué quieres que te diga?, estoy en Ames.

—¿Durante cuánto tiempo?

Kaila permaneció en silencio un instante.

—Parece que las noticias vuelan en este sitio.

—En el departamento de policía todo el mundo habla del telegrama que recibiste ayer desde Washington. ¿Es eso cierto?

—Han reubicado a Moe Siset, lo han trasladado a otra división. El nuevo director adjunto me pide que me reincorpore a la brigada cuanto antes.

—¿Y cuándo pensabas decírmelo?

—Esperaba el momento adecuado.

—Lo siento, pero me gustaría poder decir que realmente existe un momento adecuado para que me digas que te marchas.

—Debo regresar a Washington, Dan, mi madre me necesita.

Dan O'Connell reflexionó.

—No puedo decir nada para que cambies de opinión, ¿no es así?

—No lo sé —respondió con sinceridad—. Solo sé que tengo que arreglar las cosas con Marie o me arrepentiré toda la vida si no lo intento.

—¿Piensas volver a la brigada?

—Puede que durante un tiempo —confesó con tristeza—. Tal vez después retome mi trabajo en ciencias del comportamiento o regrese a mi puesto de forense.

—Tú..., en una oficina. —Dan sonrió levemente—. No te imagino.

—Yo tampoco, pero quizá me venga bien un cambio.

Dan O'Connell soltó una sosegada risa.

—¿Qué? —inquirió ella con curiosidad.

—¿No te das cuenta? —Dan situó una mano sobre la suya, acariciándole los dedos con el pulgar—. Vuelves a buscar algo que cambie tu vida, pero tu vida ya ha cambiado.

—Aquí, contigo —respondió ella, notando cómo cada fibra de su ser se estremecía.

—Y sin embargo vas a marcharte.

—Tengo que hacerlo.

Él se quedó en silencio un instante. ¿Quién era él –por mucho que sus entrañas ardieran por hacerlo– para rogarle que se quedara? Kaila tenía asuntos pendientes en Washington; asuntos que quizá no resolvería nunca. Sabía que no era justo para ella que él impusiera sus propias necesidades a las suyas. Sin embargo, también era consciente de que era incapaz de esperar su regreso sin consumirse por dentro con el paso de los días, tal vez incluso meses.

Dan tragó saliva.

—No creo que una relación a distancia funcione con nosotros. —Su mirada se oscureció un poco.

Kaila cerró los ojos involuntariamente, notando que el nudo de su garganta se hacía más angosto.

—No, yo tampoco creo que funcione —respondió con toda la entereza que pudo reunir—. Entonces, supongo que esto es un adiós.

—Prefiero llamarlo un hasta pronto.

Kaila no respondió y siguió mirando fijamente su plato, tratando de digerir que aquello era el final. Le resultaba extraño acabar así después de lo que habían vivido juntos. Casi le irritaba ver que Dan se lo tomara con tanta calma. Pero, ¿no era eso, al fin y al cabo, lo que realmente deseaba?

Cuando, tras unos minutos de silencio, él se levantó y extendió la mano hacia ella a modo de despedida, Kaila sintió que el mundo se le venía encima. Era la primera vez que Dan actuaba de esa manera, la primera vez que ambos lo hacían. Sin embargo, lo conocía lo suficiente para saber que aquello le estaba costando tanto como a ella. Y, para ser sincera, prefería que la despedida fuera de ese modo.

Sin decir nada, Kaila también se levantó y estrechó la mano que él le tendía. Fue un momento extraño, un adiós carente de entusiasmo durante el cual apenas se tocaron. Rápido, frío e indiferente. Toda una farsa.

Dan la miró como si esperase que ocurriera alguna cosa. Después de unos minutos se dio la vuelta, se despidió de Sabrina y se marchó.

Durante un segundo, Kaila se quedó de pie, pensando en si debía ir tras él. Luego volvió a sentarse, despacio, mientras los pensamientos volvían a adueñarse de ella.

Capítulo 16

*Arkansas,
domingo, día 10 de abril, 10:00.*

Kaila se dio la vuelta en la cama y contempló el paisaje húmedo y verde que se divisaba a través de la ventana de su dormitorio. El cielo había amanecido de un azul radiante y despejado. Podía oír el frenético canto de los pájaros cuyos nidos, llegado el día, se llenaban de llamadas y vida.

Después de lo que había vivido, estaba convencida de necesitar unas semanas de vacaciones. Pero claro, eso había sido antes de venirse abajo como una lechuga expuesta al sol.

«Idiota», pensó metiendo la cabeza bajo la almohada y soltando un suspiro. Trabajar no le ayudaría; estar de vacaciones no le ayudaría; irse a otro planeta no le ayudaría.

«Acéptalo, estás acabada».

Desde su regreso, nada había vuelto a ser igual

que antes; el mundo mismo parecía haberse vuelto loco; la acusaba con el dedo como a una vil mentirosa. Pero, ¿de qué? ¿Qué había hecho ella para sentirse de ese modo, como si debiera explicaciones a... A nadie.

«Acéptalo».

«Estás sola».

«Sola, triste y patética».

Kaila sacó la cabeza de debajo de la almohada y giró el rostro para mirar hacia el techo. Tenía que sacar fuerzas de donde fuera y aceptar que había tomado una decisión, quizá equivocada, y que debía continuar hacia delante a pesar de las consecuencias.

—¡Joder! —Jamás creyó que pudiese llegar a sentirse tan hundida. Pero al menos ahora estaba allí. Hacía tanto tiempo que no pisaba aquella casa, en Arkansas, que apenas recordaba cómo era despertarse mecida por el arrullo de los pájaros, de las copas de los árboles, del olor al café y tortitas recién hechas.

Sus ojos se clavaron en la puerta cuando esta fue sacudida por tres suaves golpes de nudillos. Medio minuto después, el picaporte descendió y su hermano Jhoss, con una cazadora en la mano, entró en el dormitorio.

Jhoss la miró con cara de perdonavidas.

—Será mejor que te levantes y bajes a desayunar si no quieres llegar tarde.

—¿Tarde? ¿Adónde?

—Qué más da...

Kaila alzó una ceja, sin comprender una palabra de lo que él estaba diciendo.

—Llevas sin salir de esa cama tres días —indicó Jhoss.

—¿Qué demonios dices? Llegué aquí el viernes.

—En efecto, y estamos a lunes.

¿Lunes? Kaila abrió los ojos asombrada. Estaba claro que todo lo ocurrido le había afectado más de lo que deseaba admitir. No era solo lo de los asesinatos, sino también lo de Dan. Junto a él había sentido cosas en las que antes siquiera creía. Lo amaba y estaba segura de que seguiría amándolo durante mucho tiempo. Tal vez siempre.

«Destino tres, Kaila cero», pensó, imaginándose en mitad de un gran campo de béisbol, dejando pasar las bolas que su adversario le lanzaba sin mover siquiera el bate.

—Vamos, levántate.

Jhoss no tuvo que decírselo dos veces, Kaila abandonó la cama, le quitó la cazadora de las manos e insistió en acompañarlo hasta el pasillo, donde lo dejó tras cerrar la puerta.

—Dame diez minutos —gritó.

Después de darse una ducha, vestirse y recogerse el cabello, se reunió con Jhoss en la cocina, prepararon café y tostadas y, una vez acabaron de almorzar, salieron a dar un paseo por los alrededores, junto al perro labrador de su hermano.

Aunque no quería decírselo, Kaila estaba secretamente agradecida de que Jhoss la hubiera sacado de la cama y de su estado de hibernación. Le costaba tanto trabajo hacerlo por ella misma, que estaba segura de que, de no insistir, se habría quedado bajo las sábanas el resto del día.

Kaila echó la cabeza hacia atrás e inspiró una bocanada de aire con olor a campo.

—No llueve.

Jhoss la miró perplejo.

—¿Y para qué quieres que llueva?

—Me gustaría que lo hiciera.

—¿Te gusta mojarte?

Kaila parpadeó un instante, mirándolo entre las pestañas.

—La lluvia —insistió—. Simplemente, la lluvia.

Jhoss se encogió de hombros.

—Bien… —frunció el entrecejo—. lo que tú digas.

En respuesta, los labios de Kaila se torcieron en una sonrisa.

—Puede que te parezca una pregunta extraña, pero ¿Por qué estás aquí?

—¿A qué te refieres? —preguntó ella—. Creí que te alegrarías de verme de regreso.

—Sabes que me alegro. Y también que no soy ningún tonto. —La miró por el rabillo del ojo—. Te conozco, y sé cuando a mi hermana le ocurre algo que no me quiere contar.

—No hay nada que contar: atrapamos al asesino, y ahora estoy contigo, ¿qué puede ser más importante que eso? —Le dio un ligero codazo.

—No sé, tal vez el motivo por el que vienes a este sitio, en mitad de la nada, y te encierras en una casa que no visitas desde que cumpliste los doce años. —Jhoss se detuvo para mirarla—. Siempre que te decía que viniéramos aquí, decías estar demasiado ocupada para tomarte unos días de descanso. Sin embargo, ahora…

—Ahora necesito ese descanso —lo interrumpió ella.

—Te pasa algo más.

Kaila inspiró hondo.

—Puede ser... —resopló.

Jhoss se quedó un instante en silencio, y luego le preguntó:

—¿Cómo se llama?

—¿Qué?

—El tipo que te ha hecho daño.

Kaila agitó la cabeza a los lados.

—Nadie me ha hecho daño.

—Entonces ¿se trata de mamá?

Ella lo miró a los ojos, agradeciendo secretamente el cambio de rumbo que había tomado la conversación.

—Sí, es por mamá —mintió—. La verdad, no sé qué voy a hacer con ella. Es la mujer más testaruda que he conocido en mi vida, no parece estar de acuerdo con nada. No comprende por qué continúo aún en el cuerpo, y cuando trabajaba como forense tampoco le parecía bien que estuviese todo el día rodeada de cadáveres. Lo siento, pero me es imposible entenderla.

—Mamá no necesita a nadie que la entienda, creo que ni siquiera ella misma lo hace.

—Cierto —Kaila se encogió ligeramente de hombros—. Quizá, con el tiempo...

—Olvídalo —suspiró él—. ¿Quieres que te dé un consejo?: no bases tu felicidad en hacer realidad las expectativas de mamá; te llevarás un buen chasco.

Kaila detuvo los pies y observó a su hermano con el ceño fruncido.

—¿Y cómo crees que voy a lograr eso, don perfecto? —Rio.

—Bien... —titubeó Jhoss, pasándose una mano por la nuca—. Este es el momento en el que vas a desear matarme.

—Jhoss...

Washington,
martes, 12 de abril, 15:00.

A Kaila le dolía terriblemente la cabeza, se había tomado dos comprimidos para el dolor y, después de eso, ni siquiera podía permitirse el lujo de pedir un trago de vodka que aplacara sus nervios.

Le había costado mucho alejarse de Dan y regresar a Washington. Habían sido tres meses horribles, en los que no había hecho más que recordar aquella conversación. Pensó en Dan, y en lo bien que este parecía habérselo tomado. La idea de regresar con él era cada vez más atractiva, pero su falta de entusiasmo había hecho que se planteara muchas cosas, como por ejemplo, por qué después de lo que habían vivido juntos no había tratado de detenerla. Nunca se había sentido tan confundida.

«Veinte minutos de retraso», se dijo mirando una vez más el reloj de pulsera. Su hermano Jhoss había insistido en que Marie y ella se reunieran en aquel restaurante, el favorito de su madre, para hablar y tratar de resolver sus diferencias. Había reservado una mesa cerca de la ventana y pedido al gerente que ordenase decorarla con flores.

Y su madre seguía sin aparecer.

«Lo hace a propósito». Estaba claro que Marie no se lo pondría fácil. Sin embargo, le había dado una oportunidad, se había vestido de un modo impecable y acudido puntualmente a la cita. ¿Y para qué? Para volver a ver cómo su madre le hacía un desplante en su propia cara.

Kaila dejó un billete de diez dólares sobre la mesa, se levantó y agarró el bolso que media hora antes había dejado colgado en el respaldo de su silla.

—¿Tienes prisa? —le dijo Marie, deteniéndose junto a la mesa.

Kaila alzó la mirada y la clavó en su madre. Hacía mucho que no la veía, apenas recordaba lo elegante que era, llevaba puesto un vestido de color gris perla, exquisito y al mismo tiempo sencillo, y unos zapatos sin demasiado tacón.

—Te esperaba hace veinte minutos.

—Soy una mujer ocupada —respondió su madre con suficiencia.

—Reconócelo, no pensabas venir.

—Cierto —admitió—. Tienes suerte de tener un hermano tan insistente.

—Trataré de darle las gracias cuando lo vea.

Marie le sostuvo la mirada mientras apoyaba la mano sobre la mantelería de hilo que vestía la mesa, y comenzaba a aporrear los dedos suavemente contra la superficie.

—¿Dónde has estado?

—¿Realmente te importa? —«¡Qué diablos!», pensó haciéndole un gesto con la mano al camarero, «pediré ese maldito vodka».

—Eres mi hija.

—La verdad, mamá, no lo parece —contestó con tono indiferente—. Pero en fin, si tanto te interesa, he estado fuera algún tiempo.

—Trataron de matarte.

—¿Quién...? —recapacitó al instante—. Jhoss no sabe tener la boca cerrada.

—¿Crees que puedes ocultarme una cosa como esa?

—Simplemente, prefiero no decírtelo.

—Supongo que después de esto habrás cambiado de opinión.

—Querrás decir de trabajo.

Marie arrugó momentáneamente el ceño.

—Continúo en el cuerpo, si es lo que estás preguntando —terminó diciendo Kaila.

—Muy bien, lo acepto —masculló Marie mientras agarraba una servilleta y la situaba sobre sus rodillas.

—No, mamá, no lo aceptas, ¡admítelo de una vez!

—Cierto. Me niego a quedarme sentada mientras espero a que alguien se presente un día de estos en casa para darme la noticia de que mi hija está muerta.

—¡Oh, estupendo! —dijo dando un trago a su copa.

—Deberías cambiar de vida, casarte y tener hijos.

—Menudo planazo...

—Al menos es mejor que el que te peguen un tiro.

Kaila sintió que los nervios y las palabras largamente retenidas en su garganta pujaban por salir a flote. Por primera vez en mucho tiempo no se trataba de Marie, Jhoss, Siset o ninguna otra persona; se trataba de ella, se trataba de su vida.

—¿De verdad crees que ese tipo de vida me mantendría a salvo, que nos mantendrá a salvo a cualquiera de nosotros? ¡Abre los ojos, mamá! Cualquier persona puede convertirse en la siguiente víctima de un enfermo mental. He visto a chicas jóvenes, muertas solo porque alguien no tuvo el coraje de luchar contra sus propios fantasmas.

—¡Kaila!

—¡No, mamá, ahora eres tú quien va a escucharme! Papá dio la vida por los demás, y no es nada innoble que yo quiera hacer lo mismo, por mucho que a ti te cueste comprenderlo. ¿Crees que necesito casarme y tener hijos para enamorarme? ¡Pues te equivocas! Soy completamente capaz de hacerlo con el uniforme de la brigada puesto. Y ni siquiera eso consigue que esté a salvo. Así que te lo preguntaré una vez más: ¿vas a aceptarlo de una vez, o continuaremos tratándonos como dos desconocidas?

El silencio planeó sobre sus cabezas durante un buen rato. Marie la miraba sin decir nada, pero al cabo de un rato agitó la cabeza a los lados.

—Lo siento, pero no puedo.

Kaila expulsó lentamente el aire.

—¿Sabes qué? He sido una grandísima tonta. Lo he dejado todo por ti y…, por esta relación madre hija que ni siquiera sé cómo debería etiquetar. ¿Crees que no estoy cansada de ver cadáveres? ¿Que me encanta irrumpir en las casas en mitad de la noche?

—No entiendo adónde quieres ir a parar con todo eso.

—A que me doy cuenta de que lo que realmente deseo es marcar la diferencia. Contigo siempre será lo mismo. No es por papá o por mí, eres tú quien no es capaz de luchar contra esos fantasmas de los que te he hablado. Te importa un pimiento si lo que hacemos nos hace o no felices, y no importa si me quedo aquí, contigo, o en la otra punta del mundo. No vas a cambiar nunca.

La expresión del rostro de Marie cambió en cuestión de segundos.

—¿Piensas marcharte?
—Así es.
—¿Y cuándo ibas a decírmelo?
—Lo acabo de hacer.
—Entonces, ¿dejarás tu puesto en el FBI?

Kaila compuso en su rostro una sonrisa torcida, volvió a levantarse, terminó su copa y tras agarrar el bolso, le dijo:

—Adiós, mamá.

Una vez en la calle, Kaila tomó una honda bocanada de aire, sintiéndose como si fuera la primera vez en mucho tiempo que era capaz de respirar. Tal vez porque había roto unas cadenas que llevaban mucho tiempo asfixiándola. Sabía que Marie la quería, eso era indiscutible, pero sus exigencias habían acabado generando en ella cierto sentimiento de frustración. Había dedicado tantos años a preocuparse por lo que quería hacer con su vida, que ni siquiera se había percatado de tenerlo delante de las narices.

Quería una vida en Ames, amaba a Dan y deseaba volver a experimentar el abrigo que le proporcionaban sus caricias, sus besos, sus abrazos de madrugada.

Por primera vez en su vida no pensaba en los asesinos que debía atrapar, sino en las gentes que podía proteger. Gentes con nombres y rostros; gentes como Sabrina, la camarera, como Alan y Enelda Andrews; gentes que la saludaban al cruzarse con ella por la calle.

En ese momento, las ideas empezaron a fluir en su cabeza. Lo único en lo que podía pensar, con claridad meridiana, era en Dan y en la vida que había dejado atrás para tratar de recuperar algo que estaba perdido desde el principio. Quizá, con el tiempo, Marie cambiaría y comenzaría a comprender por qué había decidido seguir los pasos de su padre, ahora que ella misma había terminado entendiéndolo. Sinceramente, ni siquiera eso le preocupaba ya.

«Maldito Jhoss», era consciente de que su hermano sabía lo que hacía al reunirlas en aquel restaurante, sabía que ella acabaría por darse de bruces con la realidad; una realidad que jamás le había permitido avanzar. Pero había cambiado; ya no era la misma chica insegura y dispuesta a hacer lo necesario para recuperar el cariño de Marie.

Kaila se detuvo un instante frente al coche y observó su reflejo en la ventanilla. Llevaba puesto un ceñido vestido de color negro que resaltaba su esplendida figura, tacones y el bolso donde había metido esa misma mañana las llaves del coche, las tarjetas y toda su documentación. No necesitaba nada más para ir al aeropuerto y coger el primer vuelo que despegara hacia Ames.

Con una felicidad, libre e insubordinada, que nunca habría creído experimentar, se subió al coche y puso rumbo al aeropuerto. Ya compraría un abrigo mientras esperaba su vuelo, lo importante, realmente, era no perder un segundo más de tiempo.

El corazón le saltaba en el pecho. Le daba lo mismo si Dan la había dejado marchar sin ponerle impedimento alguno. Lo conocía, y sabía que le había costado la vida misma hacerlo. Sentía que ambos estaban conectados de algún indescriptible modo. No necesitaban abrir la boca para expresar lo que sentían.

Después de dejar el coche en el aparcamiento, Kaila se dirigió a la terminal de llegadas, se acercó al *stand* de una conocida compañía aérea y compró un billete de ida.

Luego, miró el reloj.

En condiciones normales, se habría sentado tranquilamente en la terminal a esperar la salida de su vuelo, que según indicaba su billete no despegaría hasta las seis y media de la tarde. Sin embargo, en esa ocasión estaba tan nerviosa que decidió caminar hasta el puesto de revistas más cercano y comprar algo que leer durante el viaje. Despacio, se adentró en mitad de las estanterías llenas de libros y echó un vistazo a las novedades, que una a una fueron desfilando ante sus ojos hasta que un título atrajo poderosamente su atención.

—*El juego del ahorcado* —murmuró agarrando el libro. Le dio la vuelta y leyó asombrada la sinopsis que, a excepción de algunos nombres y lugares, era una réplica exacta del reciente suceso acaecido en Ames. Cuando volvió a mirar la portada, donde unos enigmáticos ojos de mujer miraban al lector sobre un infinito paisaje nevado, halló, estupefacta, el nombre del autor—. Paul Clayton.

—Parece que al agente Clayton no le va nada mal —dijo una voz a su espalda.

El pulso de Kaila se aceleró, podría reconocer aquella voz en cualquier sitio.

—¡Dan! —exclamó dándose la vuelta—. ¿Qué haces tú aquí?

—Creí que te alegrarías de verme. —Compuso en su rostro una sonrisa torcida.

—Sí…, quiero decir…, claro que me alegro —le dijo al tiempo que le enseñaba el billete que acababa de comprar—. Estaba a punto de coger un avión.

—Espero que estuvieses pensando en ir a verme.

—No.

—¿No? —Dan arrugó el ceño.

—El billete es solo de ida; pensaba regresar y quedarme contigo. —Se acercó a él para pasarle los brazos alrededor del cuello—. Tú eres el único cambio que necesito en mi vida.

—Eso es justo lo que pensé antes de decidir venir a buscarte.

—¿A buscarme?

—¿En serio creías que te dejaría marchar tan fácilmente?

—Pensé que…

—Kaila —la interrumpió él—, deja de pensar por un momento, ¿quieres?, y bésame.

Ella y Dan se miraron a los ojos, como si fuera la primera vez que realmente se veían, como si el mismo tiempo y espacio hubieran desaparecido. Kaila gimió para sus adentros. De algún modo, sabía que uno de los dos se decidiría a dar el paso e ir en busca del otro. Sin embargo, la sorpresa de haberlo hecho al mismo tiempo era mayúscula.

La mente de Kaila se detuvo bruscamente cuando la boca de Dan atrapó la suya. No así el corazón, que le latió con la fuerza de un terremoto en el pecho. Lo único que importaba era que finalmente estaban juntos; que no se vería atormentada por la duda de si volvería a verlo; que jamás se enfrentaría a la muerte o a la vida sola, que lo amaba con locura.

Finalmente, había encontrado su sitio en el mundo.

ÚLTIMOS TÍTULOS PUBLICADOS EN HQN

El hechizo de un beso de Jill Shalvis

La tentación vive arriba de M.C. Sark

Ardiendo de Mimmi Kass

Deletréame te quiero de Olga Salar

Las hijas de la novia de Susan Mallery

Los hombres de verdad no... mienten de Victoria Dahl

Lazos de familia de Susan Wiggs

La promesa más oscura de Gena Showalter

Nosotros y el destino de Claudia Velasco

Las reglas del juego de Anna Casanovas

Descubriéndote de Brenda Novak

Vainilla de Megan Hart

Bajo la luna azul de María José Tirado

Los trenes del azúcar de Mayelen Fouler

Secretos por descubrir de Sherryl Woods

Pasó accidentalmente de Jill Shalvis

www.ingramcontent.com/pod-product-compliance
Lightning Source LLC
LaVergne TN
LVHW091623070526
838199LV00044B/914